文春文庫

精選女性随筆集　須賀敦子

川上弘美選

文藝春秋

目次

第一部

イタリアの友人

第二部

文学と人生

第三部

ペッピーノへの手紙ほか

精選女性随筆集

須賀敦子

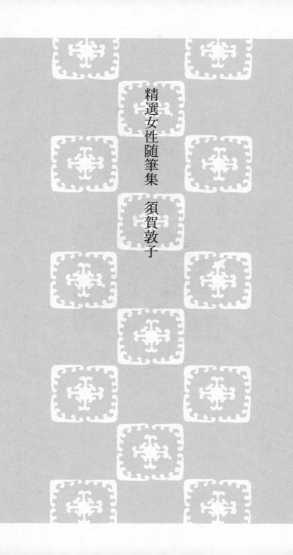

文藝春秋写真部撮影

須賀敦子

(1929-1998)

幸福

川上弘美

須賀敦子の文章は、不思議だ。明晰《めいせき》に書いてあるのに、なぜこんなにつかまえどころがないのだろう。むろん、つかまえどころがないと言っても、意味がわからないだの、散漫だのということでは、全然ない。それどころか、文章にあらわれる、ものの匂いも色も音も、まるで目の前で再現されているように、ありありと感じられる。

では、このつかまえどころのなさは、どこから来るのだろう。それはきっと、文章の中の時間の流れかたに、関係しているのではないかと、わたしは思うのだ。たとえば、本書の冒頭から二番目に置かれた「マリア・ボットーニの長い旅」。(文章の書かれた時点での) 現在の東京、一九五三年のジェノワ、少したった頃のパリ、一九五四年のローマ、パリ、ペルージャ、一九五五年の日本、一九五八年のローマ、さらに数年後のミラノ、十数年後の日本、というふうに時間は移る。

その間にも、回想や連想による時間の飛躍が、こまかくはさみこまれてゆく。ほんの一ページ読み進むだけで、たくさんの時間を旅してきたような心もちになる、これはまるで、須賀敦子そのひとの、心の動きをそのまま見せてもらっているようだ。一つの記憶によって立ち現れたものが、別の記憶を掘り起こし、さらにことなる記憶につながってゆく。決して一直線には流れてゆかないわたしたちの心の中の思いを、きれいに取り出し、けれどそのこんぐらかった部分は細心にときほぐし、ときほぐしたとわからぬようまた元の形に近いものに戻して見せてもらったような、そんな感じを、わたしは得る。

もちろんここに書いてある事々は、全部須賀敦子の心の中あるいは頭の中をながれていった想念なのだけれど、不思議なことに、まるで自分がいつか霧のミラノにいたことがあったような、ナポリの舗石《ほせき》を踏んで靴音をたてたことがあったような、そんな心もちに、いつの間にか、なってくるのである。

つかまえどころがない、という言葉と矛盾するようだが、須賀敦子の読後の印象は、ゆるがない。

こんかいこのアンソロジーを編むにあたって、全集を順番に読んでいったのだが、実は過去にすでに読んでいたものが、ほとんどだった。読み返すうちに、以前に読んで感じたことを、たくさん思い出した。ふつうそのような時、読んでいるわたし自身が年を経ることによって変化しているのだから、感じることも変わっているはずだ。

ところが、須賀敦子に限っては、そうではなかったのだ。ああ、これは前も、感じたことがあった。これも。そして、それも。

なぜだろうと、考えた。真実の理由はわからないけれど、なんとなく、思うところはある。書かれている景色が、時間が、人たちが、須賀敦子の心の中で、何回も繰り返し吟味《ぎんみ》され、思い返され、また吟味され、また思い返され続けてきたからではないだろうか、ということだ。たとえば一枚の絵画を描く時に、画家は何十枚ものデッサンを繰り返し、カンバスにその線をのせ、さらに絵の具を重ねてゆく。須賀敦子の心の中でも、同じことが起こっていたのではないか。文字をたまたま置いた、というふうではなく、繰り返し修正されたデッサンが、満を持してどっしりとした絵の具で描かれた、そんなふうに、須賀敦子の文章は書かれたのではないだろうか。

どの文章も大好きだが、その中でことにわたしは、『トリエステの坂道』からの三篇に心惹かれる。読んでも読んでも、その中の陰影ある泉は汲みつくせない。

そしてまた、これらを読むことによって、その前に書かれた、またその後に発表された、さまざまな須賀敦子の文章について、「あ、あれはこういうことだったのか」と気がつく。須賀敦子が、まだこれから幾つもの文章を書いてくれるに違いないという時期に亡くなったことに、今でもわたしは茫然としてしまうのだけれど、文章をこうして残してくれたこと自体が、すでに幸福なことだったのだということを、アンソロジーを編む仕事は教えてくれたのである。

第一部　イタリアの友人

遠い霧の匂い

乾燥した東京の冬には一年に一度あるかないかだけれど、ほんとうにまれに霧《きり》が出ることがある。夜、仕事を終えて外に出たときに、霧がかかっていると、あ、この匂いは知ってる、と思う。十年以上暮らしたミラノの風物でなにがいちばんなつかしいかと聞かれたら、私は即座に「霧」とこたえるだろう。ところが、最近の様子を聞くと、この霧がだんだん姿を消しはじめたようである。ミラノの住人たちは、だれもはっきりした理由がわからないままに、ずっと昔から民謡やポップスに歌われてきた霧が、どうしたことか、ここ数年はめずらしくなったという。暖房に重油をつかわなくなったからだと言う人もいる。そうだろうか。あんな霧、なくなったほうがいいですよ、とミラノに住んでいた日本人は言うが、古くからのミラノ人は、なんとなく淋しく思っている。

もう二十年もまえのことになるが、私がミラノに住んでいたころの霧は、ロンドンの霧など、ミラノのにくらべたら影がうすくなる、とミラノ人も自負し、ロンドンに詳しいイタリアの友人たちも認めていた。年にもよるが、大体は十一月にもなると、あの灰色に濡《ぬ》れた、重たい、なつかしい霧がやってきた。朝、目がさめて、戸外の車の音がなんとなく、くぐもって聞こえると、あ、霧かな、と思う。それは、雪の日の静かさとも違った。霧に濡れた煤煙《ばいえん》が、朝になると自動車の車体にベットリとついていて、それがほとんど毎日だから、冬のあいだは車を洗っても無駄である。ミラノの車は汚いから、どこに行ってもすぐにわかる、とミラノ人はそんなことにまで霧を自慢した。

夕方、窓から外を眺めていると、ふいに霧が立ちこめてくることがあった。あっという間に、窓から五メートルと離れていないプラタナスの並木の、まず最初に梢《こずえ》が見えなくなり、ついには太い幹までが、濃い霧の中に消えてしまう。街灯の明りの下を、霧が生き物のように走るのを見たこともあった。そんな日には、何度も窓のところに走って行って、霧の濃さを透かして見るのだった。

ミラノ育ちの夫は、霧の日の静かさが好きだった。"gio per i poumon"*1「ずうっと肺臓の奥深くまで」霧を吸い込むとミラノの匂いがする、という方言の歌を彼はよく歌った。ひどい音痴だったから、歌というよりは、ふわふわした、たよりない雲が空をわたっていくような音だった。霧の日は、よくポレンタを作った。ポレンタは北イタリア特有の料理で、南ではポレントーネというと、北イタリア人の蔑称《べっしょう》である。トウモロコシの粉を火にかけたお湯にふるい入れて、すっかり底が焦げついてしまうまで、ただ捏《こ》ねに捏ねて作ったパンの一種で、肉料理を添えて、そのソースで食べる。仕事から帰ってきて、玄関のドアを開けたとたん、夫は、あ、ポレンタだな、いい匂いだ、と言いながら台所に入ってくる。

朝、霧の濃い日は、これはきっと晴れるぞ、と言って、夫は上機嫌だった。事実、午前十時ぐらいになると、うそのように青い空が顔を出す。「ロンバルディアの空は、美しい日には、たぐいなく美しい」——文豪マンゾーニがそう書いている、と夫は出典の真偽のあやしいアフォリズムを唱えるように言って、青く晴れた空をたのもしそうに眺めた。

そんな霧の季節になると、飛行場もまったく無用の長物となってしまう。私たちの家から遠くないリナーテの辺りの霧はとくにひどくて、春が来るまでは飛行場もただの野原同然になった。やあ、飛行機がミラノに降りられなくて、ひどい目に遭いましたよ、と日本からの客はよくこぼした。鉄道の長距離列車の発着もあてにならなくなる。煤煙《ばいえん》の匂いがこびりついているようなミラノの中央駅で、いつまでたっても到着しない列車を、何度待ちわびたことだろう。車の運転も、霧が出ると（立ちこめる、というような詩的な表現は、実をいうとミラノの会話にはない。霧がある、か、ない、だけだ）至難のわざになる。視界二メートルというような日には、車を野道に乗り捨てて歩くこともあるほどだ。一度霧の中に迷いこむと、とんでもない所に行ってしまうからだ。霧の「土手」というのか「層」というのか、「バンコ」という表現があって、これは車を運転していると、ふいに土手のような、塀のような霧のかたまりが目のまえに立ちはだかる。運転者はそれが霧だと先刻承知でも、反射的にブレーキを踏んでしまう。そのため、冬になると町なかの追突事故が絶えないのだった。霧の「土手」は、道路の両側が公園になったところや、大きな交差点などでわっと出てくることが多かった。あるとき、ミラノ生まれの友人と車で遠くまで行く約束をしていたが、その日はひどい霧だった。遠出はあきらめようか、と言うと、彼女は、え、と私の顔を見て、どうして？ 霧だから？ と不思議そうな顔をした。視界十メートルという国道を、彼女は平然として時速百キロメートルを超す運転をした。「土手」にぶつかるたびに、私の足はまぼろしのブレーキを踏んでいた。こわくないよ、と彼女は言った。私たちは霧の中で生まれたんだもの。

また、あるとき、夫の友人たちといっしょに、ミラノの南にある田舎の修道院に夕食に招かれたことがあった。現在ではおそらく開発されてしまっただろうが、この辺りは『にがい米』という映画に出てくるような水田地帯で、牧草までがマルチーテと呼ばれる特殊な灌漑溝《かんがいこう》のある水浸しのような畑で栽培されている（だからこの地方の牛肉は水っぽくておいしくない、と土地の人は言う）。この地方の灌漑を設計したのがレオナルド・ダ・ヴィンチだそうで、これもミラノ人の自慢である。ところが、この水が曲者《くせもの》で、霧を生む。

その日は、しばらく会っていなかった友人がおなじ車に乗ったので、話がはずんだ。あっと思ったとき、私たちは郊外に出る高速道路に入りそこねたことに気づいた。もとに戻るには、大まわりをしなければならない。あきらめて、霧の田舎道を行くほかなかった。はじめはなんとか行けたのだが、進むにつれて、私たちは、間違いに気づいた時点で戻らなかったことを後悔しはじめた。霧が自動車のライトを跳ね返すということを、その日まで、私は知らなかった。運転をしていたルチア[*2]は、自分の横のドアを開けて、路肩の白いラインを確かめながら走った。そのラインもやがて見えにくくなって、とうとう、同乗のひとりが車を降りて、車の前をゆっくり歩くことになった。やっと目的地に着いたとき、待ちわびた修道僧たちは、てっきり私たちが招待の日を間違えたのだと思っていた。約束の時間に、二時間遅れていた。

　ローザ・カルツェッキ・オネスティがわが家の夕食に来てくれたのも、おなじような霧の日だった。夫の親しい友人だったローザは、著名な古典学者でもあり、彼女のウェルギリウスの訳はいまでも定評がある。小柄でひっつめに結った髪、襟のつまったブラウスにプリーツのスカート、ながいこと高校の教師をしていることから生まれた、ゆっくりとした、折り目ただしいイタリア語。彼女は中部イタリアのアドリア海に面したレカナーティという町で生まれた。イタリア人ならだれもが知っているが、一八世紀のロマン派詩人レオパルディの生地でもある。彼女はそれを誇りにしていた。お父さんも、お祖父さんも学者の家系だった。ボーナという名の妹さんと二人で、繁華なポルタ・ヴェネツィアの古めかしいアパートメントに住んでいて、彼女とボーナを二人いっしょに見ると、同じ窯《かま》で焼かれた磁器の人形みたいに、動作も感じもそっくりだった。ボーナという名は、カルツェッキ・オネスティ家に古くから伝わる、トスカーナ系の名前だ、とローザは説明してくれた。彼女と話していると、夫までが学校の先生のような口調になった。私はローザに会うと、普段から疑問に思っているイタリア語についての質問をつぎつぎに投げかけた。その反面、自分が彼女の学校の生徒だったら、きっと反抗しただろう、と私はいつも思った。成人してから彼女に会ったことはさいわいだった。ときには古くさいと思えるようなローザの返答が、不思議に素直に聞けて、そのことが自分にとって楽しかった。

その夜、ローザは、なにか仕事が残っているので、あまりおそくまでいられない、と言っていた。おそくない、と言っても、ミラノの夕食は八時だから、十時にはなっていただろう。霧がひどいから、弟さんのテミが車で迎えに来てくれるはずだった。テミというのは、テミストクレスの愛称で、こんな紀元前のアテネの政治家の名をつけたりするのも、古典学者が輩出した彼女の家の伝統だとローザは説明した。

テミは、しかし、なかなか現れなかった。私たちは、つぎつぎに窓のそばへ行って、テミの自動車が来ていないかどうかを確かめた。車種や車体の色を聞いて、それに似た車が見えると、あ、あれかしらと言ってローザを呼んだ。とうとう、ローザは窓を開け、霧の流れる外気にあたりながら、細い首をのばして、テミの車が来るはずの交差点の方角をじっと見透かしていた。

テミが、その週末、ピエモンテ地方のアルプス山麓《さんろく》までグライダーに乗りに行っていたこと、ローザを迎えに来るのはその帰りだったことを、彼女はその夜、私たちに言わなかった。それで、来ない、来ないと心配しているローザを、きっと急に都合がわるくなったのよ、と平気な顔でなぐさめて、彼女のためにタクシーを呼んだ。

翌日の新聞で、私たちはテミの操縦していたグライダーが、山に衝突して墜落し、テミが行方不明になったことを知った。生存の可能性はまったくないという。雪が深くて、春まで事故の現場には登れない、と新聞は報じていた。

ミラノに霧の日は少なくなったというけれど、記憶の中のミラノには、いまもあの霧が静かに流れている。

（『ミラノ　霧の風景』）

＊1　一五ページ。ジュゼッペ（通称ペッピーノ）・リッカ。詩人。コルシア書店全体のマネージメントを行っていた。（編集部注）
＊2　一八ページ。ルチア・ピーニ。コルシア書店のメンバー。経営面を担当。（編集部注）

マリア・ボットーニの長い旅

古い一枚の写真。真夏の太陽に照らされたジェノワの記念墓地の白い大理石の階段のうえで、まっ黒に日焼けした私が、白いツーピースを着てかすかに笑っている。白黒の写真で、白い柱廊のうしろには、何本かの糸杉が黒くそそりたっている。日本を出て四十日目のその日、一九五三年八月十日の朝、私はイタリアに上陸したばかりだった。雨に洗われたジェノワの埠頭《ふとう》に迎えに出てくれたのは、まったく初対面のマリア・ボットーニだった。日本にいる共通の知人の頼みをこころよく引受けて、ジェノワ経由でパリに向う私を彼女は駅まで案内してくれるはずだった。At-su-ko? とまぶしそうに、突堤に停泊した船を見上げてたずねていた彼女の声がいまでも耳に残っている。

白い服を着て、ぎこちなく笑っている私のかたわらに、マリアが写っている。白いブラウスに紺の木綿《もめん》のスカート、はだしにサンダルをはいた、まったくふだん着すがたのマリアは、まがりなりにも写されることを意識している私と違って、そっぽを向いて、両手を胸のところに組むようにして、うつむいている。まるで爪でもしらべているかのようである。私とはなんの関係もない人のようにさえみえる。薄い色の金髪が、白髪のようにもみえる。あの日、マリアは機嫌がわるかった、とずっとあとでだれかに聞いたような気がする。

その夜、ジェノワの駅で別れたあと、パリで心細い留学生生活をはじめた私に、彼女はしげしげとやさしい手紙をくれた。それはいつも葉書で、びっしり、こまかい読みにくい字で、自分の近況や私の知らない彼女の友人などについて書いてあった。ヨーロッパ人の筆跡に慣れない私は、わからないところをよく友人に読んでもらったが、そんな手紙を通じて、いつのまにか私まで知っているような気になった彼女の友人も何人かあった。

そんな友人のひとりにマギー・カッツという女性がいた。パリ郊外のヌイイに住んでいて、マリアは親友だと言い、いつかその人に会いに行きたいといつも書いていた。何度もその名を読むうちに、私はマギー・カッツがずっと昔からの知己《ちき》のような気持になった。ヌイイという、しゃれた高級住宅地のイメージから、なんとなく、イングリッド・バーグマンとか、ミシェル・モルガンとか、そんな美人を想像した。どうして、マリアの親友がパリに住んでいるのか、私はたずねようともしなかったが、とにかくその名は、語呂がいいのか、強く印象に残った。

こちらの知りもしない友人のことまで詳しく書いてくるのに、マリアは自分のこと、自分の家族については、なにも書かなかった。ひとりで暮らしていることくらいは想像がついたが、それ以上はながいことなにも知らないままだった。

二度目にマリアに会ったのは、その翌年、復活祭の休暇を利用してパリからローマに学生の団体旅行に加わったときだった。そのころ、マリアはローマで仕事をもっていたが、私が行くのを楽しみに待っていてくれて、こちらの予定を縫《ぬ》うようにして、私のために観光プログラムを計画してくれていた。そのうちの一日は、友人の家にお招《よ》ばれだ、と彼女は言った。当時私たちは双方にとって外国語である英語で話していたし、ア・フレンド、と言われて、それがどんな友人なのか詳細を質問することもなく、その日、私は約束の場所に出かけていった。イタリアで暮らしたあいだに、何度かこういうことがあったが、自分の国ではまったく機会のないような、高貴な、あるいは閉鎖的な家の扉が、おそらくはめずらしい日本人の客というだけの理由で、なんの説明もなしに、あるいはこちらが説明の意味を汲み取れないままに、ふいに目のまえにひらかれることがある。当時のヨーロッパでは、まだ日本人がめずらしいこともあったのかもしれない。スペイン広場を見下ろす、建築雑誌に出てくるようなしゃれたペントハウスに居《きょ》をかまえる、なんとかいう貴族の家で、アメリカのジェット・セット・ソサエティーの連中と食卓を共にしたときもそうだったし、フランスの著名な学者の老未亡人が、ピンチョ公園に面した美術館のような自邸に案内してくれたときもそうだった。

その日もマリアはこともなげに、私たちを招待してくれたのはボルゲーゼ公爵令嬢のカヴァッツァ侯爵夫人だと言っただけである。その調子の簡単さにつられて、私はその招待がどんなにきらびやかなものでありうるか想像をめぐらすこともなく、ふらふらと彼女について行った。ローマの古い地区にあるボルゲーゼ宮殿まで来て、ヴァチカン宮殿などで見た巨大なドアのまえに、つめえりの派手な縞もようの制服を着た召使が立っているのを見て、この招待が並々ならぬものであることにはじめて気がついたのだった。

最初どんな部屋に通されたか、カヴァッツァ夫人にどのように迎えられたか、まったく記憶にないのは、それほど私があがっていたからだろう。いよいよ、ルネッサンスの絵画によくあるような横長のテーブルで、目もあけられない感じのきらびやかな人たちがいながれているのを見たときは、息がつまりそうで、旅行着のままの自分がひどく場ちがいなのに顔もあげられぬ気持だった。なにか日本のことなどを、カヴァッツァ夫人にたずねられ、私は精いっぱいに答えていた。また、彼女がそんな質問をするたびに、テーブルにつらなる顔の列がいっせいにほほえみを浮かべてこっちを向くのも、ただそら恐ろしく思えるのだった。食事のあと、邸内を案内されたが、金色に塗った寝台のまうえの天井にヴェロネーゼだったかの絵画がある寝室には、あらためて度肝をぬかれた。あの寝台の中に、白いシーツがあるとはとても思えなくて、そのきらびやかさ、豪華さに私は、ただとまどっていた。

マリアはその日も、とくべつな装いはしていなくて、私をまえにたてて、得意そうにスタスタ歩いていた。たぶん、いつものストラップのついたヒールのない茶色のサンダルをはいていたと思う。いまの私なら、あの夢のような宮殿を日常に用いている人たち、そしてあのヨーロッパ史のエッセンスのような家族や招待客たちに、もっともっと興味をもち、もっともっと質問し、それにもっともっと驚いていただろう。当時の私はあまりにも無智で田舎者で、ローマのボルゲーセ宮殿で食事に招待されるというのがどれほど得難いことなのかを、理解しようともしてなかった。自分が恥をかかないように、そればかりに気をとられていた。それにしても、マリアには不思議な友人があると思った。

明日にはローマを出発するという晩、マリアと食事をした。安価でおいしいというトラットリアに彼女は連れて行ってくれた。そのとき彼女は、いつものように自分の友人の話をして、ふと、マギー・カッツは戦争中ドイツの収容所にいたときからの友人だと言った。え、と後をたずねる私に、うん、でも、つらかったときの話はやめようと言って、マリアは口をつぐんでしまった。ただ、母がユダヤ人だったものだから、と言っただけで。そのあと、食事代をきっちり半分にわけて払ったのも、私には新鮮だった。そのころ貧乏留学生だった私たちに、たいていのヨーロッパ人はおごってくれたからである。自分でお金を払ってみると、マリアとはなにか対等でつきあえるという気がし、それがかえって特別な好意のように思えて、うれしかった。

パリに戻った私のところに、マリアはまた頻繁《ひんぱん》に便りをくれた。私はまだイタリア語のイの字も知らなかったから、たぶん英語だったのだろう。じぶんの動静を知らせ、友人についての何行かがあり、そしてまた会いたいというくらいの内容で、まったく他愛のないものだったが、いつも葉書からはみでそうに、こまかい字でびっしり書いてあった。あるとき、マリアを知っているという女性にパリで会った。ミラノの人でカトリックのグループでの知己らしかったが、その人がマリアは四十八歳だと言った。とてもその年にはみえない、というのが私たちの一致した意見だった。二十代の私にとって、四十八歳というのは、はるか彼方《かなた》の年齢に思えたのだが、老人じみたところが、彼女にはまったくなかった。

大学の講義やそれに関連する読書を通じて、私は少しずつイタリアの言葉と文化にひかれはじめた。マリアのこまかい字の葉書が、その気持をはぐくむのに一役買っていたのはたしかである。事実、ヨーロッパ人で、あのころ手紙をくれるような友人は彼女だけだった。大学での必要に迫られて、イタリア語を勉強したいという私に、マリアはペルージャに友人がいるから紹介してもいい、と書いてきた。ペルージャの外国人大学なら、ひと夏で一応、基礎は習得できるはずだった。マリアのきもいりで、ヨーロッパ二年目の夏を私はこの中世の町で過すことになった。六月三十日にペルージャに着いて、その日のうちに、下宿を紹介してくれたマリアの知人に会いに出かけた。それはペルージャ市立図書館の館長さんで、天井まであるくすんだ色の書棚にかこまれた、ひろい立派な部屋で会ってくれた。いったい何語で話したのか、いまでも狐につままれたような気がする。私のペルージャ滞在がこころよいものになるように、という意味のことをその人が言ってくれたのを憶《おぼ》えているからである。とにかく、私のペルージャ留学はマリアのおかげで実現したので、彼女がいなかったら、私はスペインに行っていたかもしれないし、私の生涯がイタリアとこんなに濃くつながることは、たぶんなかっただろう。

二年のパリ留学を終えて日本に帰ってきた私のところに、マリアはまたせっせと葉書をくれた。いつものように横書きでは足りなくて、その周囲にぐるぐると書きたしてあった。それを読み解くのは、いつまでたってもひと苦労だった。

そのころから、マリアは当時イタリアでカトリック左派といわれたグループが出していた小さな出版物を送ってくれるようになった。政治運動とはおよそ関係のなさそうなマリアとこのグループのつながりは、あまり判然としなかったが、寄稿者のなかでいつもPとしか署名しない人の書くものが私の目をひいた。過激ではなくて、対象をゆっくりと見つめるその文章が好もしくて、印象に残った。それが夫の書いたものだとわかったのは、結婚してずっとあとのことである。

一九五八年、私は、あらためてイタリアに留学し、ふたたびローマでマリアに会うことになった。マリアの紹介で、私は例の出版物の人たちと近づきになり、彼らに誘われて行ったジェノワのある集会で、それが本人とは知らぬまま、Pに会って、やがて彼と結婚し、ミラノに住むことになった。結婚してからも、大文字のBに特徴のある、きれいとはお世辞にもいえない、微視的な文字で埋められたマリアの葉書が一年に何度か私をおびやかし、読めないところは夫が読んでくれた。それでも私は、マリアの存在が私たちの邂逅《かいこう》に寄与していたと考えたことがなかった。

夫が仲間といっしょにやっていた書店に、マリアはときどき現れて、そんな日は、夫が店から帰ると、マリアからの「よろしく」を伝えてくれた。彼女は、私などがミラノに行くずっと以前から、この「カトリック左派」の書店の常連だったのだ。ローマでの仕事が定年になって、彼女はミラノで一種のボランティアのような職についていたが、忙しいような、忙しくないような仕事だったらしい。そのころ、ようやく、マリアがもともとミラノの生まれだ、と夫から聞いて知った。

ミラノという伝統にうるさい町と、結婚という生活の変化に気をとられて、マリアの存在は私の日常から急速に遠ざかっていった。それまで自分の友人だけに頼って生きていた私に、夫の友人、夫の家族という、あたらしい関係の人たちが出現したことも、マリアを私の生活から遠ざけた理由だったろう。

そのころ、家事にうとい私のところに、一週間に二度来て掃除も洗濯もアイロンかけも、すべてをこなしてくれるアデーレという女性がいた。そのアデーレがマリアの家にも一週間に一度行っていると彼女自身の口から聞いたときは、ほんとうにあいた口がふさがらなかった。しかも、アデーレはマリアがきらいで、なにか彼女の恩人にあたる筋への義理で断われずに通っているというのである。アデーレはマリアがケチだと言った。大きなグランド・ピアノや、数えきれないほどのボール箱につめた高価な食器があるのに、彼女は自分の使うもの以外は、ぜんぶ地下室に置きっぱなしで、手も触れないのだという。私をふくめて知人のことを話すとき、アデーレはかならず、どこそこの奥さんというふうに敬称をつけるのに、どうしたものか、マリアはただのボットーニとしか呼んでもらえなかった。私はもっとマリアを尊敬してほしいと思ったが、アデーレは頑固にこの呼び方を変えなかった。イタリア語で「退屈な長ばなしをする」というような意味で「ボタンをつける」という表現がある。ボタンはボットーネだから、マリアの名字はよくこれにつなげてつかわれていた。「ボタンつけのマリア」といって書店の仲間が彼女を敬遠しているのを何度か聞いたことがある。ひとり暮しのマリアはさびしかったのだろう。

夫が死んで、四年後に私は日本に帰ることになった。ミラノを離れる日も決まったころのある夕方、マリアと市電の中で会った。「うちに寄っていらっしゃいよ」とマリアは言ってくれた。私の家からわずか停留所三つの距離だった。べつに急ぎの用もなかったので、言われるままに彼女について行った。小さいけれど、アール・ヌーヴォー風の立派な調度のアパートメントで、建築家だった彼女のお父さんの設計だということだった。そういえば、あるとき、死んだ伯母さんの形見だといって、彼女がすばらしいミンクのコートを着ているのを見たことがある。弟さんがお父さんを継いで建築家になり、アメリカに住んでいるとも言っていた。金持なのよ、弟は、とマリアは自慢だったが、それがまたアデーレの不興を買った。弟さんがお金持なのなら、どうしてあの人はアメリカに行ってしまわないんでしょう、というのが、アデーレの論理だった。しかし、アデーレの話にあったグランド・ピアノは、地下室ではなくて、マリアの書斎兼食堂兼客間にあった。かなり広い部屋だったが、たしかにグランド・ピアノは大きすぎる空間を占領していた。弾くの、とたずねると、ええ、ときどき、と言った。若いころはコンサート・ピアニストだったお母さんの形見だということだった。いつもふだん着のマリアが、このピカピカのピアノの前にすわる姿はちょっと想像できなかった。どんな曲を弾いていたのだろう。私がまもなく日本に帰ってしまう、という瀬戸際になって、はじめて自分の家に案内してくれたことも、いかにもマリアらしいと思った。

日本に帰って数年は、なにかと暮しに余裕のないまま時間が過ぎた。ようやく息がつけるようになったころ、思いがけなくマリアから手紙がとどいた。あいかわらずのこまかい字でうずめられた、読みにくい葉書だった。アメリカの弟を訪ねて、そのあとオーストラリアの友人のところに行く。オーストラリアから日本は世界一周の航空券にふくまれているから、ぜひ行きたいと思う。泊めてくれますか、と言う。

その日、成田まで迎えに行くと、マリアは目のふちを赤くしてよろこんでくれた。あなただって、私をジェノワで迎えてくれたじゃない、と言うとわすれな草のように青い目に涙をためた。もうすぐ八十になるから、いま出かけないと旅行ができなくなると思った、と彼女は繰りかえしこの世界旅行を決心した理由を説明した。オーストラリアでは、マギー・カッツの家に厄介になったという。パリのヌイイの瀟洒《しょうしゃ》な家（これは私が勝手に想像しただけである）にいるはずのマギー・カッツが、知らないまにオーストラリアなどに「移民」しているとは驚いた。そして、マリアといっしょに撮ったスナップ写真のマギー・カッツは、昔、私が想像したようにバーグマンにもミシェル・モルガンにも似てなくて、日焼けした、ただの老女だった。

いざ彼女を家に迎えてみると、仕事をもっている私のせまい家での三週間は、ときに息ぐるしいこともあった。彼女が三日間のツアーに参加して京都見物に出かけたときは、正直いってほっとした。一緒に暮らしてみると、マリアはやっぱり「ボタンつけの名人」だった。彼女は日本人が英語ができないといってこぼした。近くの郊外電車の駅に英字新聞が売っていないことに彼女はあきれた。雑誌の自動販売機にお金を入れたらポルノ雑誌が出てきたといって腹を立てていた。私の帰りがおそくなる日には、食事の材料をそろえておくのだが、夜帰ってみると、まだなにも食べていなかった。自分で作るくらいなら、食べないほうがましだなどと言って。どこか見物に行きましょうと言っても、マリアは私の家にいるだけで楽しいのだと言って、外出したがらない。だから京都以外は、彼女はいわゆる日本らしいものをなにも見なかったことになる。

どうすれば、マリアが日本に来てよかったと思ってくれるだろうかと、うっとうしい気分になっていたある晩、なにかのきっかけで、私は彼女に例のドイツの収容所についてたずねた。それが、まったく思いがけない彼女の身の上話を聞く糸口になったのだった。

戦争のとき、マリアはあるミラノの大会社で秘書をしていた。戦争も末期になってパルチザンの活動がさかんになったころのある日、彼女は上司に呼ばれて、きみはひとり住まいだから、ぼくの友人を泊めてやってくれないかと頼まれた。マリアは当然（と彼女は言った。あのころ、ふつうの感覚をもった人間ならだれでもしたわよ、と）その人を泊めてあげた。

平気だったの、そんな知らない男を家に泊めたりして、と私はたずねた。だって、私はその上司を信頼していたから、きっとなにか事情があると思ったのよ、と事もなげに彼女は言った。戦時というものは、不思議なことが常識のようになってしまうに違いない、とすなおに受けとれるなにかが彼女の口調にあった。その男は昼間はいつも留守だったが、ある夜、帰ってこなかった。翌日会社に行くと、例の上司がマリアを呼んで、もし客がなにか彼女の家に残していたら、それを全部処分するようにと言われた。そのまた翌日、彼女は会社でだれかに呼びだされた。警察だった。そして上司といっしょに、そのままサン・ヴィットーレの刑務所に連行された。彼女が泊めた男はパルチザンの隊長だったのだ。だれかが裏切ったに違いない。マリアの家に帰らなかった夜、彼も検挙されていたのだった。刑務所の独房に入れられて、マリアははじめて事の重大さに気づいたという。こわかった、と彼女は言った。

マリアたちは、汽車に乗せられてドイツの（あるいはオーストリアだったかもしれない）収容所に移送された。どうして生きのびたかわからない、そう言うとマリアは私の顔を見つめて沈黙した。

戦争が終るまでどうにか生きながらえた彼女は、連合軍に救出されて、パリに送られた。骨と皮の状態から、ふつうに歩けるようになるまで、さらにものを考えられるようになるまで、どれほどかかったのか、それについてマリアが話してくれたかどうか、私の記憶にはない。

まもなく、彼女は、パリの元抑留者援護センターというか、連絡事務所というようなところを出て、例のマギー・カッツのヌイイの家に迎えられた。彼女も収容所で生き残ったのだが、夫と小さい娘をそこで亡くしていた。

ある日、マリアはあたらしいイタリア大使が自分の知人だということを知った。すぐに連絡をとると、その人は驚いた。マリアはとっくにドイツの収容所で死んだと信じられていたからである。生きてるのなら「レジスタンスの英雄」だ、と言われて、こんどはマリアが驚いた。そんな勲章《くんしょう》がパルチザン出の新政府によって決められていたのである。早速、大使が手をうってくれて、マリアは軍用機でイタリアに帰ることになった。

そう決まるまでに、しかし、信じられないような出来事がひとつあった。最初、連絡がついたときに、大使夫人は早速、マリアのためにスーツ・ケースから衣服一切を調達してくれた。そのなかに、夫人のお古で〈バレンシアガ〉だったか、〈ニーナ・リッチ〉だったか、とにかく有名なクゥチュリエの、大きなつばに花かざりのついた帽子があった。収容所から出てきたマリアには、この世にこんな美しいものがあったかと思えたそうである。夜も、それを枕もとにおいて寝た。ところが、大使がマリアのために見つけてくれたイタリア行きの便は、マルセイユまで汽車で行って、そこからイタリアの潜水艦（！）でナポリまで行くというものだった。マリアはそれをことわった。潜水艦には大きな荷物をもって乗れない。そしてなによりも、あの帽子を断念しなければならなかったのである。彼女は軍用機に乗っても、帽子だけはずっと手に持っていたという。

「レジスタンスの英雄」がパリ製のはなやいだ帽子をかかえて、ナポリの空港に降りたった光景は、どんなに滑稽《こっけい》だったろうと、私は笑いがとまらなかったが、マリアはそれほど笑わなかった。大使一家と知己であったことや、パリの帽子をかかえてイタリアに「凱《がい》旋《せん》」したことのほうが、彼女にとっては大切な思い出だったらしい。

これだけでも、かなり驚いた話なのだが、マリアの長い旅は、まだ終らなかった。ナポリの空港で降りると、ブラスバンドがいて国歌を鳴らした。「英雄」を迎えてくれるのだ、と彼女は一瞬緊張する。でもそれはもちろん彼女のためではなくて、ちょうどその日、就任して間もない共和国の大統領がナポリに到着したのだった。大統領の名を聞いてマリアはまたびっくりした。フェルッチョ・パッリはミラノのレジスタンスの頭領だった人で、彼女とはサン・ヴィットーレの刑務所以来の知己だった（ここでもマリアは「友人」という言葉をつかった）。飛行機から降りてきた大統領は彼女に駆けより、二人はしっかりと抱擁《ほうよう》する。そして、マリアは大統領さしまわしの軍用機でローマに帰ったというのである。

生涯最良の日だったじゃない、と言う私に、ほんとうよ、すてきだったとマリアは頰をあからめて言った。それでローマに行って、カヴァッツァ侯爵夫人たちのグループで働くことになったのだそうである。パッリが大統領だったのは、一九四五年の六月から十一月までであるから、私が二度目にマリアにローマで会ったのは、それから十年近くあとのことである。そのときマリアは、まだ、思い出すのもいやだと言って、戦争中のことを話してくれなかった。すてきな帽子はどうしたの、とたずねると、ながいこと大事に持ってたけど、ぼろになったから棄《す》てたわ、と彼女は意外にあっさりと言ってのけた。

夜がふけてゆく私の部屋の花柄のソファに、私はマリアの話が染みついてほしいと思った。マリアがドイツの収容所で死んでいたら、私は夫にも会わなかったかもしれない。イタリアに行かないで、どこかほかの国に行っていたかもしれない。しかも、私の個人的ないくつかの選択のかなめのようなところに、偶然のようにしてずっといてくれたマリアが、同時に二〇世紀のイタリアの歴史的な時間や人たちに、こんなに緊密に、しかもまったく無名で繋《つな》がっているという事実は、かぎりなく私を感動させた。そんなマリアが、なんでもない顔をして私のとなりにすわっていた。

八十歳に手のとどこうとしているマリアが、遠路はるばる私に会いに来てくれた。でもそれは、マリアにとっては突飛でもなんでもない、ごく日常の行為にすぎなかったのである。ふだん着でジェノワに迎えてくれたマリアは、レジスタンスもふだん着のままで闘い、そのまま日本にもふだん着でやって来た。それは、日本という「みせもの」を見にきたのではなくて、ふだん着の私という人間に会いに来てくれたのだ。それはそれで、一貫性のある行動で、いかにもマリアらしかった。事実、彼女は三日の旅で訪れた京都については、ほとんど何の印象も語ってくれなかった。

成田に彼女を送った数週間後に、また例の読みにくい字のお礼状がとどいた。しかし、それが最後で、マリアにはあれ以来、会っていない。オーストラリアのマギー・カッツがその後どうなったかも、だから、もうわからない。

(『ミラノ　霧の風景』)

夜の会話

縦横の糸の太さが不揃いなので、手で紡いだものとすぐにわかる白い麻布に、光沢のある赤い糸で、ごく単純な刺繍《ししゅう》をした五枚の大柄な手拭。どれも、長さ一メートル、幅六〇センチぐらいだから、日本ならバスタオルと呼ばれるものに近い大きさである。もともとは六枚で、一枚だけグリーンの刺繍のがまじっていたが、日本に帰ってまもないころの、あわただしい生活のなかで見失ってしまった。五枚とも、二十年ぐらいまえまでは、顔を拭くとゴワゴワするほどしっかりしていた生地が、いまはしんなりとなって、何枚かは、光に透かすと、ところどころ薄くなっているのがわかる。これ以上、使い古すのは痛ましく、そうかといって、引出しの奥にしまいこんでは、まるで死亡宣告をするみたいだから、洗面所の戸棚に他の手拭といっしょに重ねてある。洗濯してたたんだタオルなどを戸棚に入れるたびに、五枚の古い手拭が手にふれ、そのたびに、結婚のお祝いにといって、これを自分の家の戸棚から選ばせてくれたフェデリーチ夫人を思い出す。子供のない彼女は、ペッピーノを息子のようにかわいがっていて、親に反対されて結婚する私への、それは、贅沢で心のこもった贈物でもあった。

都心の旧運河通りと高等音楽院通りをつなぐ、パッショーネ街三番のこぢんまりとした四階建ての館に、フェデリーチ夫人の家はあった。第二次大戦の爆撃もまぬがれた古い住宅街で、交通の激しい旧運河通りを数百メートル入っただけなのに、昼間でもしんとしていて、自分の靴の音だけが、コツコツと両側の家並にひびく。静かなだけ、時の流れに取り残された、というよりは、背をむけたような通りだった。正面の大扉を入って、ちょっと右に折れ、門番の部屋のガラス戸のまえで中にむかって軽く会釈してから、階段をのぼる。ドアの横のベルを押すと、ほとんど待つ間もなく、淡い空色のお仕着せのワンピースのうえに、糊《のり》のきいた白いエプロンをつけた、召使のサンティーナがぱっと中から開けてくれる。サンティーナは、機嫌のいいときもあるけれど、日によっては、むっつりとして、こちらの挨拶にふん、といった顔をすることもある（そんな彼女の表情が読みとれるまでには、何年もかかったような気がする）。先客がなければ、すぐにフェデリーチ夫人が、両手を大きくひろげて出てくる。抱擁すると、夫人は私よりすこし背がひくい。白いものがまじった、こまかく縮れた髪をうしろで無造作にまとめて、いきいきした黒い目が、笑っている。

ジョヴァンナ・フェデリーチ・マロルディ。夫のフェデリーチ氏はボンピアーニ出版社にいたこともある、ドイツ文学の専門家だったが、私が彼女を知ったころ、もう亡くなって数年になっていた。彼女の生家、マロルディ家がロンバルディアの由緒ある家柄だったため、ふたりの結婚はながいこと、両親から認めてもらえなかったと聞いたことがある。パッショーネ街の館も彼女がひとりになってから、侯爵夫人だった伯母さんの遺産を受け継いだものだった。彼女が住んでいるアパートメントは、二階の一隅にすぎなかったが、四階建ての館はすべて彼女の持物だった。十八世紀ごろの建築と思われるその建物は、馬車が出入りしていた時代の面影を残して、入口から中庭にいく通路の天井が、大きくアーチ状にえぐった造りだった。

秋が深まってくると、田舎の領地や、山や海岸の別荘に出かけていた裕福な人たちがつぎつぎにミラノに帰ってきて、夏場からずっと、ふやけたようになっていた街は、本来の活気をとりもどす。モンテ・ナポレオーネ街のティー・ルームでは、夏のあいだの別荘地の出来事をたしかめあう老婦人たちが、他愛ないおしゃべりに怠惰《たいだ》な午後の時間をついやす。十一月。夜の集まりの季節が街に戻ってくる。

コルシア・デイ・セルヴィ書店をとりかこむ友人のなかには、いわゆる「サロン」のようなかたちで、常連を晩餐《ばんさん》に招待して、食後の会話をたのしむ場を提供してくれる人が何人かあった。だいたい、どこの家でも、食卓にすわれる人数はふつう、六人とか、八人に決まっているから、ごく気のおけない独り者の男性などは、そのあと、コーヒーの時間にといって食後に招待されることもあった。それでも十人を超えることはまずない、小さな集まりである。アメリカのパーティーというのとはちがって、みな椅子にすわって、ゆっくりと会話をたのしむ。招いてくれる人たちは、たいてい、市街の中心、現在は埋めたてられてしまった、大聖堂をかこむ運河と、旧城壁のあいだの区域に住んでいて、いろいろな意味での特権階級に属する人種だった。

たとえば進歩的な経営で知られていた銀行家のアンジェリーニ氏。彼は、気さくな交際家で、文化人のなかに知己が多かった。才能のある若い画家や建築家を後援し、彼らの作品を、銀行のなかに積極的にとりいれることでも知られていた。彼の家は、戦後に建った、現代ふうで広壮なアパートメントで、城壁の内側の、閑静な住宅街にあった。趣味のひろいアンジェリーニ氏は、とくに音楽には造詣が深く、私たちの仲間のガッティ*が、大学で音楽史を卒論に選んだことから、彼にかわいがられていた。ぴかぴかのグランド・ピアノのあるアンジェリーニ氏の客間では、キリスト教民主党に近い経済学の教授のセルジョ・マルキや、社会主義者の歴史家ジャンニ・スパダーリなどが、政党批判で対立して、派手に議論をたたかわせることもあったが、おおむねはバッハからポップスにいたる音楽談義に花が咲き、ときには、シンガー・ソング・ライターの、ジーノ・ネグリが招かれていて、ピアノの弾き語りを聴かせたりした。新左翼ふうの歌で人気をあつめていたネグリが、おいしいご馳走のあとで、主人のリクエストに応えて、肥満したからだをよじって自作を唄うのを聞くと、革新派で知られたアンジェリーニ氏の客間が、ふと、中世の宮廷のように見えることがあった。

やはり城壁に近い、裁判所の裏にあった弁護士のカッツァニーガ氏の家の集まりは、華美なばかりでエスプリがないといって、仲間たちは敬遠した。彼の客間の壁には、おびただしい数の絵が飾られていたが、なかでも目をひいたのは、二枚のジョルジョ・モランディの作品だった。どちらも、この画家特有のふしぎな光沢を秘めた、灰色のトーンが心にせまる静物画だったが、静謐《せいひつ》な気品と個性にあふれた、モランディのような画家の作品が、騒々しい、これといって特徴のない風景画や、高校生の令嬢のラファエッラの肖像画にならんで壁にかけられているのが、なんとも皮肉だった。とくに、ドアの上にかけられた、横に細長い小品がすばらしかったが、「まだモランディが今日のように高くなかったときに買った」ことが、カッツァニーガ氏の自慢だった。優雅でうつくしい夫人も、高校生の令嬢も、一見して名のあるアトリエ仕立てとわかる黒のドレスという服装で、仕事着のままで訪れる私たちを、とまどわせた。こわれやすいガラス人形のように大切にされていた、わがままなラファエッラの話は、おおむね、モンテ・ナポレオーネ街のあたらしいファッションとか、通っている高校の教師たちの幼稚な陰口にかぎられていて、そのうえ、私たちが親身になって彼女の話に耳をかたむけないと、父親のカッツァニーガ氏がみなを制して注意をうながす。そんなときには、もっとも善意の客も、少々うんざりするのだった。だれよりも気のきいたことをいおうとする話し手が、才気ばしった会話で客間の話題を独占してしまうこともあり、そんな夜は、時間の流れがおそく感じられた。自分たちのおしゃべりは、要するに、主人たちの余暇のお相手にすぎないのではないかと、ふと、空しくなることもあった。それでも、招かれれば、またなにかを期待して出かけていくのは、やはり、会話で織りなしていく虚構の世界の愉《たの》しさに誘われてのことだったろう。今日は、おもしろかった、とか、今日はまったくだめだった、などと、まるで作品を論じるように、私たちはその日の会話の成果を批評した。

そんな中で、フェデリーチ夫人の客間の集まりは、ある意味で異色だったかもしれない。彼女が六十をすぎた未亡人で、そのことが、客間の雰囲気を、しっとりと落着かせていたこともあったろうか。そこでは、文学が多く話題になったし、彼女の地味で暖かい人柄がみなの心をときほぐし、夜半すぎに挨拶をかわして暗い道を帰途についても、しずかな余韻のようなものに、自分がすっぽりと包まれているように感じるのだった。城壁のずっと外にある私たちの家までは、市電に乗っても十分たらずの距離だったから、私たち夫婦は、街灯のまわりに霧がぼんやりと澱《よど》んでいる夜道を、ひっそりと歩いて帰ることもあった。

出ぎらいの夫も、夫人の招待には、いそいそと応じた。

フェデリーチ夫人の客間は、伯母さんの侯爵夫人から受け継いだままの古めかしい装飾で、どれも百年は経ったと思われる家具がそのまま使われていた。召使のサンティーナがワックスで飴色《あめいろ》に磨きあげた木の床には、大小とりまぜた美しいペルシャ絨毯《じゅうたん》が敷かれ、窓に近い、高い背もたれのある、フェデリーチ夫人の椅子をかこむようにして、帝政時代ふうのソファや椅子が置かれていた。どの椅子も、古風に腰高で、座が硬く、けっしてすわり心地のよいものではなかった。広い客間には、ソファと椅子のコーナーが、このほかにも二カ所ほどあったが、私たちが薦《すす》められるのは、いつもこの、食堂からはいちばん遠い、そして入口のドアからはいちばん近い一画だった。あまり高くない天井には、中央にひとつ、小ぶりだが見事なバッカラ・クリスタルのシャンデリアがあり、また、いくつかのサイド・テーブルの上にはそれぞれの様式に合わせたスタンドが置かれていたが、それらが灯《とも》されることはめったになくて、ふだんは、夫人の席のすぐよこの、童子を描いた派手な色の清朝の壺に挿した鉄細工の大ぶりな枝に、花のように灯したいくつかの小さな電球が、客間のひろびろとした空間を照らす、唯一の照明だった。

おたがいの顔がようやく見えるほどの明るさの中で、私たちは時間の経つのを忘れて話した。明りがおぼつかないので、フェデリーチ夫人の家の会話がいつもくぐもった感じになるのかと思うほど、しずかな会話だった。しかし、陰気というのでは、もちろん、ない。

ジョヴァンナ・フェデリーチは、さっぱりした、明敏な性格のひとで、彼女の家では、私たちはいつもゆっくりとくつろいでいて、くつろぎのなかから、話がつぎつぎに、つながっていった。

客の顔ぶれによって、話が出版の近況にかたむくこともあった。書店で会ったかぎりでは、地味な服装の、品のよい、一見平凡な常連客のひとりにすぎなかったフェデリーチ夫人が、こういった集まりでは、驚異的な読書量と、柔軟な知性を駆使した会話で、たくみに話題を方向づけていく。モンダドーリやボンピアーニといった、大出版社の経営者の名を、彼女がまるで内輪どうしのように呼びすてにするのも、すべてに「よそ者」だった私にとっては印象的だった。やがて、せまいミラノの上流社会では、みな、若いころからの友人知人なのだとわかって、なんだと思ったのだったけれど。亡くなったフェデリーチ氏がかつてボンピアーニ社にいたことも、彼が文学書の翻訳などを手がけていたことも、もちろん、この世界との親しさの理由だったかもしれない。

夫人の得意なドイツ文学、とくにトマス・マンの作品について、話がはずむこともあった。あるときは、『ブッデンブローク』派と『魔の山』派にわかれて、議論が伯仲した。とはいっても、こういった場所での議論というのは言葉のテニス・ゲームのようなもので、ひとりがコートの『魔の山』側に立って球を打つと、いち早く、だれかが、反対側から『ブッデンブローク』の球を打って返すという感じの、さわやかな遊びだった。そんなとき、還暦をすぎたフェデリーチ夫人の、生気にあふれた黒い目は、コートに降り立った少女のように、きらきらとかがやいた。彼女は若いころ、ミュンヘンの大学で哲学の博士号を取得していたが、ドイツ語で書いた彼女の論文のことをだれかが話題にのぼせると、いいわよ、そんなことはどうでも、と彼女ははずかしそうに笑って、すぐに話を変えてしまった。マンの翻訳者として有名だった夫人の女ともだちが、老いて重病の床にあったが、医者にかかる費用もないというような噂をきいて、そのころ翻訳がおもな収入源だった自分をかえりみて、身につまされたこともあった。

文学の話に熱中する常連客のなかには、ステファノ・ミノーニもいた。コルシア書店のルチアやガッティと同世代の彼は、化学畑のエンジニアで、染料会社の部長というような役職にあるらしかったが、フェデリーチ夫人の客間では、情熱をこめて、新しく出た現代詩のアンソロジーを批評したり、難解で知られるガッダの作品論を展開したりした。その論旨はいつも的確で専門的で、彼がどうやって染料会社の仕事の合間にあれほど質の高い読書ができるのか、私には奇跡のように思えた。彼もフェデリーチ夫人とおなじように、ロンバルディアの古い貴族の家柄の出だったが、お祖母さんがイギリス人だったということ、イタリアの大学では文学を専攻しておきながら、親にさとされてスイスの大学でもう一度、化学の学位をとりなおしたことなどもあって、彼の会話の、ミラノやイタリアの地方性にしばられない、おそらくはイギリスのディレッタンティズムの伝統を汲むと思われる平坦で普遍的な論法が、いつも、来客を愉しませた。フェデリーチ夫人の客間の穏やかで魅力的な会話のトーンを保たせていたのは、もしかしたら、あの、どんな場合にも声の調子を変えないで、淡々と意見を述べるステファノの力が与《あずか》って大きかったかもしれない。

ステファノは、夫人の家の集まりにひとりで来ることもあったし、つれあいのラウラといっしょのこともあった。ラウラは、ステファノとおなじぐらい背が高くて、いつもかかとのひくい靴をはいていた。背のひくいフェデリーチ夫人や私に挨拶するときには、いつも肩をすぼめて、小さく身をこごめた。パドヴァの名家の出で、お父さんはよく新聞の一面に名のでるような政治家だったが、彼女は背の高いことも、お父さんが有名人であることも、いっしょにしてはずかしがっているようなところがあった。ステファノがゆっくりと文学論を述べるあいだ、ラウラは、彼のほうを見るような見ないようなふりをして、じっと耳を傾けていた。自分と考えが合わないことをステファノがいうと、でも、と前おきをしながら、小さなやわらかい声で、訥々《とつとつ》と自分の考えを述べた。話しおわるとき、彼女はいつも、そう、私は思うけど、としめくくり、それから、はずかしそうに笑った。てれたような、声をださないで肩だけをふるわせるあの笑いを彼女が笑うと、みなの緊張がいっぺんに解け、なんとなくそれでいいと思ってしまう。あたらしい理論を聞かせるのでもないし、彼女の言い分がみなを支配するということでもなかった。むしろ、ラウラの意見というのは、たいていはごく平凡で、常識的なものなのに、みなが、夏の日の涼しい風のように、彼女の意見を待つことがあった。

たったひとりの妹さんが急病で亡くなって、半年ちかく、フェデリーチ夫人の客間にラウラは姿をあらわさなかった。彼女の家で会ったことのあるその妹さんは、三十ちかくでまだ結婚していなくて、パドヴァの両親のところで暮らしていた。背の高い、ブロンドのラウラとちがって、髪も目もくろい、きびきびした性格にみえたその人が、どんな病気でそんなふうに亡くなったのか、私はとうとうステファノにも訊きそびれたのだったが、ラウラが、時間をかけてひとり哀しんでいた、孤独で透徹した哀しみが、私には尊いものに思えた。

集まった客によっては、話題がミラノの古い家柄の人たちの、噂ばなしになることもあった。そんな中には、映画監督で世界に名を馳せたルキーノ・ヴィスコンティの名がしばしば出た。フェデリーチ家の客間での、というよりは、ミラノの貴族たちのあいだでの、とくにある年齢層における「ルキーノ」の評判は、もうひとつといったところらしくて、それは、なによりも、彼が本来趣味にとどめるべきものを商品化したことに対する、貴族たちのスノビッシュな批判であるようだった。彼とは幼な友達だったというフェデリーチ夫人にかかると、「あの男のつくる映画は、どうもしちめんどうくさくて。子供の頃は、あんなじゃなかったのだけれど」で、あっさりと片づけられてしまった。映画といえば、あるとき、夫人にさそわれて、日本から来た「島」という、当時、評判だった映画を観にいったことがある。瀬戸内海の孤島で、まずしい夫婦が、子供を育てながら、せいいっぱいの生活を営んでいる話で、ヌーヴェル・ヴァーグふうというのか、会話がまったくなくて、それはそれで、印象に残る作品だったが、終って立ち上がったとき、彼女が真剣な顔で、いきなりこう言った。「それにしても、なんだってあんな不便たらしいところに住んでるのかしら。日本ってそんなに貧しい国じゃないんでしょう」ヨーロッパを語らせれば燦然《さんぜん》たるフェデリーチ夫人も、日本という国の遠さには、勘がくるうのかと、私は心細かった。

ヴィスコンティ家と血のつながるある貴族のひとりと結婚した、パオラとみなに呼ばれる中国人の女性が、よく話題にのぼった。日本人の私がいたからだろうか。しかし、それにしては、その東洋の女が社交界に登場した当初、とくに女性たちの意見は、けっして肯定的なものばかりではなかった。ステファノもまじえた男たちは、口をそろえて彼女の美しさ、あたまの良さを賞讃したが、女たちのなかには、いいわよ、たしかにきれいだし、あたまも切れる、とだけいって、あとはどうしてか黙ってしまう人もいた。しかし、それも長くはなかった。二、三年のうちに、パオラは着々と自分の版図を拡げはじめ、彼女の評判は目にみえて高まった。彼女がデザインする宝石が、社交界の女たちの注目をあつめたのが糸口だった。これ、伯母にもらったブローチだったんだけど、あんまり飾りがごてごてしてたから、パオラにたのんで指輪にしてもらったの。センスいいでしょ。そういった自慢話が出はじめ、ついに、パオラって、ほんとうにすてきよね、という声が女からも聞かれるようになって、彼女についてのフェデリーチ夫人の客間の評価は定着した。私は、その中国の女性を、物陰からでいい、ひとめ見たいとあこがれ、みながほめる彼女の白いほっそりとした指には、きっと、深い碧の翡翠《ひすい》がぴったりにちがいないと、会ったこともないパオラを、さまざまに思いえがいたりした。

狩猟マニアのいとこが、アオスタの山で射止めたカモシカの肉をとどけてくれたから、といって、フェデリーチ夫人から電話で晩餐に招待されたことがあった。サンティーナが塩漬けにしてくれたから、五、六日したら来てちょうだい。

サンティーナは夫人の身のまわりのことから、料理、はては掃除までをひとりでやってのける驚異的な召使だった。中年をすぎた年格好で、北ロンバルディアはカモニカ峡谷の農村そだち、頑丈な体つきの働きものだった。しかし、彼女には彼女なりの人格をはかる尺度があって、フェデリーチ家に出入りするお客を自分の趣味で、きっちり分けて、差別していた。夫人はときどき、私たち共通の友人のだれかれの名をあげ、あの人はサンティーナが嫌だっていうから、うちには来てもらえないの、と残念がった。ときには、今日はサンティーナの機嫌がわるいものだから、といって、夫人が私たち夫婦をレストランの食事にさそうこともあった。

それでいて、フェデリーチ夫人は、サンティーナがお使いに出た店先や、他家の召使や運転手から仕入れてくる情報を、かなり愉しんで聞いているようだった。どこそこの年寄りが階段ですべって腰の骨を折ったのは、お嫁さんがすすめたのに杖を持って出なかったからだとか、今度、教区にきた若い神父さんは、ミサのあと、お祈りが長くてなかなか教会から出てこないので、香部屋係《こうべや》がいつまでも大扉を閉められないで困っているとか、サンティーナがフェデリーチ家に運びこむ下世話な情報を夫人からまた聞きする私たちまでがおかしがって、勝手な噂ばなしに花を咲かせたりした。

自分の手がけたことのない料理に挑戦するのは、サンティーナのもっとも得意とするところで、その夜も、一週間近くも塩とワインに漬けて、見事に臭みを抜き、硬さをほぐしたカモシカ肉の煮込みが、コケモモのジェリーといっしょに食卓にのぼった。料理の腕まえをほめられると、サンティーナは口をちょっとゆがめ、片方の肩をちょっとあげて、ありがとう、と無愛想につぶやいた。それだけだった。彼女はほとんど、笑うということがなかった。それとも、客のまえで心易く笑ったりしてはいけないことになっていたのだろうか。

カモシカ肉や、野生のキジのローストといった、いわばウルトラCの料理だけでなく、サンティーナの腕まえは、ごく日常的なパスタや、ただの仔牛のローストのようなものにも、存分に発揮された。パセリとアンチョビの炒めごはんのレシピや、リゾットのベースには、ワインでなくドライ・シェリーをいれるといいという「こつ」を、あのカラヴァッジョ風の静物画を両側の壁に飾った美しい食堂で、給仕しながらそっと私に耳うちして伝授してくれたのは、すべて彼女だった。ある日、めずらしくなにかの用で、朝の時間にフェデリーチ家を訪れると、サンティーナはスカーフを頭に巻いて、例の客間を掃除していたが、私を見ると置物のひとつひとつを、どうやって磨くのか、手短に要領よく説明してくれた。本の話ばかりしていて、なんの役にたっているのやら、と、サンティーナはほとんど憐《あわ》れみに近い感情を私にたいして持っていたにちがいない。

夏の大半を、フェデリーチ夫人はロンバルディア南部の田舎の領地ですごした。パヴィアの南の、ひくい丘陵のつづく地方で、スズカケの並木道の奥にあるその城館も、ミラノの家とおなじ伯母さんの遺産だということだったが、その領地の継承には、敷地内に、まずしい老人の家をつくること、という条件がついていた。私が知りあったころから日本に帰るまでの約十年のあいだ、そのホームと、これに付随した幼稚園の建設が、フェデリーチ夫人のとりくんでいた、もっとも手のかかる仕事だった。老人の施設の庭つづきに子供たちを置くというのは、彼女のアイデアで、「年寄りって、どうしても考えが灰色になるから、私は子供をそばに置きたいのよ」と言いながら、関係官庁の許可をとるのに奔走していた。

ある夏の朝、その領地に招待された私たち夫婦は、さらに、ほど近いところにある、夫人のお姉さんの城館を、みなで訪ねることになった。せっかく来るのなら、昼食にいらっしゃいといわれて、私たちは、幼いころの遠出を楽しむような浮かれ気分になった。子供のない夫人にくらべて、四人だったかの子女を育てあげたこのお姉さんについては、いつもフェデリーチ家で聞いていたけれど、会うのはその日がはじめてだった。

平地にある、どちらかというと平凡なフェデリーチ夫人の領地にくらべて、お姉さんの城館は、十九世紀の絵やエッチングにみられるような、小高い丘のうえにどっしりとそびえる建物だった。鉄の門をすぎて林のなかをしばらく行くと、ふいに視界がひらけて、私たちは土手のような傾斜地に幾何《きか》模様にバラをうえた庭園のふもとで車を降りた。庭園の中央にルネッサンス風の欄干《らんかん》がついた石の階段があり、そのてっぺんにお姉さんのデ・ロッビオ侯爵夫人が館を背に立っていた。輪郭のはっきりした、表情がゆたかできびきびしたフェデリーチ夫人にくらべて、片手をやんわりと差し出して私たちを鷹揚《おうよう》に迎えてくれた彼女の身の動きは、いかにも緩慢で、時代がかっていた。貴族としかいいようのない侯爵夫人のお姉さんを見て、私ははじめて、たえず百のことに興味をもって走りまわっているフェデリーチ夫人が、どうして兄弟たちから家族の変り種といわれているのかが、理解できたように思った。

時代がかっているといえば、その日の昼食も印象的だった。侯爵夫妻と末娘のビアンカと何人かの客が居ならんだ食卓では、銀器やクリスタルの立派さ豪華さもさることながら、それらが使われているさりげなさに、私は驚いていた。おなじさりげなさは、仕立てのよいひとりひとりの服装にも見られた。ワインはもちろん領地のもので、私たちを歓迎するためといって、その日はとくによい年まわりの品が選ばれていた。末娘とはいっても、ビアンカは私より年長の中年の女性で、ルキーノ・ヴィスコンティの「山猫」の衣装のデザイン・チームに参加したということだった。世界中のデザイナーに羨《うらや》まれるような地位を得るのにふさわしい才能を、ほんとうにこの女性がもっているのだろうか。不遜《ふそん》にも、私は、ふだんからフェデリーチ夫人の客間で耳にしている、この家族とヴィスコンティ家の古いつながりを考えながら、そのあたりのことをもっともっと知りたいと思った。食後、つらなって喫煙室に立って行く長身の男たちを目で見送りながら、自分のまったく与り知らない世界が、フェデリーチ夫人のうしろにも広がっていたことに、私は目をみはる思いだった。

男たちがビリアルドに興じはじめたころ、私たち夫婦は三階にある、ひろびろとした図書室に案内された。中二階のある、つややかなオークの天井まである本棚にぎっしりと並んだ、すべて同色のモロッコ革で表装され、金の背文字をいれた先祖代々の蔵書を見て、私は、十九世紀の初めに、田舎貴族だった父親の書庫でひとり大勉強をしたロマン派の詩人のレオパルディを思い出した。こんな部屋のある家に育った人たちが、べつに本のとりこにもならないで、健全に世に出て行くほうが、ずっと不思議なようにも思えた。

一時快方に向ったように思われた夫の病状が急変してすべてが終ったとき、友人のなかでいちばん悲しんだのは、フェデリーチ夫人だったかもしれない。その日、彼女は病後の彼が山で回復期をすごせるようにと、友人と語らって、スイスの国境に近い山の町に、家を探しに行ってくれていたのだった。ちょうどいい家が見つかったのに、そういって彼女は残念がった。

病院で亡くなった夫の遺骸が、ミラノの慣習にしたがって教会に運ばれたあと、彼女は私をパッショーネ街の自分の家に連れていった。私をひとりでムジェッロ街の家に帰すわけにはいかない、と彼女が言いはったからだ。看病に疲れはてていた私は、明け方ちかい時間だったがぐっすり寝てしまい、やがて彼女の小さなベッドの白い麻のシーツの中で目がさめたとき、ああ、ゆうべのことは、やはりほんとうだったのだと、天井を見つめながら思った。自分が夫人のベッドを占領していて、彼女自身はサンティーナの部屋で、サンティーナは屋根裏で寝ているのに気づいたのは、二日後に葬儀が済んでからだった。

(『コルシア書店の仲間たち』)

＊四〇ページ。デジデリオ・ガッティ。コルシア書店に出入りしていた友人で、編集者。(編集部注)

カラが咲く庭

部屋で手紙を書いていると、だれかがそっとドアをノックした。こんなおそくに、いったいだれだろうと開けてみると、韓国人のキムさんが、暗い廊下にぽつんと立っている。どうぞ、はいってください、と言うと、ちょっとだけね、もうこんな時間だから、とことわりながら、それでもうれしそうににっこりした。

三十代の半ばをすこし過ぎたキムさんは、故郷の小都市で高校の歴史の先生をしていたという、ちょっと険のある色白の美人だった。ローマでは大学で専攻した西洋史の勉強をやりなおす計画をたてている。私とおなじカトリック団体の奨学金をもらって、イタリア人の修道女が経営するローマ郊外のこの学生寮にこの夏来たばかり、イタリア語はまだわからないが、日本語と英語がすこしできるので、ときどき私の部屋でしゃべっていく。戦争やら仕事やらで、気がついたときには婚期におくれていて、しかたないから、おもしろくもない高校の教師なんてつづけてるのよ、とくちびるの薄い口をとがらせてちょっと自《じ》嘲《ちょう》的な調子で自分のことを話す。食事や洗濯についての寮の待遇が不満で、口では強いことを言うが、ほんとうは淋しがりやで、人に話しかけられるのを待っているようなところがあった。

私、このごろずっと頭が痛くて。部屋にはいってくるなり訴えるように言って、キムさんは白いほっそりした手をつらそうに耳にあてている。頭痛持ちなの、とたずねると、ええ、それにこのごろ、イタリア語を聞こうとすると、頭が痛くなるのよ、おまけに国からはぜんぜん手紙来ないし、と顔をしかめて、いかにもせつなそうだ。

ローマから奨学金の話が届いているけど、あなた行かないかしら。東京で友人にそう言われてとびついたのが、半年まえ、一九五八年の冬だった。割当が日本にも来ているが、ローマになどだれも行きたがらないから、あなたが行きたいなら、すぐ書類を送るという。イタリア語を使える人間がまだ日本でめずらしいころのことだった。一応、社会学の研究を希望する者、などの条件はあるけれど、むこうに行けばそのあたりは融通がきくはずだ、好きな勉強をしていい、と願ってもない話だったので、私はフランス留学から帰って三年間つづけた放送局の仕事もすっぱりやめて日本をはなれることにした。いま、ここで生活を変えないと、先でにっちもさっちもいかなくなる。なにをどこで間違えたのか、二十九歳にもなってまだ将来のはっきりした設計もないのはひどく居心地のわるいことだった。

カトリックの奨学金とはいっても、主催団体の素性が曖昧《あいまい》で、どこか胡散臭《うさんくさ》かったが、いっこう結婚する気配をみせない娘に気をもんでいる両親を説得するにはこれを利用するのが一番と思えた。いったんローマに行ってしまえば、あとはどうにかなるだろう。かなりいびつな論理だてだったけれど、私は目をつぶるようにしてそれを行動に移してしまった。

来てみると、やっぱり怪しげな奨学金だった。ほとんど強制的に送りこまれた学生寮はイタリア人のシスターが経営していて、アジア、アフリカなどの若い人たちが二、三十人はいただろうか、ほとんどが高校を出たか出ないかの若い娘さんで、まがりなりにもイタリア語ができるのは、旧植民地のエチオピアから来た五、六人の学生と日本人の私だけ、あとは下手な英語で相互の意思をたしかめあうという有様で、日常のストレスがわるい澱《おり》のようにたまっていった。寮生活だったから食事と住居はたしかに保証されていたけれど、なにをするにも修道女たちの監視の目がひかっている。電話一本かけるのにも、許可が必要、学生がちょっと外出するというと、シスターがいっしょについてきた。私は年齢が平均をかなり超していたし、イタリア語ができることもあって、ほかの学生にくらべると自由にさせてもらっていたが、じつは社会学よりも文学の勉強をしたいと打ち明けると、それはこまるとあたまごなしにつっぱねられた。十月になったら社会学の勉強に、指定の学校へこの寮から通うことになっているという。もとをただせば、こちらこそ、かなり強引な奨学金目あての留学だったくせに、そのことは棚にあげて、これはなんとかしないと仕事までやめてここまで来た甲斐《かい》がないと、修道女たちとの交渉にあけくれた。

ローマに着いたのは、九月八日。キムさんが私の部屋に来て、頭が痛いと言ったのがおなじ月のおわりごろだった。その夜、彼女は二時間ほど私のところで話しこんでいった。戦前、戦中の日本人の横暴について、戦後、まず英語・朝鮮語の辞書からつくっていかなければならなかった学者たちの苦労、朝鮮戦争のこと、北から流れこんできた難民の話などから、話題は彼女の個人的な悩みにおよんだ。自分は、こうして高校をやめて、ローマに来たけれど、むかし勉強したローマ史をもういちど本場でやりなおしたい。でも、そのためには、まずイタリア語を身につけなければならないし、それまで奨学金がもらえるかどうか。また、韓国に帰ってから、職がみつけられるのか、そのあてもない。

いかにも無理の多すぎる計画だったが、キムさんは、いえ、神様がうまくしてくれるから、きっと大丈夫です、と白い歯を見せて笑っている。ふいに神様が出てきたので私は驚いたが、そんなことにはおかまいなく、こんどは、かなりきつい言葉で、学生寮の監督のシスターをなじりはじめた。あのガブリエラさんという人は、うわべは親切そうだけれど、ほんとうはいつも私のすることをそっと物陰から監視している。私はあの人のこと、おそろしくて仕方がありません。私が北朝鮮の人間だと思ってるに違いない。

そんなこと、と私は反対した。イタリア人の修道女に、北朝鮮と韓国の違いなんてわかるもんですか。するとキムさんは、むきになった。いや、あなたは日本人だから、のんきすぎるのよ。ここの修道女たちのおそろしさがわかってない。

理屈の通じない人たちだとは思うけれど、おそろしいっていうほどのことは、ないと思う。そうなだめてみるのだが、キムさんは承知しない。あの人は物陰に隠れて私を見張っている、私を北朝鮮の人間だと思って、を繰り返して眉をひそめる。聞いているうちに、私はだんだん不安になってきた。キムさんの話は、かんじんなところで、なにか論理がひょいひょいと飛ぶように思える。話についていけないのは、聞いているほうのこちらがどうかしているのじゃないか。行動の自由を阻《はば》まれたこのところのストレスの毎日で、あたまが疲れているのだろうか。

部屋にはいって来たとき、手でこめかみをおさえて痛がっていたキムさんは、いつのまにか元気になって、いまは両手をふりまわして、修道女たちのおそろしさを説明している。私はだんだん自信がなくなった。

「気をつけたほうがいいですよ。あなたも。では、おやすみなさい」

そう言って、キムさんが部屋を出ていったのは、午前一時をまわっていて、私は消耗の極致だった。でも、翌朝には、旧《ふる》い友人たちがフレジェーネの海の家に行くために、迎えに来てくれるはずだった。海に行ったら、しばらくは、この寮のことも忘れられるだろう。波の音に揺られてゆっくり休んでくれれば、またいい考えも浮かぶだろう。いわれた通り一応は社会学を勉強して、余暇を文学にあてることだって、時間さえうまく使えばできるかも知れないのだから。

海の家で一週間、遊びほうけた。四年まえに二ヶ月半、ペルージャの外国人大学で勉強したときに下宿させてもらったカンパーナ家の人たちとは、日本に帰ってからも手紙のやりとりをしていたが、こんど私がイタリアに戻って来たことを知って、季節おくれのヴァカンスを彼らといっしょに過ごさないかと誘われたのだった。体格のいいエレオノーラおばさん、彼女の娘で、髪をプラチナ・ブロンドに染めた美人のラファエッラ、十歳になる彼女の息子のマウロ。土曜日の晩にはラファエッラのつれあいでお医者のジュリオがペルージャからやってきた。長男のジャン・フランコは結婚して、奥さんの家族とアドリア海の避暑地に行っている。

フレジェーネの家は、海岸通りに面した、夏だけの小さな借家で、安物の家具つきだから、なんとなく落着かないけれど、それがまた、仮のすまいの気ままを増長させる。ペルージャの家の、ベッドメーキングをするだけで溺れてしまいそうになる、みずうみのように大きい時代ものの寝台と違って、スプリングがギコギコ軋《きし》む簡易ベッドで目がさめると、台所でめいめいがコーヒーをつくって飲み、テーブルの上の大きい缶から好きなだけビスケットを出して食べる。それから、海水浴。といっても、海辺に出たところで、ほとんどのイタリア人がそうなように、泳ぐわけでなし、ひたすら砂のうえに寝そべっているだけ。他愛のない会話に時間がゆっくり流れる。

「それでリッリはその後どうしてるの?」

「あいかわらず、やきもち焼きのジャンニにつきまとわれてるわよ」

「いまでも、あの坂の途中の家に住んでるの?」

「そう。刑務所のとなりのね」

倦《あ》きもしないでラファエッラと私が共通の友人のうわさ話をしていると、ふいに相手が返事をしないことがある。首をあげてのぞくと、彼女はいつのまにかすやすや寝ている。いいかげん、からだを焼くと、家に戻ってシャワーを浴びて、ラファエッラが台所に立つ。お昼には山のようなパスタ。香りの高いサラダ。うっすらと汗をかいて目がさめる、ながい昼寝。ひとりっこのマウロがもういちど海にはいりたいといってだだをこね、母親にどなられてべそをかく。夕食まえには一家そろって、おしゃれして、ゆらりゆらりと海岸通りを散歩する。ジュリオが婚約時代の顔に戻って、ラファエッラの赤いサンダルをほめたりしている。デルータではね、とエレオノーラおばさんが、娘のころ教えていた学校のハンサムな校長さんのことを思い出す。マウロが私につきまとって話しかけてくる。いっぱしイタリア式の「女性には親切」を練習しているのだ。

「いま、なんて言ったの?」ペルージャの話をしていたマウロがへんなことを言ったので、私がたずねる。

「センジツ」

「え、それ、なんのこと?」

「うちの辺の方言で、ぼくたちは登っていった、っていう意味だよ」

丘の上の町ペルージャでは、どこへ行くにも、「登る」か「降りる」しかない。

「へえ。センジツなんて、日本語だと、このあいだ、っていう意味になるよ」

「へえ」こんどは、マウロがびっくりする。「日本語とペルージャ弁は似てるんだ」

「まさか」

うちへ帰って、だれもおいしいとほめないのにおかあさんが作りつづける、だから食卓に上るたびにかならずだれかが不平をいうパスティーナのスープと、かんたんな肉料理にグリーン・サラダの夕食。オリーヴ油とワイン酢だけは、ペルージャからもってきている。食事がすむと、十一時。ねむがりの私は、みんなにおやすみと言って床についてしまう。

それだけの繰り返しの一週間。日焼けして、お礼を述べて、ローマ行きのバスに乗った。

帰ってみると、予期しないニュースが待っていた。私の出かけた翌日に、キムさんが神経科の病院にはいったという。いつものように、修道女につれられて、ほかの学生たちと公園に散歩に行ったとき、きゅうにわけがわからなくなって、地面にすわりこんで泣き出した。やっぱり神様が、私は死ねとおっしゃってると言って。その晩は同室の、やはり韓国から来ていたチョイさんが、ずっと寝ないで彼女をなぐさめていた。ちょっと目をはなすと、それじゃ死にますから、と窓に足をかけてよじのぼろうとする。私たちはイタリア語ができないし、あなたはいないし、どうしようかと思いました、とチョイさんはたどたどしい英語で話してくれた。まだはたちにもなっていない、いつも元気な彼女だが、今日は青い顔をしている。

それでキムさんは？　とたずねると、次の朝、救急車がきて、病院に連れていかれたきり、と途方にくれている。いちどだけ、修道女さんと会いに行ったけど、車だったから場所はどこなのかよくわからない。

さっそく、私はシスターたちにかけあって、まず、キムさんを見舞いに行くことにした。ヴィラ・フィオリータ、花ざかりの家。これはこの国の神経科の病院によくあった名らしいのだが、敷地をかこむうっそうと繁《しげ》った木々のあいだに、ピンクと空色で書いた看板の花文字をみると、吐き気がしそうだった。

キムさんは、薬品と人間の発散する匂いがたちこめる大部屋のベッドにいた。薬で眠らされていて、いっしょにいったチョイさんのことも、もちろん私のことも、わからない様子だった。キムさん、と声をかけると、美しい眉を寄せて、もうろうとした意識の下からいっしょうけんめい話そうとするのだけれど、朝鮮語とイタリア語と日本語がまざっていて、センテンスにならない。薬のせいなのか、病気のせいなのか。看護婦が来て、しものの世話をするときも、なにひとつ隠すことのできないキムさんが、あんまりかわいそうだった。たった一週間で大きな床《とこ》ずれができている。これまで年長のキムさんになにかとたよっていたチョイさんはどんなに心細いだろう。

学生寮に帰って、さっそく修道女たちと彼女を故国に送り返すための交渉をはじめたが、そうですね、ばかりでまったくらちがあかない。キムさんの家に連絡してくださいとたのむと、あの人の病気はストレスが原因で、すぐよくなるから、家には知らせないでいいと取りつく島もない。責任を問われるのを恐れて、隠しとおそうとしているのは、あきらかだった。一週間、待ったが、キムさんの容態はかわらなかった。

こんなときは、どうすればいいのか。思案のすえ、私はいちおう大使館にあたってみることにした。さいわい、以前、留学していたときに会ったことのある、アノージュさんというフランス人の神父が、ヴァチカンの日本大使館で顧問をしている。韓国人のキムさんの面倒を直接見てもらうというのではなくて、ああいう人たちなら、こんなとき取るべき手続きをおしえてくれるのではないだろうか。

正解だった。時をうつさず、大使館の人たちが、韓国の出先機関に連絡をとってくれて、キムさんは、ちょうどローマを通りかかったソウルに帰る女医さんが連れて帰ってくれることになった。

キムさんが無事ローマを発《た》ち、一応はほっとしたが、こんどは自分の番だ。このまま学生寮に残って勉強をつづけるのは、考えてもいやだった。そうだ、これもアノージュさんに相談してみようと考えて、手紙を書いた。チョイさんをひとり置いて、寮を出るのはしのびないけれど、こんなところにいては、やりたい勉強もできないし、せっかくローマまでなにをしに来ているのかわかりません。どこか、安い学生寮をごぞんじないでしょうか。いまの寮を出ても、父からお小遣い程度の送金はあることになっています。足りない分は、通訳でもなんでもして、かせぎます。

自分の依頼していることが、かなりいい気なのは承知だったが、その反面、人望もあり、ローマでのつきあいも広いアノージュさんなら、かならず最良の解決法を見つけてくれそうに思えた。いっぽう、修道女たちとは、私がキムさんのことで大使館に連絡したことで、しばらくはかなりぎくしゃくしたが、結果的には本人の帰国でいいふうにけりがついていた。でも、いよいよ社会学の学校というのがはじまってみると、やはり授業は高校ぐらいの程度だったから、ここにいることが自分にとっても、他の学生にとっても不都合なのは目に見えていた。

二週間ほどすると、アノージュさんから連絡があった。大学の近くで女子学生の寮を経営しているフランス人の修道女にあなたのことを話すと、ぜひ、会いたいと言っている。なるべくはやく、会いに行ってください。

この機会を逃したらもうだめだ。そう思って電話をかけると、院長のマリ・ノエルさんがすぐに会ってくれた。彼女はフランスではいくつもの有名な寄宿学校を経営している修道会に属していて、ちょっと古風な修道服がルネッサンスの絵画の寡婦《かふ》を思い出させた。

西洋人にしてはめずらしく歯ならびがわるい口もとと、眼鏡の奥からしっかりとこちらを見据《みす》えるようにして一語一語、はっきり発音するフランス語が印象的だった。

「アノージュさんから、あなたのことはききました」二階への階段を上ったところにある小さな書斎に入っていくと、いきなり彼女がきりだした。

「ろくにお金のないことも？」

あわてて私が念を押すと、マリ・ノエルさんは上半身をのけぞらせるようにして、笑った。

「ろくに、お金のないことも。ええ、ええ。さて、寮費ですが、どれくらいなら払えますか」

いきなりお金のことで、私はぽかんとした。

「どれくらいって」私は口ごもった。自分が考えていた金額は、はずかしくて口に出せないほど少なかった。ためらっていると、マリ・ノエルさんが言った。

「いいのよ。あなたの出せる額をいってごらんなさい」

勇気を出して金額を口にすると、いいです、そのかわり、ちょっとした仕事をおねがいするかもしれない、とマリ・ノエルさんは、なにか考えがある、というふうだった。

「なんでもします。お皿洗いでも、掃除でも。大学生のときも、ずっと寄宿舎でやってましたから」

それを聞くと、マリ・ノエルさんはもういちど大笑いをした。この人のところなら、うまくやっていけそうだ。そんな私の気持に気づいたのか気づかないのか、マリ・ノエル院長はきびきびした口調で続けた。じゃ、来週からいらっしゃいね。こまかいことは、玄関の受付でたずねてちょうだい。それだけだった。私が椅子から立ち上がったときには、もう眼鏡をかけて、机のうえの書類に目を通しはじめていた。

スタツィオーネ・テルミニ。ふんだんにガラスを使ったモダンなローマ終着駅の切符売場のまえで、白い大理石のベンチに腰かけた私は、ひたすら時間の経つのを待っている。朝、起きてすぐ、もうこんなところは一刻もはやく逃げ出すに限るとばかり、チョイさんへの挨拶もそこそこに奨学金の寮をとび出してここまで来てしまったが、あたらしい学生寮の受付でいわれた午後の時間までは、まだある。ハンドバッグを抱えこんで、膝のまえに大きなスーツケースを置いて、ホールの端の時計ばかり見ている。やっと十時だ。

行くところのないときは、駅で時間をすごす。お金をはらわないで、大きな荷物をもったまま、人にあやしまれないで長い時間待つのには、駅はうってつけの場所だった。たえず、人通りがあるから、その意味では守られている。それに、これから行くマリ・ノエルさんの寮は駅からさして遠くないから、理想的だった。

となりにすわっていた、先のとがった茶の靴をはいた痩《や》せぎすの男が話しかけてきたが、なまりが強くて、これからシチリアのパレルモに帰るところだ、というくらいしかわからない。いいかげんにあいづちをうっていると、コーヒーをおごるから、どこかに行こうと言いだした。じろじろとこちらのからだを見られると、それだけで、なにかを盗られたような気分になる。そんな、大きな荷物をもって、かわいそうに、と同情してみせる。ぼくが持ってあげよう。

けっこうです、と邪険に答えてから、ずっとまえだれかが教えてくれたのを思い出した。見知らぬイタリアの男に話しかけられたら、ぜったいに返事をするな。ノーだけでも、いけない。すこしでも相手に反応を見せたとたん、おまえとならつきあっていいという合図になるんだから。でも、もうおそい。男は、コーヒーだ、荷物を持たせろだと迫ってくる。おそまきながら、返事をしないことにしてみる。やはり効果はてきめんだった。男は、さんざん話しかけようとして、こちらが答えないものだから、あきらめて立って行った。なにも手荷物をもってない。シチリアに帰るなんて、うそだったのかも知れない。

かわりに、大きな籠《かご》をさげた、体格のいいおばさんがどしんと腰をおろす。黒いカーディガンに黒いプリーツ・スカート、灰色の木綿の靴下をはいて、頭にかぶったこれも黒地の木綿のスカーフの下から、すこし白いもののまじった髪が見える。籠のすみには葡萄酒の瓶が一本、立ててある。

「あんた、なに待ってるの？」すわった途端に、おばさんが話しかけてくる。

いやだなあ。「あんた」なんて、こっちを子供あつかいにして。答えるべきか、言葉がわからないふりをしたほうがいいのか。いずれにしても、一度返事をしたらおしまいだ。でも、さっきと違って、こんどの相手は女だし、これぐらい田舎っぽいおばさんなら、ひどい悪党ということもないだろう。それでもハンドバッグだけは、しっかり抱えこんだほうがいい。どこかで相棒の男が狙っているかもしれない。

「あんた、なに待ってるの？」おばさんは、おなじ質問をくりかえす。無聊《ぶりよう》のあまり、いや、淋しさのあまり、私はとうとう答えてしまう。

「三時までここで待つんです」

「え？　だって、まだ五時間もあるわよ」

「そうなんです」

「なんで、また」

そう訊かれると、つくづく心細くなる。なんで、また。まったくだ。

「朝、これまでいた学生寮を出たんですけれど、こんど移るところは、三時半でないと部屋が空かないっていわれてるから」

「そうなの」おばさんは、いまさらのように私の頭から足の先までじっくりと観察してから、ちょっとおもいがけない結論を出した。「あんた、イタリア人じゃないわねえ」

見ればわかるでしょ、と思うのだけれど、どういうものかイタリア人はよくこういう言い方をする。人間がさきに見えて、それから人種という順番なのだろうか。

「日本人です」と答えると、彼女はいかにもめずらしい動物を見たというように、しげしげと私の顔を見つめて、つぶやいた。

「へえ。私、日本人見るのはじめてよ」

「ほんとうですか」

どうぞよくごらんください、というように、私は首をつきだし、いばって彼女を見すえながら、こんどはこちらから攻めて出た。受身ばかりでは、分があわない。

「おばさんは、なにを待ってるんですか?」

「電車」

それは、わかってる。

「アプリリアまで帰るところよ」と彼女はつづけた。「十時半の普通を待ってるの。ローマの娘のところに来てたんだけれど、もう家に帰るのよ。やっぱり自分の家ほどいいところはない。あんたアプリリア知ってる?」

「いえ」

「近いわよ。一時間とかからない。あんた、私といっしょに、うちに来ない? 駅のすぐ近くだから、私といっしょに十時半の電車に乗れば、うちでお昼を食べて、すぐにローマに帰っても、約束に間にあう」

え、と私は驚いて彼女の顔を見た。駅で出会った見ず知らずの、しかも「生まれてはじめて」実物に接した日本人だというのに、いきなり自分の家の食事にさそうって、いったいどういう神経なのだろう。これはもう、なにかよほど奇怪なたくらみがあるのではないか。そこに行って、気をゆるしている間に、身ぐるみ剝《は》がれるとか。

「もう死んだけれど、うちの人とふたりでいっしょうけんめい働いて建てた家なのよ。駅からは近いし、庭には花がいっぱいだし、いい家よ。あんたに見せたいの」

そう聞いて、アプリリアという行ったことのない町の、しずかな並木通りに面した居心地よさそうな家がぽっかりとあたまに浮かんだ。黄色い壁、あかるいグリーンのよろい戸が、並木の葉のあいだにちらちらしている。花壇に植えたバラやゼラニュウムの赤。なんとなく、その家までついて行きたい気がする。いや、それにしても、目のまえのおばさんの、日焼けした、皺《しわ》の深い、がんじょうなつくりの顔や、いかにも農民ふうの木綿のストッキングとは、どこかしっくりしないのだが、ほんとうだろうか。

「娘の部屋が空いてるから、あんたよかったら、うちに下宿しない？」

出会って十分も経たないうちに、おばさんの話は途方もないところまでエスカレートしてしまった。いや、これはもう、なにかよくない魂胆があるに相違ない。

南イタリア、とくに自分がそこで暮らしたことのあるローマやナポリの庶民は、いや、ひょっとしたら庶民だけでなく、だれでもが、ほんとうに自然に、こういった突飛なことを思いつくことがあるのを、そのころの私はまだよく知らなかった。まして、彼らの思いつきがほとんどいつも、「そのあとはどうするか」という、より面倒な部分をまったく勘《かん》定《じょう》にいれていないことから、この種の話にうっかり乗ると、たいへん厄介な状況に巻きこまれることなど、考えてもいなかった。

もしかすると、私は、心のどこかでおばさんについて行きたかったのではなかったのか。変なふうにそばに寄って来たり、意味ありげにちょっと離れたところからじっとこっちを見ている男たち、そして、日本の若い女がひとり途方にくれているなどまるで気にとめないで、ひたすら渦巻き流れていく旅行者の群れのなかで、いったいなにを頼りにすればいいのだろう。なあにこれくらい、とみくびって跳びこえようとした溝の意外な深さに、目がくらむ思いだった。

英語に dangling in the air という表現がある。ふつう、宙ぶらりんと訳すのだろうが、「宙ぶらりん」よりも、もっと無責任というのか突き放された語感があって、ひとり宇宙にとりのこされて風に揺れているような、そんな淋しさが、ひしひしと伝わってくる。終着駅のベンチにすわっていた何時間かのあいだ、最初の学生寮とつぎの寮のあいだの谷間にはまりこんだようになった私は、まさに dangling in the air の状態で、底の知れない心細さにとりつかれていた。これまでの寮に居残っていたら、生活だけは保証されるはずだったが、それ以外は八方ふさがりだった。どうにか新しい寮をみつけるところまでこぎつけたとはいえ、自分が「だれなのか」、いったいローマになにをしに来たのかという、本質的な問題はなにも解決していない。東京の仕事はやめてきたし、大学に登録したわけでないから、学生、ということもできない。そして、たったいま奨学金を放棄してきたことで、ささやかとはいえ最後の肩書まで失くしてしまった。

アプリリアへ帰るおばさんは、私がたよりない顔をして、行きたいけど、やっぱりこんなに荷物があるからここで待つことにする、と返事をすると、こんな子供は相手にしていられないと思ったのか、それとも、なにやら怪しい下心がばれたと思ったのか、十時半の電車がもうホームに入っているはずだからと言い残して、そそくさと席を立ってしまった。そのあとには、アルコールの臭いをまきちらす男が来たり、休暇中の兵隊がすわって、ぴったりと膝をつけるようにして話しかけてきたりしたが、こんどこそさそいこまれるものかと、しっかり口をつぐんでいた。

正午だった。あと三時間。おなかがすいてきた。ゆうべはあまり寝てないから、空腹と眠気で、からだの芯がうそ寒い。逃げるようにして寮を出てきたから、サンドイッチひと切れ作ってもらったわけでもなし、そうかといって、重いスーツケースをひきずりながらコンコースを横切って、カフェまで行く勇気はない。待っているあいだに、三時という時間が、まるで長いトンネルの向こうがわのように、あたまのなかで白い輝きをはなちはじめた。

あたらしい学生寮の生活は、入るまでに想像していたのよりずっと、いや、それまでに暮らしたことのある、東京やパリの、どの寮よりも自由で快適だった。寮生の大半が、二、三人の共部屋だったのに、マリ・ノエル院長は、私に三階の落着いた個室をくれたので、私はまもなく通いはじめたポルタ・サンタンジェロの近くにある中世神学の研究所に、週二回の講義を聞きに行くほかは、部屋にいてこころゆくまで本を読んだり、手紙を書いたりすることができた。薬学部の学生のルチャーナ、文学部のアレッサンドラやクラウディアと、夜おそくまで暗いテラスでしゃべることもあった。ローマに近い田舎町で薬局を営みながら、娘の卒業を待ちわびているルチャーナの両親、アドリア海に面したアレッサンドラの故郷の町のさわがしい夏まつり、そして、カラブリア地方の大地主の娘で、父親を幼いときになくした優しいクラウディアの家族。訪ねたこともない地方、会ったこともない彼女たちの暮しが、話を聴くうちに、すこしずつ私のからだに浸みこんでいった。

ローマ大学や官庁街から遠くないそのあたりは、広大な庭園が高い塀にかこまれた、旧《ふる》い貴族の館がならぶ静かな住宅街だったが、むかしからの人たちが住んでいるのはめずらしくて、ほとんどが学生寮だったり、世界中にちらばった修道会のローマ本部になっていたりした。私たちの寮から、道をへだてたところには、リセ・フランセと呼ばれるフランス人学校があって、毎朝、白い手袋をはめた運転手つきの車で送ってこられる子供たちが道にあふれ、午後の下校時間には、高校の女の子を迎えにやってくるボーイフレンドたちのフェラーリやアルファ・ロメオが照りつける太陽にきらめいた。修道院とは別棟になった寮は、植物というよりは先史時代の生きものを思わせる、つややかな緑のアカンサスの茂みや、肉厚の蒼白い花を咲かせるカラが群生する湿気の多い庭園の一隅にあって、二、三階が学生寮、一階は、ぜいたくなモンテッソーリ教育をやっている、フランス語の幼稚園だった。

寮生は主流がイタリア各地、とはいっても大体は南部、または中部イタリアから来ている大学生で、外国人は、アメリカ人のジェーン、ポーランド人のタデウシュカ、フランス人で幼稚園の先生をしているシャンタルと、女性ではめずらしいヴァチカン勤務のマリ・アンジュ、東洋人はジャワ生まれの中国人のサンサンと私のふたりだった。

サンサンは六歳のときにひとりでオランダにピアノの勉強に出されて以来、コンサート・ピアニストになるために、ヨーロッパの大都市をつぎつぎと渡り歩いて名のある先生のレッスンを受けていた。私と彼女はパリでおなじ学生寮にいて、しばらくは同室だったこともあって自炊のためのお鍋を貸しあったり、いいコンサートの情報を交換したり、彼女のボーイフレンドに紹介されたりで、私たちはかなりおたがいの事情に詳しかったが、こちらが日本に帰ってからは、留学生どうしの常で音信不通になっていた。なんとそのサンサンが、ある日私が外出から帰ってくると、ブルー・ジーンズをはいたすがたで、重そうなスーツ・ケースを横において、玄関に立っていた。彼女が、四年まえとおなじように、アチュコォとフランス／中国なまりで私の名を呼んだのと、サンサンッと、私が叫んだのが同時だった。ここの寮にはいることになったという。私とサンサンの劇的な再会は、しばらくのあいだ寮のにぎやかな話題になった。

入寮まえ、すくない寮費のうめあわせに、ちょっとした仕事をしてもらうかもしれない、とマリ・ノエル院長はほのめかしていたが、その仕事が具体的になんなのか、寮の生活がはじまってからも、いっこうはっきりしなかった。ボローニャ生まれで、ファッション・モデルの学校に通っていたパオラが、食堂の配膳を手伝ったり、ときには派手な色のゴム手袋をはめて床掃除をしたりしているのをみると、私は自分に仕事らしい仕事が与えられていないのが不安になって、ある日、マリ・ノエルさんに会見を申し込んだ。

私に仕事をください、そうでないと肩身がせまいんです、というと、マリ・ノエル院長は、当然よね、でもあなたはもう仕事をしています、という。え、と不審な顔をすると、彼女はつづけた。

「アジアとかアフリカの、高い教育をうけた女の人がこういった寮にいてくれるだけで、イタリアの女子学生にとって、新しい世界がひらけることになります」

「だって、パオラは寮費をかせぐために、掃除をしたり、お皿を洗ったりしているのに、私はなんにもしてません」

「そういうの、あなたはいやかしら」マリ・ノエルは私の顔をじっと見てたずねた。「でも、あなたより数層倍、パオラは家事が上手です。あなたには、あなたにしかできない仕事をしてほしいの。まさか、あなたはパオラの仕事のほうが低いなんて考えてないでしょうね」

それでも私が納得のいかない顔をしているのを見て、マリ・ノエルさんはちょっと変った提案をした。

「では、こういうのはどうかしら。一週間に二度、一時間ずつ、私のところにきて、日本のことや、あなたがヨーロッパについて考えていることをしゃべってくれませんか。レッスンのようにして。あなた自身のことだっていい。それがあなたの寮費の一部になる」

こうして、二年足らず私がローマにいたあいだ、マリ・ノエルと私は、週に二回ずつ会っては、じつにいろいろなこと、フランスとイタリアの政治について、最近評判になった本について、ときには寮の運営や寮生の家庭のことにいたるまで、それぞれが抱えている問題、解決しなければならない問題を話しあった。とくに私たちが熱をいれて話したのは、これからの西欧と非西洋世界がどういうふうに関っていくかについてだった。西洋はあまりにも自分たちの文明に酔いしれている。そう言って、マリ・ノエルは悲しそうな顔をした。私が自分の話をすることもあったが、そんなとき、思わず激しい口調になった。自分のなかに凍らせてあったものが、マリ・ノエルのまえにいると、あっという間に溶けていった。どうして、仕事をやめてまでローマに来たか、何が東京で不満だったのか。本を読んだりものを書いたりすることが人間にとってなにを意味するのか。

「そんなことが知りたくてまたヨーロッパに来たんです」

「それはわかるけれど」とマリ・ノエルがいった。「あなたがいつまでもヨーロッパにいたのでは、ほんとうの問題は解決しないのではないかしら。いつかは帰るんでしょう?」

「もちろんです。もう、どこにいても大丈夫って自分のことを思えるようになれば」

「さあ、そんな日は来るのかしら」

「わからないけれど」

「ヨーロッパにいることで、きっとあなたのなかの日本は育ちつづけると思う。あなたが自分のカードをごまかしさえしなければ」

修道女のマリ・ノエルが、フランスでは名の知れたアラブ学者の家に生まれたこと、ヴェトナムが独立するまで、南部の有名な保養地ダラットの修道院にいたことなどを、私は知った。

フランス人の個人主義を、彼女はきびしく批判することがあった。

「フランス人はつめたすぎる。私たちは生まれつきのジャンセニストなのよ。自分にきびしいあまり、他人まで孤立させてしまう」

「でも」反論せずにはいられなかった。「あなたはフランス人だから、そんなふうに個人主義を平然と批判できるのだと思います」

私の意思を超えて言葉が走った。

「あなたには無駄なことに見えるかも知れないけれど、私たちは、まず個人主義を見きわめるところから歩き出さないと、なにも始めたことにならないんです」

こちらのけんまくにのまれて、マリ・ノエルはすこし茫然としている。開けはなした窓から、庭で遊んでいる幼稚園の子供たちの声がとびこんできた。


マリ・ノエルの学生寮にはいって、すなわち私がローマに着いて二年目の冬に、テレーズという名の、木彫り人形を思わせる小柄なヴェトナム人の修道女が私たちの寮に移ってきた。からだが丈夫でないので、それまでいたパリの修道院から、あたたかいローマに配属されたということだった。食堂で給仕するとき、イタリア語ができないので、いつもだまって、胸当てのついた、白くてすその長い、ごわごわした木綿のエプロンをつけてかいがいしく働くすがたが可憐《かれん》だった。フランス語も、できるというほどではなくて、だから、私と目があうと、溶けるような笑顔で笑ってみせたが、それが私にはつらくて、ヴェトナム語をぺらぺらしゃべる夢を見たりした。彼女の国の言葉で話せるのは、マリ・ノエルだけで、私はおなじ東洋人なのに、意思を通じあえないのが、もどかしく、なにかいっぱい話し合うことがあるような気がしていた。

春になって、テレーズが病気だというとうわさが学生のあいだに広まった。入院したらしい。結核かもしれないと、声をひそめる子もいた。イタリアでは、まだ結核という病気が、現実感のある時代だった。

「そうじゃないのよ」あるとき、私がテレーズのことをたずねるとマリ・ノエルが暗い表情で首を横にふった。「神経の病気なの。ぜんぜん、口がきけなくなってしまったのよ」

キムさんはどうしてるかしら、あの奨学金の寮で私の留守中に発病してしまった友人のことを考えた。彼女の故郷の町には、まだいい神経科の病院がなくて、キムさんは、自宅の一室にとじこめられていると、いつか会ったときチョイさんが話してくれた。西洋になんかやるんじゃなかった、とキムさんのおかあさんは、髪をかきむしって悲しんだとも聞いた。

初夏になり、学生たちの試験も終って、みんなが夏休みの計画に夢中になる季節だったが、その年は、ピアノの置けないこの寮を出て、独り暮しのおばあさんのところに下宿した中国人のサンサンの話でもちきりだった。その老人が急死して、家もその他の財産も、おばあさんの親戚ではなくて、実の子のようにかわいがったサンサンがもらうということになったのだった。ちゃっかりしてる、あの子、というのが、大学生たちのおおむねの意見だったが、どこまでほんとうなのかしら、サンサンも小さいころから、ひとりで苦労したからなあと、このうますぎる話を信じない子もいた。夏休みは寮が閉鎖されるので、私は、七月にはテルニの友人の家に、そして八月には、ペルージャのカンパーナ家にしばらく滞在してから、ロンドンに友人をたずねることになっていた。

ある日の夕方、食事に行こうとして、修道院の庭に出ると、カラの花が濃いみどりの葉のかげに蒼白く咲いている噴水のそばに、小柄なヴェトナム人修道女のテレーズが、こっちを向いて立っていた。思わずフランス語で、よくなったの、と言いかけて、やめた。口がきけなくなった、とマリ・ノエルが話していたのを思い出したからだ。はたして、答えも、あの溶けるような笑顔も返ってこないで、テレーズは、私の視線を避けるように、つと横を向くと、そのままじっと、暗い木陰に立ちつくしていた。修道衣の喉をおおう白い布だけが、夕方の光のなかでぼんやりと明るかった。

（『ヴェネツィアの宿』）

オリエント・エクスプレス

「朝、九時にキングズ・クロス駅から『フライイング・スコッツマン』という特急列車が出ているはずです。それに乗ってエディンバラまで行ってください。パパもおなじ列車でスコットランドへ行きました。エディンバラでは、ステイション・ホテルに泊まること」行ってください、という一見、おだやかでていねいな口調とはうらはらな「泊まること」という命令のほうが父の本音だということぐらいは、すぐにわかった。

フライイング・スコッツマン、空飛ぶスコットランド男、たぶん、父はなによりもその列車の名が気にいっていたのだろう、自分に似て旅の好きな娘をそれに乗せて古い北方の首都まで行かせる。一見、唐突にもとれる手紙だったが、いかにも彼らしいロマンがそこには読みとれて、父への反抗を自分の存在理由みたいにしてきた私も、こんどばかりはめずらしくすんなりと彼の命令を受け入れる気持になった。私自身、そんな名の列車に乗って、たびたび父の口から聞いていたこの北国の都を訪れることに興味がないわけではなかったし、もともとエディンバラという町の名そのものに、私をつよく惹きつけるなにかがあったこともたしかだ。とくにその国の人が発音するときの、どこか口ごもったような不思議な音感が私は好きで、いちどは行ってみたいという、漠然とした憧れのようなものをずっと抱いていたのもほんとうだった。

一九五九年のことで、留学先のローマから友人をたずねて、ほんの二週間ほどの予定でイギリスに渡ったところ、ぐうぜん、その人の口ききでヴィクトリア駅に近いロウワー・ベルグレーヴ通りのフラットを安く借りることができた。私は、その部屋にふだん住んでいる童話作家だという女性が夏をすごしているコンウォールにある家族の領地から十月に帰ってくるまで、一週間何ポンドだったかの家賃を彼女の代りに払って、思いもかけなかった快適なロンドンの日々を送っていた。

ローマから持ってきた本を読みあきると、ベッドのわきの本棚に、ひと通りはそろっていたイギリスの古典のページをめくったり、友人たちに手紙を書いたり、はては、散歩をしていてなんとなく目のまえで停まったバスに行き先もたしかめないで乗りこみ、人気《ひとけ》のない広場がぽつんとあるだけの終点まで行ってみたり、そして、博物館やギャラリーに出かける日もあった。一年暮らすうちに知人が増えてしまったローマとはちがって、人間関係のほとんどないロンドンにいると、内面の自分がのびのびとしているようで、それが淋しいときもあったけれど、大体としてはしずかな、満ち足りた時間をすごしていた。たえず自分というものを、周囲にむかってはっきりと定義し、それを表現しつづけなければならない大陸とは違って、暗黙の了解のなかで相手の領域を犯さない、他人を他人としてほうっておいてくれる英国人の生き方は気のやすまるものだった。

フラットとはいっても、私が借りていたのは屋根裏の小さな部屋で、間口の狭い、よく似たレンガ建ての家が数軒ならんでいるうちの一軒の、白い入口のドアをはいったところの階段を三階まで上がり、もうひとつドアを開けて、そこからは細い急な階段をのぼりつめたところにある、天井が片側だけ低く傾斜した、あまり大きくない空間だった。足もとの窓のそとに繋っているプラタナスの、さわさわと揺れる葉のあいだから射しこむ緑の陽光が、地中海の青とでもいうのか、深いブルー一色の絨毯《じゅうたん》と白く塗った壁と天井とイギリス風の窓枠に映えていて、なにか自分がずっと以前からここに住んでいたような気さえした。たぶん誰かが日曜大工で造ったものだろう、白く塗ったごく安物のチェストと戸棚には、それだけで部屋ぜんたいがやわらいでみえるピンクの薔薇を描いた、丸型のちいさくてちょっと贅沢な陶器の把手《とって》がついていて、友人に案内されて一歩なかに足をふみいれたとたん、私はこの部屋がひどく気に入ってしまった。こうした家がこれこれの値段で借りられそうなので、秋までロンドンにいていいでしょうか、と父に予定外の支出の許可をねがう手紙を書くと、おりかえし返事がきた。それはよかった、金のことなら心配ないから、できるだけ長くロンドン生活を愉しみなさい。私が考えていたよりもはるかに機嫌のいい手紙だった。

私が出した手紙を父が読んで、返事が来るまで一週間かかるか、かからないか、あらゆる公共機関が、各人それぞれの思いつくままに運営されているかのようなローマから来た者にとっては、この国の郵便の速さ正確さは信じられないほどだった。まだ、イギリスという国が見事に機能していたころの話である。朝と午後の二度、きまった時刻に一階まで降りていくと、ぴかぴかに磨きあげた真鍮《しんちゅう》の把手のついた白いドアのスリットから郵便がぱらりと床に投げこまれていて、私はその中から、たいていは航空便だったからすぐ見分けのつく、自分宛の封筒を選り出して部屋に持って上がればよかった。差出人は、まれに母からのこともあったが、ほとんどは父で、どの手紙も、あやふやな記憶しかなくてどうも納得のいかないフランスやイタリアと違って、自分もかつてひと月あまり滞在したことのあるロンドンに娘がいること、しかもその旅行の費用は自分がすべて支えていることへの深いよろこびに文章が躍《おど》っていた。

父の便りは、あるときは、リージェント・ストリートかなにかの、学生のつましい暮しに慣れた身には店のまえに立っただけで足がすくむような、きらきらした専門店で、これこれのサイズの、どういった衿《えり》ぐあいのワイシャツを買って送れだったり、またあるときは、ロンドン塔に行くまえに漱石を読んでおけという命令が、何冊かの岩波文庫といっしょに届いたりで、私自身も徐々に父の興奮に巻き込まれたかたちで、父の手紙とローマから持って来た旅行案内とをハンドバッグに入れて、せっせと父のロンドンを歩きまわった。エディンバラに行ってください、という手紙が届いたときは、以前から自分でも行ってみたいと思っていた場所だったこともあって、私はたちまち素直なロボットみたいに家をとび出した。そしてキングズ・クロス駅で、おどろいたことに父の言ったとおりの列車が言ったとおりの時間に出るのを知ってほとんど無力感におそわれながらも、さっそく三等車の切符を求めると、八月十八日の出発を心細さと期待のまざった気持で待ちわびた。

エディンバラのステイション・ホテルのある通りをへだてて斜向《はすむか》いの小ざっぱりしたホテルの清潔なベッドで目をさますと、私はこの思いがけない宿に来ることになった前夜の出来事を考えて、いろいろあったけれど、とにかくすべてうまく行ったと思うと、いまいる部屋の落着いたたたずまいにも気がなごんで、羽枕ほどふわふわした満足感が、じんわりとからだにひろがっていくのだった。まだ朝食に降りるには早すぎたし、ベッドのそとの空気は思いのほかつめたかった。

ロンドンを出るときは晴れあがっていた空が、列車が北上するにつれて灰色になり、私の感覚では東京―大阪とほぼおなじくらいの距離と思えたエディンバラの駅に到着したのは、午後のおそい時間だった。窓の外に明るみはなかったが、それが夕方だからではなくて、こまかい霧雨なのか靄《もや》なのか、うっすらと湿気がたちこめているからだった。ひんやりとした駅に降りたつと、人にたずねる間もなくずっと前方にStation Hotelと赤いネオンのしるしがあるのが見えたので、ほっとしてスーツケースをもちあげ、それを目ざして歩きはじめた。

ネオンの下まで行ってみると、そこには薄暗い、トンネルのような通路が口を開いていて、それが正体のさだかでない暗闇につづいているのを見たとき、私はちょっと不安になった。ほんとうにだいじょうぶなのかしら、という気持は、でも、すぐに、いや、そんなはずはない、あの人が泊まったホテルなんだから、という確信に払いのけられて、私は荷物を片手にその細い通路を歩きはじめた。慣れない国の旅で疲れていたのだろうか、ただ心細いだけだったのか。まるで中世の城砦《じょうさい》の秘密の抜け道といったけはいの通路には、窓ひとつあるわけでなく、薄暗い照明がぼんやりとあたりを照らしているだけで、自分の足音が両側のうすよごれた壁に跳ねかえってこだました。二度ほど角を曲って、いったい自分はどういうところに迷い込んでしまったのかと思案しはじめたころ、もういちど前方にStation Hotelという赤いネオンが見えて、それに行きつくと、くすんだ色の小さなドアがあって、それが通路の終りらしかった。

いきおいよくドアをあけたまではよかったが、目のまえにふいに開けた光景に私は気勢をそがれ、どうすればよいのかわからないまま、その場に立ちつくした。あの安っぽいネオン・サインからは想像もつかない、ケイトウ色の赤い絨毯が海のように私のまえにひろがっていて、通路の暗さとはうってかわった、まるで豪奢《ごうしゃ》なルネッサンスの宮廷に迷いこんでしまったかと思うほど美しいシャンデリアが、クリスタルのしずくのひとつひとつに光を反射させて燦《きらめ》いていた。黒の燕尾服を着こんだ上背のあるボーイたちがあちこちの角に立ってはいるのだけれど、視線を宙にすえたままで、ぼんやりと立っている私のほうは、ふりかえってもくれない。

　いまさら後戻りするわけにもいかないから、私はできるだけ背すじをのばすと、まっすぐに赤い絨毯の海を渡り、目の片隅で捉えておいたフロントのカウンターをさして歩きはじめた。二泊の予定で持ってきたスーツケースが、小さくて軽いのがありがたかった。あちこちに真鍮《しんちゆう》がきらめいている、顔のうつりそうなマホガニーの腰高なカウンターのまえに立つと、でっぷりふとった、そしてこれも盛装した白髪の老バトラーがにこやかに近づいてきた。キングズ・クロスの駅を離れてからずっと、往年の父の優雅な旅をあたまのなかで追ってきた私が、そのとたん、貧乏旅行しかしたことのない戦後の留学生に変身した。

「もうしわけないけれど」

　私はバトラーの顔を見すえて、でもうっかりすると震えそうになる声を気にしながら、切り出した。

「三十年まえ、このホテルに泊まった父にいわれて、駅からまっすぐこちらに来たのですが」

そういうと、はてな、といった表情が一瞬、老バトラーの顔をよこぎったが、それでも彼はまったく笑顔をくずすことなく、カウンターのこちら側に身をのりだすようにして私のいうことに耳をかたむけてくれた。おなじ列車で到着した人たちが他にもいるはずなのに、ロビーはしんとしずまりかえっていて、細い私の声の震えが心電図模様を空気に刻みこみそうだった。

「どうも、私の予算にくらべて、こちらはりっぱすぎるようです」

覚悟を決めて私が一息にそういってのけると、「ほっほ」というような、深みのある音がバトラーの口から洩《も》れた。「それで?」

「こちらでいちばん高くない部屋はいくらぐらいかしら?」

消えてしまいたい気持をおさえて、私は、でも、一歩もゆずってはだめだと、さっぱり気分にはそぐわない笑顔をつくった。童顔の老人は、ちょっとだまって私の顔を見つめたが、やがて愉快そうに口をあけて笑うと、白い睫毛《まつげ》の下の目をくりくりさせながらいくつかの部屋の種類とそれにまつわる数字を口にした。当然とはいえ、どれも私の予算をはるかに超えたものだった。

「ほんとうにもうしわけないけれど……」

私はもういちどくりかえした。

「あまり遠くないところで、こちらほど上等でなくて、でもしっかりしたホテルをおしえていただけないかしら。父に言われていたので、ここに泊まることだけを考えて来たものだから」

老バトラーの目が糸のように細くなり、野球のグローブのような手をまるめてペンをにぎったと思うと、ステイション・ホテルの紋章がついた贅沢な用箋《ようせん》にすらすらと別のホテルの名を書きつけ、ウィンクしながらそれを背の高いカウンターのまえで背のびしている私に差し出した。

「正面のドアを出て、通りを渡ったところです。ちゃんとしたホテルだから、安心なさってだいじょうぶです。では、おじょうさん、よいご旅行を」

それにしても、ステイション・ホテルがどういった格の宿なのか、説明もしてくれないなんて。薄暗い朝のあたたかいベッドのなかで、私は、父がうらめしかったが、同時に、三十そこそこで、そんな贅沢旅行をやってのけた若い父親の姿には、どこかいとおしささえ覚えた。高すぎるカウンターのまえで、あの立派な体格のバトラーに言い分をうまく伝えたいと、大汗をかいていた自分を思い出すとちょっとみじめな気もしたが、それでも、この話をしたら、きっとあの人はよろこぶだろう。そうも思った。女のくせに、そんなはずかしい真似をして、と口では叱りながら。

バトラーにいわれたとおり、駅のまえのひろい通りの向い側にあるこのホテルに来ると、私は荷物を部屋におき、さっと身づくろいをして、もういちど街に出た。夕食にはまだ早い時間だったが、北国の八月はロンドンよりもっと日が長く、雨もよいのせいだろうか、灰色の夕方がいつまでも夜になりきれないでいるようにみえた。勤め人が家に帰る時間なのだろうか、肩のはった骨太で背の高い男女が、幅のある歩調で、薄暮のなかをゆっくりと歩いて行く。八月というのに重たげな、でも質のいい毛織のジャケットをはおり、がんじょうな靴をはいて闊歩《かっぽ》する人々の流れにまじって歩きながら、まるで声のない街にとじこめられたような気がしていた。ローマからロンドンに着いて、最初のうちはその静かさに違和感を覚えたのだったが、ここまで来てみると、まるでみんなが声をひそめ、足音をさせないようにしているのではないかと思うほどだった。父はいったい、どんな顔をしてこの道を歩いたのだろう。私は、少し猫背な彼のうしろ姿が、人びとの群れにまじっているような気がした。

あっち、と見当をつけておいた方角にむかって、私はホテルのまえのプリンセス・ストリートを西にむかって歩いた。エディンバラ城の容姿を、遠くからでもいいから、日が暮れてしまわないうちに視覚におさめておきたかったからだ。

エディンバラのお城のそばで、と父はなんども私たちに話してくれた。ちょうどおまえたちぐらいの年齢の、学校の制服を着た女の子が、十人ほど、若い、きれいなシスターに連れられて遊びに来ていた。犬ころみたいに、芝生のうえをころがりまわっていて、なんだ、スコットランドまで来ても子供はおまえたちとおんなじだと思った。

パパたちがお城の見物をして出てくると、ちょうどシスターも子供をあつめて帰るところだった。どうもひとり、人数が足りないらしい。その子の名をたてつづけに呼んでいた。透きとおった、きれいな声で。

メアリーという名だったぞ。父は、これだけは忘れてない、といわんばかりに、力をこめて、言った。目をとじて、すこし音痴な声をはりあげ、メアリー、メアリーと若い修道女の声色をまねて、私たちを苦笑させることもあった。

六ヶ月にわたる父の外遊の思い出話のなかには、始終ではなかったが、子供の出てくることがあった。空気の薄いようなスコットランドまで来て、制服の少女たちを見た三十歳の父は、ふと日本でミッション・スクールに通っている娘たちを思い出したのだったろうか。

どんなお天気だったの、その日は。そう訊いておけばよかった。プリンセス・ストリートを西に向って歩きながら、私は思った。私も、そしておそらく、いつも私といっしょにその話を聞いていた妹も、メアリーを呼んでいるシスターのすがたを、太陽がきらめく青空の下、緑の芝生のうえに思い描いていたからだ。八月の霧がかかった、うすら寒いエディンバラなど、想像もしなかった。

まもなく左手の視界が開けたが、窪地《くぼち》をあいだに挟んでいるのだろう、すべてが灰色に煙ったなかで、目をこらすとその谷のようにえぐれた土地をへだてて、異様な形骸《けいがい》の黒い岩壁がそそりたっていた。ホテルを出てから、ずっとなんの変哲もない街並を歩いてきたものだから、突然あらわれた岩山はただ奇異としかいいようがなくて、一瞬、幻覚におそわれたのかと、私は思わず目をとじてしまった。ホテルでもらった簡単な地図によると、それはたしかにエディンバラ城の方角だったが、目のまえにあるのが城砦なのか、ただの岩山なのか、判断がつかない。夕食の時間なのだろう、あたりの人影がさっとなくなって、霧だけが道に流れていた。

あれはほんとうにエディンバラ城だったのだろうか。朝の光がいっぱいに流れ込みはじめたホテルのベッドのなかで私は昨夜のふしぎな光景について考えた。ロワール河畔《かはん》などの大陸の華美な居城に慣れた目には、険しい岩山に築かれた砦《とりで》であることが奇異に映っただけにすぎないのに、そのときの私には山も岩もすべてが魔性のものに思えて、そのまま散歩を打ち切ってホテルに帰ったのだった。それにしても、のどかな一幅の絵のような父のエディンバラ城と、私の見た霧のなかの岩山の、なんという隔たりだろう。

その日は、まずまずのお天気で、私は朝いちばんに駅前の売店で買ったガイド・ブックどおりに、いくつかの城をたずね、教会を見学し、美術館をおとずれたが、エディンバラに着いた日の夕方、霧のむこうにそそりたっていた奇怪な岩山の印象があまりにも圧倒的だったので、なにもかもが色褪《あ》せてみえた。

一九七〇年の三月のある日、私はずっとかかりきりになっていた翻訳の仕事を午前中は休むことにして、ミラノの中央駅にいそいだ。パリ発―イスタンブール行きの国際列車が、十時には中央駅に入るはずだった。うまく行くかどうかはわからない、それでも、とにかく行ってみよう。そう考えると駅前の広場に車を置く時間ももどかしく、長い石の階段を駆け登るようにして、あの巨大な温室を思わせる美しいドームにおおわれたプラットフォームに出た。列車はまだ着いてなかった。

「父上からのおことづけですが」そういって、ローマからかけているという、父の会社の人と名のる会ったことのない人物からの電話がミラノの家にかかってきたのは、数日前のことだった。父の病状がよくないと弟からの連絡があったのは数週間まえの二月の半ばで、私はまもなく日本に向けて出発することになっていたから、それまでに済ませなければならない仕事に日夜、没頭していた。二年まえに手術をうけた癌が、昨年の秋に再発して、もう手のほどこしようのないところまで来ていると、私は弟がつぎつぎと書いてくる手紙で知っていた。

「近々お見舞いに日本に帰られるとのことで、お父様はたいへんおよろこびです」知らない人の声はいった。

「それで、おみやげを持って帰ってほしいとおっしゃって、お電話するようお頼まれしたのですが」

私が父の容態をたずねると、電話の声はそれには答えないで、みじかい沈黙のあと、こういった。

「一日もはやくお帰りください」

日本に帰るたびに、といっても十年に二、三度にすぎなかったのだが、私がいっしょうけんめい見つくろったおみやげをわたすと、母も妹も弟もすんなりとよろこんでくれたのに、父だけはつまらなそうな顔をして、みやげなんか持って帰るな、と叱った。値段とも相談しながら、忙しいなかをあちこちまわって、こころをこめて選んだのに。そう思うと、すなおにありがとうといってくれない父がうらめしかった。その父が、こんどはおみやげを持って帰れというだけでなく、それを電話でことづけまでさせたりする。しかも、父がほしいというのが、まったく意表をついた品物だった。かつて自分がそれに乗って旅をした、ワゴン・リ社の客車の模型と、オリエント・エクスプレスのコーヒー・カップが欲しいのだという。そんなものを、どこで売っているのだろう。都心の玩具店に行くと、精巧《せいこう》な模型はすぐに見つかったが、コーヒー・カップを手に入れる方法がわからなかった。

「ミラノであちこち駆けまわって探すより、じかに列車まで行ったほうが、手っとりばやくないかな」

友人がそう提案してくれたので、時刻表をしらべ、取るものも取りあえず私は中央駅に出てきたのだった。それにしても、いったい、乗客でもない者に、そんなものを頒《わ》けてくれるのだろうか。それを思うと、まもなく構内アナウンスが列車の到着を告げたとき、私は喉がからからになって、息ぐるしいような気がした。私がこうしているあいだにもひとり死に向っている父に、いましてあげられることは、これだけしかないのだ。夫が死んでふた月後の夏に、母の危篤《きとく》で帰国したとき、父はすでに一回目の胃の手術を受けたあとだった。母の病状が一応、落着いたあと、父の看護をするために日本にとどまるべきかどうか迷う私に、父はきっぱりいった。おれのために、いまさら、おまえの選んだ生き方を曲げるな。ミラノへ帰れ。

パリ発ヴェネツィア経由イスタンブール行きのオリエント・エクスプレスが、ロイヤル・ブルーの車体に金色の線と紋章のついた、あのワゴン・リ社の優雅な寝台車をつらねて、ゆっくりとプラットフォームに入って来たとき、私は、あたりいちめんがしんとしたような気がした。

「ヨーロッパに行ったら、オリエント・エクスプレスに乗れよ」

はじめてフランスに留学することがきまったとき、父は上気した声でそうくりかえした。四十日の船旅でジェノワに着いて、そこからパリまでどんな旅行になるかさえわかっていない私にとって、しかし、オリエント・エクスプレスなどという夢のような列車の名は、あたまのなかを素通りしただけだったし、だいいち、列車にあこがれるということさえ、戦中戦後そだちの私にはそれがどういうことなのかほとんど見当もつかなかったから、父がそうくりかえすたびに、はい、と口論になるのを避けるためだけのお座なりな返事をしたり、いやあねえ、パパが旅行した時代とは違うのよ、と硬い声で反抗したりするだけだった。

父は、船や列車や飛行機がすきだった。彼の興味は軍艦や戦闘機といったぶっそうなものにまで及んでいて私の顰蹙《ひんしゅく》をかっていたが、ぶあついカタログを買ってきて、日曜日などそれを愉しそうに眺めていることがよくあった。私が徐々にイタリアにのめりこんでいくと、彼は、おい、世界でいちばん美しいのはイタリアの船だぞ、軍艦にいたるまで、イタリアの船はすばらしい、などと私の機嫌をとるようなことをいったりした。

生涯でたった一度になった外遊のみやげに、父がまだ幼かった息子のために買ってきたのは、ドイツのメルクリン社のうつくしい電気機関車一式だった。外に出て遊ぶことのすくなかった弟は、学校にあがるようになると、アルス社の児童文庫を積み上げてトンネルをつくり、トランスだ、電磁石だと、私にはちんぷんかんぷんの用語を駆使して、座敷いっぱいに敷いたレールに、屋根がこっぽりと片側に開いて内部の座席がひとつひとつ見える色とりどりの客車をつけた、緑と赤と金の重たい機関車を走らせるのに夢中になって、父をよろこばせた。そのなかには、ワゴン・リ社の、青と金色の車体の寝台車もまじっていて、父は、なつかしそうにこれで編成した国際列車の話を、なにもわからないで、ぼんやりしている私たちに話して聞かせた。

オリエント・エクスプレスには、だから、自分が若いときそれに乗って、朝から夜にむかって、また夜から朝へと、駅から駅へ、国から国へと旅をつづけた時間と空間への深い思いがこめられていて、その記憶が、跡取りの男子というだけのことで祖父ゆずりの会社の経営に不本意ながら参加させられ、戦争で軍部に協力を強いられたり、戦後の混乱時に彼がかわいがった何人かの優秀な人材が会社を離れていったりした大波のいくつかを、乗り越え乗り越えするうちにようやく仕事に自信をもつようになった父の晩年を、どこかで支えていたに違いない。オリエント・エクスプレス。なんという夢にあふれた名だろう。フライング・スコッツマンのときもそう思ったが、父はこの列車の名を、彼だけが神様にその在《あ》りかを教えてもらった宝物のように、大切に発音した。会社がひまになったら、とイタリアから私が帰るたびに、父はくりかえした。もう一回、ヨーロッパへ行くぞ。

列車が停止したのを確認すると、私は客車に沿って歩きはじめた。仕立てのいい靴がデッキに立つのが見え、深い緑のローデン・コートの紳士がまず身軽にひょいと降り立ち、あとにつづく女性に手を差し出すと、彼女はまるでこうして抱きとめられるのをずっとまえから待っていたように、からだの重心をちょっと古風に男の手にゆだねる。ある客車の下では、まだ少女っぽさが抜けていない若い女が、これもローデン・コートの若者と抱擁をかわしている。恋人どうしなのか、それともきょうだいが別れをつげているだけなのか。

ミラノの日常に埋もれている私には、これらのうつくしい人々の着ているもの、ふるまいのすべてに、凝縮されたヨーロッパそのものを見るように思った。

ダイニング・カーのよこを通ると、おそらくは父がおなじ色の光の下で食事をし、ひょっとしたら片言の英語で楚々《そそ》とした美人に話しかけたりしたかも知れない、オレンジ色のスタンドの光が窓ごしに見えた。しばらく行ったところで、ようやく一台の客車の入口に、黒い蝶ネクタイをつけた車掌長《しやしよう》が、なにを書きとめているのだろう、小さな手帳を片手にボールペンを走らせているのに出会った。

「すみませんが」

そう声をかけると、車掌長は大げさにびっくりした手ぶりをしてから、顔をあげて、私を見た。

「なんでしょう、マダム」

「少々、おかしなお願いがあるんですけど」

「なんなりと、マダム、おっしゃるとおりにいたしましょう」

ヨーロッパの急行列車でも稀《まれ》になりつつある、威厳たっぷりだが人の好《よ》さがにじみ出ている、恰幅《かつぷく》のいいその車掌長に、私は、日本にいる父が重病で、近々彼に会うため私が東京に帰ること、そしてその父が若いとき、正確にいえば一九三六年に、パリからシンプロン峠を越えてイスタンブールまで旅したこと、そのオリエント・エクスプレスの車内で使っていたコーヒー・カップを持って帰ってほしいと、人づてにたのんで来たことなどを手みじかに話した。ひとつだけ、カップだけでいいから欲しいんだけれど、頒けていただけるかしら、とたずねると、彼は、はじめは笑っていた顔をだんだんとかげらせたかと思うと、低い声の答えが返ってきた。

「わかりました。ちょっと、お待ちいただけますか」

そういって車内に消えると、彼はまもなく大切そうに白いリネンのナプキンにくるんだ包みをもってあらわれた。ありがとう。そう言った私の声はかすれていた。お代は、とたずねる私に、彼は包みを開いて、白地にブルーの模様がはいったデミ・タスのコーヒー茶碗と敷皿を見せてくれながら、まったくなんでもないように、言った。

「こんなで、よろしいのですか。私からもご病気のお父様によろしくとお伝えください」

羽田から都心の病院に直行して、父の病室にはいると、父は待っていたようにかすかに首をこちらに向け、パパ、帰ってきました、と耳もとで囁《ささや》きかけた私に、彼はお帰りとも言わないで、まるでずっと私がそこにいていっしょにその話をしていたかのように、もう焦点の定まらなくなった目をむけると、ためいきのような声でたずねた。それで、オリエント・エクスプレス……は？

死にのぞんで、父はまだあの旅のことを考えている。パリからシンプロン峠を越え、ミラノ、ヴェネツィア、トリエステと、奔放な時間のなかを駆けぬけ、都市のさざめきからさざめきへ、若い彼を運んでくれた青い列車が、父には忘れられない。私は飛行機の中からずっと手にかかえてきたワゴン・リ社の青い寝台車の模型と白いコーヒー・カップを、病人をおどろかせないように気づかいながら、そっと、ベッドのわきのテーブルに置いた。それを横目で見るようにして、父の意識は遠のいていった。

翌日の早朝に父は死んだ。あなたを待っておいでになって、と父を最後まで看《み》とってくれたひとがいって、戦後すぐにイギリスで出版された、古ぼけた表紙の地図帳を手わたしてくれた。これを最後まで、見ておいででしたのよ。あいつが帰ってきたら、ヨーロッパの話をするんだとおっしゃって。

（『ヴェネツィアの宿』）

電車道

五年半、夫と暮したミラノの家のそばの電車道には、35番の市電が通っていた。それは、ミラノの都心にある大聖堂《ドゥオモ》のあたりから、ヴィットリア門を過ぎて、「三月二十二日通り」を私たちの住んでいたあたりまで、ほとんどまっすぐに来る路線だった。ちょうど家のあたりで街路の名が「三月二十二日通り」から「コルシカ大通り」(「大通り《ヴィアーレ》」という名称はよく街はずれの広い道につけられる)になり、電車はリナーテの飛行場の方角に一キロほどまっすぐ走ったあと、周辺の住民が三ツ橋《トレ・ポンティ》とよんでいたガードをくぐったところで、くるりと右折してまもなくの、オヴィディオ広場が終点だった。

終点の広場は、なにもない、雑草が生い茂った街はずれだったから、私たちの家あたりから先は、電車はそれほど混むということもなく、路線電車らしいのどかさで、ぎちぎちときしみながら、のんびりと乗客を運んでいた。

夫の実家だった鉄道官舎は、そのガードをくぐったところのすぐ左手にあったし、彼が勤めていた書店は、ドゥオモのすぐそばだった。だから、結婚するまえも、してからも、外出ぎらいの彼が利用する交通機関は35番の電車だけだった。私は私で、一九六〇年にそれまで勉強していたローマを引きはらってミラノに住むようになったとき、家がみつかるまで泊めてもらっていたモッツァーティ家が、おなじ電車道に沿っていたから、夫の実家をたずねるときも、書店に出かけるときも、35番に乗った。それぱかりか、六一年に結婚したとき、夫の友人のティーノが格安の家賃でいいから、知っている人に住んでほしいと空けてくれたアパートメントが、またまたモッツァーティ家と道をへだてた真向いだったので、交通にかんするかぎり、私のミラノ暮しはすべて35番の星の下にあったといってよかった。

結婚してまもないある日、夫の帰りがおそくて、どうなったのかと気をもんだことがあった。書店を出るときに電話をくれたから、ふつうなら二十分で家につく。いくら電車がこなくても、三十分はかからない。道でなにかあったのではと気になりはじめたとき、彼がそっとドアの鍵をあけて入ってきた。どうしたの、ちょっと心配した、というと、彼はてれくさそうにつぶやいた。「うっかりして、お母さんのところに帰っちゃった」

結婚そうそう、35番の電車に、ふたりしてからかわれたようなものだった。

私が、ルドヴィーコさんという、三ツ橋のちょっと手前にある修道院の神父さんを知ったのは、その電車のなかだった。最初、ルドヴィーコさんという人の存在に気づいたのは、彼がいつも運転手か車掌のよこに乗っていて、大声でしゃべっているのを見かけたからだった。黒い、といってもヨウカン色になった裾《すそ》のながい僧衣を着て、底冷えのするミラノの冬でも、はだしにサンダル、背はひくいが、がっしりとした体格の白髪の老人が運転手に話しかけている。声はやたら大きいのだが、何を言っているのか、もうひとつはっきりわからない。ひとりでしゃべっては、歯のぬけた口を大きくあけて、ゆかいそうに、笑ったりしている。すこし、あたまがへんなのではないかと思うほどだった。それに、乗務員たちも、ちょっとめいわくそうで、ときには、いいかげんに返事しているようでもあった。あつかましいような、善人のようなルドヴィーコさんのことを、はじめ私は、修道院の下働きというのか、お使いに出たりそういう仕事をする人なのかと思っていた。変なお坊さんがいつも電車に乗ってる、とある日、なにげなく姑にいうと、彼女も夫もしごくあたりまえというように、あ、それはルドヴィーコさんだ、といった。こうして私はルドヴィーコさんが、このあたりではだれもが知っている、市電病院（そういうものが、家のそばにあった）の病院付司祭だとおしえられたのだったが、あれは、彼の姿に気づくようになってから、どれぐらいしてからだったろうか。

いわれてみると、彼は電車に乗るのも降りるのも、切符なしだった。電車は、修道院の近くの、そこだけポプラ並木になっているところを通るとき、ふいにガタンと停車することがあった。それが、歩いているルドヴィーコさんをひろうためだったのは、大声でグラーシエーと変ななまりのイタリア語で叫びながら、よっこらしょと僧衣をひきずって彼が乗ってくるのですぐにわかった。ずいぶん遠くから追いかけてくるので、乗客までたっぷり待たされることもあった。

病院付司祭というのは、病人の悩みごとを聴いたり、死ぬとき、そばにいてあげたりするのが仕事だが、病院の近代化とともに、宗教と厳密に関係のない分野はすこしずつ福祉関係のひとたちに肩がわりされるようになって、ルドヴィーコさんの訪問も以前ほど病院に歓迎されなくなった。そんな話がちらほら聞えてくるようになったが、世間のうわさとはうらはらに、ルドヴィーコさんは、いつも、ほとんど愉しげに、電車に乗っていた。当時は飛ぶ鳥も落す勢いだったモッタ製菓会社のかどの大きなカーブにさしかかると、電車はいつも、身ぶるいするようにぐらりと揺れる。電車といっしょに、ルドヴィーコさんもぐらりと揺れる。それでも彼は話をやめなかった。病人にふるまう新聞紙にくるんだ葡萄酒のびんが、僧衣のひだのあいだから、ちらりと見えたりした。

そのルドヴィーコさんが、イタリア人でないと知ったのは、彼自身の口からであった。しゃべってばかり、と思っていた彼が、おなじ電車によく乗っている外国人の私をしっかりマークしていたのである。私は自分が、遠くからみてもはっきりそれとわかる外国人でありながら、うっかりそれを忘れて、彼のイタリア語の変なまりに、気をとられていた。考えてみると、むこうがまずこちらに興味をもったのは、当然かもしれなかった。ある日、彼のほうから話しかけてきて、それ以来、ときどき声をかけられるようになった。彼の出身地はクロアチアという、イタリアとユーゴスラヴィアの国境ちかい地方だった。そのあたりが、一時はイタリア領だったこともあるとは、歴史にうとい私にもぼんやりと意識にあったが、そこから来た人と話をしたのは初めてだった。どんな景色の地方なのか、どんな言葉を話すのか、私には想像もつかなかった。ルドヴィーコさんは、アドリア海に面した村の、まずしい漁師の家に生まれたということだった。漁師を意味するペスカトーレということばのトーレという部分を、ルドヴィーコさんは、奇妙にながくひっぱって発音した。

クロアチア語ってどんな言葉ですか、そうたずねた私に、ルドヴィーコさんは、白い眉毛の下の、人の好さそうな、それでいて、この人につかまったら厄介だなあという感じがどこかある、黒い目をしょぼしょぼさせながら、まったく思いがけない返事をした。わすれた、と言ったのである。まさか、と言うと、あはは、と彼は大口をあけて笑い、もう四十年にもなるんだもの、おぼえてるはずがないだろう、と言った。そして、いかにもおかしそうにこう話すルドヴィーコさんのイタリア語は、あきれたことに、ところどころラテン語でまにあわせた、なまりのきついブロークンだった。ひとつの外国語を習いきらないうちに、母国語をわすれるということがあるのだろうか。とにかく、それで、市電の運転手さんたちが、ルドヴィーコさんの話に身を入れてないわけも理解できた。

ルドヴィーコさんと私は、そうやってときどき電車の中で出会う以外にはなんのつながりもなかったから、私たちの会話はせいぜいが彼の故郷や夫の家族の安否についてぐらいで、それ以上深まることはまずなかった。それでも、私よりさきに降りるときなど、ルドヴィーコさんはまるで父親を亡くした甥《おい》たちを気にかける叔父さんといった風情で、いつものように大声でいった。ペッピーノによろしくな。アルドにも、ときどき顔を見せろって、なあ。夫たちだけでなく、早く死んだマリオやブルーナのことも、みながほんの幼い子だったころからのなにもかもを知りつくしているみたいな彼にそういわれると、私は、夫や義弟のアルドを、一時だけルドヴィーコさんからあずかっているような気のすることがあった。

数年まえの夏、ミラノに立ち寄ったとき、ルドヴィーコさんがその春、百歳ちかい年齢で亡くなったことを知った。彼が通っていた市電病院も、何年かまえにとりこわされ、あとはモッタ製菓が買いとったとのことで、跡地には味気ない倉庫のような建物がたっていた。近所でルドヴィーコさんを知っていた人の数も、めっきり減っていた。

市電病院といっても、交通局の職員だけでなくて、一般の人もその病院を利用していた。いまから二、三十年前まで、オヴィディオ広場の近くに、一九三〇年代にスラム解消策として建てられたアパート群があって、各戸に便所がついているのが（それまで、ミラノの下層階級の住宅では、各階の共同便所をみなで利用していた）、当時のうたい文句だったというだけの、結局のところみすぼらしさには変りない灰色の地区だった。「最小限度住宅《カーセ・ミニメ》」という、いかにもファシストらしい官僚的な名のついたその団地の住民たちにとって、この病院は地域唯一といっていい、利用可能な公共医療機関だった。

その団地に住んでいた、イヴァーナという少女とあるとき知りあった。だれかに紹介されて、書店の夫のところに将来の進路を彼女が相談にいったのがきっかけだった。ときどき、日曜日の午後など、ちょっと近所まで来たからといって、気軽に私たちの家に寄っていくことがあった。年齢も興味もかけはなれた私たちとしゃべって、なにがおもしろいのかと私などは思うのだったが、イヴァーナはふらっと来て、自分の家のことや、友達のこと、団地の住人のうわさなどを、いかにもたのしそうに話して、じゃ、また、という感じであっさり帰った。

説明するまでもなく、イヴァーナという名は、ロシア語のイワンの女性形だが、すくなくとも北イタリアでは、それほどめずらしい名ではない。どこかエキゾチックなひびきが、ある階層の人たちに好かれていたのではないか。でも、私たちのイヴァーナは、お母さんがほんもののロシア人だった。そういえば、イヴァーナのブロンドの髪は、イタリアではほとんど見かけない色あせたような亜麻《あま》色で、それがうす青の目とよくあっていた。美女、というのではなかったが、姿のいい、気のやさしい子だった。戦争でお父さんがロシアの戦線におくられ、捕虜になったときに知りあったのが、イヴァーナのお母さんだという。映画の『ひまわり』を思いだすような話だったが、奇抜なのは、戦争が終ってお父さんがイタリアに帰還するとき、まだ婚約者だったお母さんといっしょに、そのお母さん、すなわちイヴァーナのおばあさんにあたる人までいっしょに連れてかえったというのである。まさか、そんなことが、と私は思ったが、イヴァーナは、そうなのよ、とおかしそうに言うし、夫もだまって聴いていたから、そういうことだったのだろう。

イヴァーナのお母さんは外で働いていたので、彼女はロシア人のおばあさんに育てられた。さんざん世話になったおばあさんのことを、しかし、彼女ははずかしがっていた。うちのおばあちゃんは、と彼女は言った。まず、イタリア語がはなせない。イタリア語をおぼえるまえに、ロシア語をわすれちゃったのよ。まるで、ルドヴィーコさんそっくりの話だと、私は思った。なにか、そういう言い方が、スラヴ系のことばにあるのかとも思った。だから、あのひとのいうことは、イタリア人にはわからないのよ、私が通訳してあげないと。イヴァーナはなさけなさそうにいった。

もうひとつ、イヴァーナがはずかしがっていたのは、おばあさんがひどい寒がりで、もうれつな重ね着をすることだった。東京にくらべると、ミラノの冬はたしかに寒い。ちょっと気温がさがると、零下六、七度になるから、けっして暖かいとはいえない。でも、ロシアみたいな北の国から来て、なにが寒いのだろうと私はふしぎだった。とにかく、おばあさんの重ね着はすごいのよ。イヴァーナは笑った。はずかしくて、いっしょに歩けやしない。オーバーだって、平気で二枚、かさねて着てしまうのだから。スカートも、二枚ぐらいなら、へいちゃら。短いのを下にはいて、長いほうをその上にはく。痩せてるから、平気なのよ。そう言われてみると、私が子供のとき祖母がいっていたのを思い出した。ロシア乞食。革命で、ロシアから、いまでいう難民が日本に来た時代があった。リボンなどを売って、生活をささえていたという。小さいころから私や妹が、ふざけて母や叔母たちの服をひきずって着たりすると、祖母は叱るのをわすれて、そんな、ロシア乞食みたいな、と顔をくしゃくしゃにして笑った。それに、マトリョーシカといったか、モスクワ空港で売っていた、あかい頰をした木製のいれこ人形のことも思い出した。ふくれたスカートの腰あたりを、きゅっきゅっと両手でねじって開けると、中から、おなじ原色の花もようのスカートをはいた、てかてかにニスを塗ったパッチリ顔がつぎつぎに出てくる、あれだ。ひょっとしたら、ロシアの農婦たちはほんとうに重ね着をするのかもしれない。

あるとき、イヴァーナが来て、今日は市電病院に行った、と話した。学校のともだちが、入院していて、お見舞にいったという。彼女とおなじ十七歳、リタという名の子で、骨肉腫がひろがって、手のつけられない状態だという。イヴァーナとおなじ、最小限度住宅《カーセ・ミニメ》のなかでそだった友人だった。お父さんはいなくて、南イタリア出身のお母さんは狂乱状態、リタは私がついてるときだけ、すこし安心するの。なんの気負もなくイヴァーナはそういった。こないだから、学校の帰りに、できるだけ毎日、寄ってあげることにした。わたしが行けない日は、おばあさんが行ってくれる。おばあさんは、イタリア語がはなせないから、ただ横にいて、リタの足をさすってあげるだけなんだけれど。

何週間かして、二月の寒い朝、イヴァーナがふいにやってきた。どうしたの、学校じゃないの、とドアを開けながら言う私に、リタが死んだの。昨日の夜からわるいって聞いてたんで、今朝は学校さぼってお見舞に行った。リタの病室のドアを開けたら、ベッドがからっぽで、いきなり空がみえたの。朝早く死んじゃったらしいのよ。お葬式に来てやって。それだけ言うと、イヴァーナは泣きじゃくった。

ミラノではめったにない冬の青空を見ると、あの朝、イヴァーナが病院の窓から見たという空を思い出す。

夫が死んで、あれは一年ほど経ったころだったろうか。ある日曜日の午後、イヴァーナが、たずねてくれた。商業学校を卒業して、大手の出版社につとめることになったと、報告に来たのだった。あたらしい職場のことやら、団地の住人のはなし、おとなしい教区司祭のドン・ジュゼッペの説教のまね、死んだリタの、変り者のお母さんのうわさなど、イヴァーナは、あいかわらず、たのしそうだった。おばあさんの消息をたずねると、元気よ、今日もお墓に行ってる、という返事だった。日曜日は、35番の電車道の、ガードの向こう側から、市営墓地行きの特別バスが出た。その路線だけは、運賃の日曜割引がある。それに乗って、イヴァーナのおばあさんは、お墓まいりに行くというのだった。お墓まいりってだれのお墓？　とたずねると、イヴァーナは言った。ううん、べつにだれのっていうわけじゃなくて、ただ、あのひとは、日曜日はお墓まいりって決めてるのよ。ロシアじゃそういうものらしい。

私が十一年暮らしたミラノの家をたたんで、東京にかえることにしたのは、それから三年目だった。さいごの日曜日、夫のほうむられている市営墓地を義妹のシルヴァーナといっしょにおとずれた。墓参が苦手な私は、ほとんど墓地に行ったことがなかった。いっそ義妹といっしょのほうが、さっぱりして気楽だろう、そんな気持で、彼女のさそいに乗ったのだった。あ、イヴァーナのおばあさんがきてる。広大な墓地の入口をはいってまもなく、シルヴァーナがささやいた。彼女の視線を追うと、ずっとむこうに、小柄な老女が、よちよちという感じで歩いているのが見えた。映画でみたことのある、纏足《てんそく》の中国人のような歩きかただった。まだ、秋になったばかりだというのに、黒いスカートをはいて、あたまはすっぽり黒い肩かけのようなものの下にかくれていた。まるで黒い布切れのかたまりが、ゆっくり動いているようにも見えた。おばあさんが歩いているあたりは、いちばん借地料の安い区画で、墓碑も目にみえて貧弱で、植木もまばらにしかなく、地表の赤土がむきだしになっていた。死んでからまで貧富の差で分かれている市営墓地の、あきらかに貧乏人の区画を、イヴァーナのおばあさんはよちよちと歩いていた。纏足のような歩きかたで、ときどきあちこちの墓碑のまえで立ちどまって、祈るように両手で顔を被《おお》っている。しばらくそうしてから、また、よちよちと歩きだす。ああして、とシルヴァーナがおしえてくれた。日曜ごとに、あの人は、近所の人たちのお墓まいりをしているのよ。知ってる人のお墓のまえで、ただじっとして、泣いてる。

何年か経って、イヴァーナのおばあさんが死んだと聞いたとき、たった一度だけ彼女を見かけた共同墓地をおもいだした。ひとつひとつの墓標のまえで、立ちどまっては両手で顔をおおっていた、ちぢんだような老女のうしろ姿が、記憶のなかで凍《い》てついていた。ロシア語をわすれたイヴァーナのおばあさんは、クロアチア語をわすれたルドヴィーコさんと、市電病院のことなんか話して、天国で笑っているのかもしれない。いまはもう天国語で話せることに、ふたりとも満足して。

オヴィディオ広場のあたりは、その後、開発されて、35番の電車の線路は、最小限度住宅《カーセ・ミニメ》がとりこわされたあとに建った広大な大団地群まで延長された。きしんでいた電車の車輪にはゴムがかぶせられ、騒音はたしかにすくなくなった。色あせたグリーンの車体は、目のさめるようなオレンジ色にかわったが、大団地を終点にひかえて、二両編成でも混みぐあいはひどく、ときには三両編成で走っている。切符きりの車掌はもう乗っていない。かつて場末だったオヴィディオ広場には、大きな駐車場のあるスーパーマーケットが建ち、都心からひっこしてきた（イヴァーナの勤め先でもある）大手出版社の、ぜいたくな総ガラスの建物が、きらきら夕日にひかっている。

（『トリエステの坂道』）

マリアの結婚

いとこのマリアが結婚するという話を、マリアの妹のナタリーナがしゅうとめの家にもってきたとき、ちょうどその場にいあわせた夫は、えっという顔をした。結婚って、だれと？　まさか、あのマリアが、という彼のおどろきには、しゅうとめも、いわば外の人間である私も、まったく同感だった。北イタリアのあちこちに散らばった、年齢もばらばらな夫のいとこたちのなかで、「ちゃんとした結婚」といった話にだれよりも縁が遠そうなのが、三十も半ばをいくつか過ぎたマリアだったからである。

そうよね、とナタリーナも、まるで自分自身を納得させるように大きくうなずいて続けた。だれってねえ、結婚の相手は、ねえさんより十歳ほど年かさの、村の郵便局につとめてるひとよ。そう言うと彼女は、うそみたいな話でしょう、と血の気のない顔を、はずかしそうにゆがめた。わたしだって、とナタリーナは言った。まさかマリアがふつうの結婚をするなんて考えてもいなかった。でもあの人たちが決めたことだもの、なんにも言うことはないわ。どっちにしても、そのひと、気だてのいい、でも、ごくふつうの男よ。

マリアたちの両親は、ロンバルディアとピエモンテの州境いに近いロメッリーナ地方の小さな町のそのまた在で農業をいとなんでいた。ミラノから西南の方向に、電車で一時間ちょっとのこのあたりは、イタリア最大の水田地帯として知られている。とはいっても、じっさいのところ、米作りでもうけているのは農業の企業化に成功した少数の大地主たちの話で、だいたいの農民にとっては、さほど豊かさをもたらしてくれる土地というのではなかった。もともと自分の土地を持たず、そうかといって都市に出て働くだけの才覚もエネルギーも持ちあわせていない人たちにとって、戦後の農地解放で変ったのは、小作という名称が廃止されたことぐらいで、ほとんどはいまだに地主から借りた土地をたがやし、細々と小麦を作ったり乳牛を飼ったりして、儲《もう》けの大半は借地代にもっていかれるという、前近代的な生活から抜け出せないでいた。マリアの父親リベロ・ヴォルタもそんな農民のひとりだった。

リベロの妻でマリアたちの母親であるマーリおばさんは、しゅうとめの上から二番目の姉さんだった。骨太の、どこにも優しさのないからだつきが、ぽっちゃりした、いかにもおかあさんふうのしゅうとめとは対照的だった。何代にもわたって太陽に灼《や》かれつづけた農民の血が、彼女の大きな手足や頬骨の張った顔にどんよりと澱《よど》んでいるようで、はじめて会ったときには、どこか横柄《おうへい》な物腰が妙に印象に残った。でも、なんどか話すうちに、最初、横柄と思ったのはまったく私の思いちがいで、彼女には、想像力にたよったり、ことばや表情で考えを表現する習慣がないという、それだけの話だとわかった。

マーリおばさんは年がら年じゅう、自分たちに運がまわってこないのは夫のリベロに働きがないからだと、無口でおとなしい、体格もほっそりした夫をこづきまわしていた。そのくせ、自分は、たまにミラノに来たときも、しゅうとめが忙しく洗濯をしたり、モップで床を洗ったり、食事の支度をしたりするのに手を貸そうとするのでもなく、せまいキッチンの椅子にどかんとすわったきり、窓から遠くの空に見える、リナーテ飛行場に発着する定期便に茫然と気を奪われていた。

企業家に変身した大地主のなかには、米作りには手を出さない人たちもあった。農業にはさっさと見切りをつけた彼らは、一九六〇年代に、イタリアの経済がめざましく成長したあの時期に、それまでは中部のトスカーナがほとんど独占していた製靴《せいか》産業を北イタリアのこの地方に誘致することに目をつけた。それはまもなく、ブランド製品が異常なほど歓迎されるようになって急成長をとげた時期とも重なって、マリアたちの村にも、ブランド名は公表しない下請け工場がつぎつぎに建って、またたく間に農民の経済を底辺で支える産業になってしまった。

もうすぐ三十に手がとどくナタリーナは、すぐうえの兄さんのジュゼッペと、彼とは年子の姉さんでこんど結婚するマリアとの、三人きょうだいの末っ子だった。彼女は、ときどき一週間ほどの休暇をとるとミラノにやって来て、しゅうとめの家に泊まっていくのを楽しみにしていた。しゅうとめのほうでも、戦後すぐに十八歳で死んだひとり娘のブルーナにどこか容貌も性格も似ているナタリーナを、姪たちのなかでだれよりもかわいがった。中学を出るとすぐ家の仕事を手伝うようになったナタリーナは、家事の合間には、季節ごとに、田植えや果実もぎに雇われて、近辺の村に何週間も泊まりがけで出かけていった。それが数年まえから靴の工場で働くようになって、自分だけの時間がふえたと彼女はよろこんでいた。働き者というほかは特技があるわけでもないから給料もそこそこ、ときには残業がつづく靴工場の仕事もけっこうきついはずなのに、毎月、規則的に給料をもらえるのが、彼女にはありがたかった。工場の仕事になんとなく専門的なひびきがあることも、農業とちがって、一種の自信を彼女のなかに育てていた。

いまいるのは、トマイアを縫いつける工程なのよ。まるで産業秘密でも明かすみたいに声をひそめて、ナタリーナは、外国人の私には聞きなれない靴の部分や工具の用語をまぜながら、私たちに仕事場の話をした。私がけげんな顔をすると彼女は、すわったまま、手で片足を椅子の高さまで持ち上げて、肉厚な甲の部分をぽんぽんと叩きながら、トマイアって、靴のここのところよ、ほら、と、まるで小さな子供に話して聞かせる母親みたいな顔をした。

まだ農業が人手にたよっていたころ、この地方の若い娘たちにとって、田植えは年間を通じての大切な行事だった。娘たちは太陽が照りつける水田の労働に精力を使い果たしたはずなのに、夜は夜で、ふだんのつつましやかさを忘れさせる奔放な性の解放区が待っていた。五月の朝のミツバチの群れのように、彼女たちは嬉々《きき》として田植えに雇われて行き、短い、熱に浮かされたような労働の季節が幕をとじると、何人かは身ごもって村に戻った。妊娠は望まれた結婚につながることもあったが、たいていの場合は、村で「施術屋《プラティコーナ》」と呼ばれる女に金を払って、警察に知れないようにそっと始末した。まずしい、持参金を準備してやるところまでは手がまわらない農民の両親たちは（持参金の額が娘たちの将来の幸福と正比例するというのが、農村の常識だから）、こんな「事件」も農民に生まれた不運のひとつとして、すこし熱すぎる飲物のように我慢して受け入れた。田植えが村にもたらす現金は、娘たちにも、彼らにとっても、それくらいの「事故」よりずっと大事な恵みの雨なのだった。

水に浸かって、背中まげて、たんぼの中の仮小屋で寝て、あのつらさをからだが知ってるから、どんな仕事だって平気よ。そういって顔をしかめるナタリーナは、仲間たちから男嫌いといわれ敬遠されていた。潔癖すぎる性格のために同年輩の友人がいないことが、しぜん、彼女の足をミラノのおばさんのところに向けさせたのだろう。私たちが泊まっていた小屋には鍵なんてないから、だれかが入ってくるんじゃないかと、それがこわくて一晩中、眠れなかったこともあったわ。彼女はそうも言った。もっとも、それがたのしみで行く子もいるんだけどねえ。

あるとき私が『にがい米』の映画に感動した話を彼女にしようとしたとき、夫が急に話題を変えてしまったことがあった。映画の話なんて、ナタリーナにはわからないよ。ふたりだけになったとき、そう夫が言うのを聞いて、私はようやく思いあたった。私にとっては映画の中の世界でも、それを現実として通ってきたナタリーナにはあんまり心ない話題だったのだ。ときには接着剤の中毒事故があったり、拡張しすぎた工場が倒産することがあっても、季節にもとらわれない、組合の監視がきびしいかわりに賃金もきちんと払ってくれる靴工場の仕事は、ナタリーナの宝物だった。

兄さんのジュゼッペはミラノの市電の車掌をしていた。車掌より運転手のほうが給料がいいのだが、なんど試験をうけても、彼は運転手にはなれなかった。それでも勤務時間のわりにはどっさり給料をもらっていると、他のいとこたちは羨しがった。そして末っ子のナタリーナも、分秒を惜しむようにせっせと仕事にはげんでお金を貯めている。そんな中で、こんど結婚することになったというマリアだけは、工場に行くでもなく、父親の農業の手伝いをするでもなく、しじゅう家でぶらぶらしていて、あの子はいったいどうする気なんだろうねえ、と彼女自身だけでなく、それを許しているのがわるい、とヴォルタ一家は、近所の鼻つまみだった。小遣いがなくなると、マリアは、ふらりと家を出て、何日も帰らないことがあった。男から金をとって生きることを彼女が覚えたのは、もとはといえば田植えだった。

男とはいっても、もちろん、長続きするような関係を考えてくれるような相手はひとりもなかった。いつ見ても、顔色のすぐれない、小柄で痩せっぽちなナタリーナにくらべて、母親に似たのだろう、マリアは背も高く、堂々としたからだつきで、頬骨の張った血色のいい顔も、大きくウェーブして肩にかかった黒髪も、彼女を年齢よりずっと若くみせていた。そして、焦点のさだまらない黒い目と白い肌。ととのった美しさというのではないのにどこか人を圧するような風情があって、いつもすこし汗ばんでいるようなところが、たぶん男たちをひきつける彼女の魅力だったろう。お皿を一枚、テーブルにセットするのでも、彼女はさも大儀そうに、ゆっくりとほうりなげるような置き方をした。

口数は多いほうではなくて、みながしゃべっていても、マリアはそばでだまって聞いていた。だれかが彼女の意見を訊くようなことがあっても、わたしにはわからない、というように、彼女は大きく両手をひろげて笑うだけだった。ごくまれではあったけれど、彼女のほうから話をはじめることもあって、そんなとき、さっぱり筋が通ってなくて、わかりにくかった。私が、いっしょうけんめい彼女と話をつなげようと冷汗をかいていると、夫は笑いだした。

マリアがまた「事件をおこした」らしいよ。よわったたねえ。しゅうとめが、ほんとうに困った、というふうにそう洩らすのを、二、三度聞いたことがある。おなかにできてしまった子供を始末した、というのを、しゅうとめは「事件をおこした」と表現した。三十年まえのイタリアで人工流産は、いつだれに密告されて警察沙汰になるかわからない危険な行為だったのだから、たしかに「事件」には違いなかった。そんなとき、私はどう返事していいのかわからなくて、そう、というだけだった。なによりも、まるで経験のない女の子みたいに、おなじ間違いをくりかえすマリアが歯がゆかったし、彼女が「事件」をおこすたびに、一家の評判がわるくなり、ナタリーナが肩身のせまい思いをし、兄さんのジュゼッペの負担がふえるのが気の毒だった。

また手術の費用を払わされたと、ジュゼッペはしゅうとめのところに来てぐちをこぼした。みじかい勤務時間を終えて交通局の帰りに立ち寄った赤ら顔のジュゼッペが、大きな音をたててコーヒーをすすりながら、損した、と三白《さんぱく》の目をぎょろつかせる。小学校を出てすぐ、ミラノに働きに出た彼にとって、金のかかることはすべて、損、という言葉でくくられてしまうのだった。

ふつうの男がマリアに結婚を申しこむなどということが、私たちに信じられなかった理由は、他にもあった。彼女には、そんな関係のひとつから生まれた、小さな娘がいた。その子の父親だけにとくべつな感情を抱いていたのか、せっぱつまるまで結婚するとだまされていたのか、あるいは村の司祭にさとされた挙句《あげく》だったのか、母親になってしまったマリアの評判は、決定的な下降線をたどった。ピアと名づけたその娘は、どこか色素が足りないようなブロンドのおとなしい子で、戸籍上は祖父母にあたるリベロ夫婦の娘ということになっていた。その子の父親がだれなのか、だれも知らなかった。マリアが口をとざして言わなかったからである。

相手のひとは、ピアもいっしょに暮らそうといってくれるのよ。そういって、ナタリーナは深く息を吸いこんだ。ピアのためには、おとうさんができて、いいかもしれない。人見知りしない、すなおな子だから。

しかし、しゅうとめも夫も義弟のアルドも、素行《そこう》がわるいことで両親だけでなく、弟妹にまで苦労のかけどおしだったマリアが、いくら夫となるひとがそのままの彼女を受けいれてくれているにしても、当座はともかく、いつまで結婚生活をつづけられるのかと、不安をかくせない様子だった。私は私で、マリアを妻にしようとしている男性が、彼女のすべてをほんとうに知らされているのか、そのうえで、なにもいわないでいるのか、他人ごとながら気にかかった。

マリアの結婚話をナタリーナがしゅうとめのところに持ってきたのが三月で、六月にロメッリーナのおばたちの家で結婚の披露宴があった。私たち一家もぜひ来てほしいと、家に電話のないナタリーナが町の郵便局から公衆電話をかけてきた。ヴォルタ家の三人きょうだいで結婚するのはマリアがはじめてだったから、マーリおばさんは、長姉でブレーシヤのいなかにいるローサおばさんも招待した。やはりブレーシャの近郊で農業をしている長兄のリーコおじさんは、ぜんそくがひどくて来られないということだった。

六月らしいよく晴れた日で、いちばん上のローサおばさんは、ひとりでそんないなかに行くのは心細くていやだと、前夜からしゅうとめの家に泊まっていた。私たちは連れだって朝早く、ミラノのジェノア駅から列車に乗った。私にとっては、ブレーシャの在もロメッリーナもおなじようないなかに思えるのに、ローサおばさんも、しゅうとめも、自分たちの生まれ育った土地以外は、なにを見てもうさんくさく思えるらしかった。やがて列車が見わたすかぎりの見事な水田地帯にさしかかると、山すその景色に慣れているおばさんは、目をこらして窓のそとを眺めて、あきれたような声をあげた。こんな、水ばっかりの畑で、マーリはきっと苦労したんだろうねえ。しゅうとめは、そんなこと、と口では打ち消しながら、にやにやしていた。彼女にとっても水田の景色はこころもとなかったのだ。私はといえば、ひさしぶりに見る水田の景色に目もこころも休まる思いだった。

モルターラの駅で列車を降りると、ミラノから車でひと足さきに行っていた義弟のアルドが迎えに出てくれていて、まもなく私たちはマリアたちの村に着いた。農家というからにはもっと田や畑のある広々とした土地を想像していたのに、おじさんたちの家のあたりは、村にしては家と家が接近しすぎていたし、町にしては道路が舗装《ほそう》されていない中途半端な群落だった。リベロおじさんがどこで乳牛を飼っているのか、どこに麦畑があるのか、それが見たくてきょろきょろしている私に、夫は、その群落一帯がむかし小作の住んでいた長屋のような住区なのだと、説明してくれた。田畑はかなり離れたところにあって、むかしは馬をつけたバロッチョと呼ばれる二輪馬車に道具を積んで、まるで出勤するみたいに出かけたという。

さあ着いたよ、といわれて車を降り、両側にニセアカシアの茂みのある細い道を二、三分、歩いたところに、リベロおじさんの家があった。漆喰《しっくい》を塗った壁が白いだけの、二階もなにもない建物だったが、だれも、さあどうぞ、中に入ってくださいと招じいれてくれない。おじさんたちの家には寝室がひとつしかなくて、三人の子供たちは、みんなキッチンのすみで寝ていたことも、便所が家の外にあることも、そしてそれが、土地をもっていない階級の農家ではごくあたりまえな間取りだということも、その日まで私は知らなかった。

マリアたちは結婚の登録に行った市役所からとっくに帰っていた。教会での結婚式を漠然とあたまに描いていた私には、ちょっと拍子ぬけだったが、そんな費用もきりつめて結婚したということらしかった。それだけでなくて、披露宴の場所というのが、家の戸口のまえの庭ともいえないほどの空き地だった。踏みかためた土のうえに洗いざらしのテーブル掛けで被ったテーブルが運び出され、前日、ナタリーナが仕事を休んで準備したオードブルと、茹《ゆ》であがったばかりのパスタと、ロースト・チキンとグリーン・サラダが並んでいた。ずっしりと胃にもたれる土地の赤ワインと、ローサおばさんがリーコおじさんからことづかってもってきた、ブレーシャのいなかの、「ほんもののブタ」でつくったサラミがその日の大ごちそうだった。招待客というのも、私たち親類の内輪だけで、花婿のほうも、肉親も友人も出席していないのが、淋しかった。その日はさすがに「損」もいとわずに、休暇をとって家に帰ったジュゼッペが、腫《は》れたようなぶあつい片手にワインの壜《びん》をぶらさげて、下手な冗談をとばしながら、ひとりひとりに注いでまわった。

その日の写真が残っている。写真といっても、夫が古いカメラで撮ったスナップ・ショットだから、角がめくれて色も褪せているうえに、ピントもかなりあやふやだ。まんなかには、白いネクタイをして妻をかばうように肩に手をまわして立っている大柄な新郎と、一九三〇年代のようなヴェールのついた黒の縁なし帽をちょこんとかぶった、それだけが花嫁らしい小さいコサージュを胸につけた、あかるいライラック色のスーツ姿のマリアがいる。その横には、ジュゼッペが家の中から運んできた椅子にどかんとこしかけた巨大なマーリおばさんがいて、おばさんのふとい腕にあたまをもたせるようにして、よそいきのふわふわした服を着た、マリアの娘のピアが寄りそっている。七、八歳だろうか。そのうしろに、しゅうとめとローサおばさんと私が、落ち着かない顔をして立っている。夫が画面にいないのは、写真を撮っていたからだが、どういうわけか、ジュゼッペも義弟のアルドも、いや、花嫁の父であるリベロおじさんも、写っていない。男たちは、もう酔っぱらって、どこかで話しこんででもいたのだろうか。

マリアの結婚の話をミラノにもってきたときナタリーナがいっていたように、その日からマリアのつれあいになったアダーモは、ほんとうになんでもない、ふつうのひとだった。四十をいくつかすぎていただろう、髪には白いものがまじっていたが、表情に終始やさしさをただよわせた、おっとりとした物腰の人物で、マリアのぜんぶが気に入っている、というように、しじゅう、彼女を目で追っていた。小さいピアが、彼のそばに行くことはなくても、すこし離れたところから後をついて歩いているのが、ほほえましかった。マリアとピアのために、彼はモルターラの町にアパートを用意していて、そこから郵便局に通うことになっているということだった。村を出て町に住むことにしたのは、マリアとピアを、いやな思い出から遠ざけてやろうということなのだったろう。持参金らしいものもないばかりか、いわば札つきのマリアを、しかもピアといっしょに、長い独身生活のはてに自分のなかに迎えいれようとしているアダーモが、まったく「なんでもない」ひとにみえることに、私はほっとしていた。

時がすぎて、こんどはジュゼッペがモルターラから遠くない、となりの州の物持ちの農家の娘と結婚したときも、こつこつと自分で蓄《たくわ》えた持参金をもって、ナタリーナがおなじロメッリーナで馬の仲買をやっている男の妻になったときも、私たち夫婦は婚礼に招かれて行った。婚礼は花嫁の家のある町でというのがイタリアのならわしだから、結婚式のたびに私は、ふだん会うことのない地方の人たちに歓迎された。そして、どの結婚式にもマリアとアダーモ夫妻は来ていた。ふたりはすこしずつ歳をとっていくだけで、結婚式の日とおなじように口数のすくない、どこといって目立つところのない夫婦でありつづけた。マリアはあいかわらず、焦点の定まらない表情で、私を見ると、だれだったろう、というふうにこっちを見ている。そして、しばらくのあいだはそのままでいるが、だれかにうながされると、大きなクモの巣みたいにふわっと抱擁してきた。郵便局からはとっくに引退して、年金をもらっていたアダーモも、背中がすこしこごんだだけで、この大味な妻に厭《あ》きた様子はいっこうみえなかった。マリアがいつもすこしおおげさなくらい着飾っていて、アダーモのほうはむかしのまま、独り者じみた雰囲気をただよわせていた。見るたびに、ピアがまるでアダーモのほんとうの娘みたいにのびのびと成長して、うつくしい少女になっていくのが、三人の所帯がうまくおさまっている、なによりの証拠だったかもしれない。

夫が死に、私が日本に帰って五年目にしゅうとめも死んだ。しゅうとめにつづいて、ほんの二、三年のあいだに、マーリおばさんも、おばさんのつれあいのリベロおじさんも亡くなったが、遠くにいる私には、すべてが義弟がたまによこしてくれる手紙の文面の中だけでおこった出来事のように思えて、あまり現実感はなかった。

ある夏、ミラノに立ち寄ると、その月のはじめにマリアが急死したことを、義弟から聞いた。心臓発作で、朝、身支度をしていてのことで、そばにいたアダーモもなにもできないまま死んでしまったという。あかるいライラック色のスーツを着て、小さなヴェールのついた帽子をかぶった、うれしそうな写真のなかの彼女の姿が記憶に焼きついていて、六十をこえて夫に先立ったマリアなど、想像がつかなかった。

おそくに結婚した義弟たちにも赤ん坊が生まれて、あっという間にその子が学校へ行くようになったころのある日、ピアが六月に結婚するという知らせがミラノからとどいた。義弟夫婦がピアをかわいがっていて、ちょうどむかし、ナタリーナがしゅうとめのところに息ぬきに来ていたように、ピアはときどきミラノの彼らの家に遊びに来ているらしかった。中学を出て、やはり靴工場で働いていた彼女は、職場で知りあった青年と結婚するというのだった。ぼくたち三人で、モルターラの教会で挙げる結婚式に招待されている。きみもよかったら、帰ってこないか、と義弟の手紙にはあった。

マリアとアダーモだけが落ち着いていて、居心地のわるさにみんながどこかぎくしゃくしていたあの初夏の日の結婚式を、私は思い出していた。ピアの結婚相手も、やっぱり「ふつうの」青年だろうか、と思いめぐらしながら。

（『トリエステの坂道』）

重い山仕事のあとみたいに

三年ぶりだった。ミラノ・リナーテの飛行場に降り立つと、到着口のドアのむこうに義弟のアルドと奥さんのシルヴァーナの照れたような笑顔が見えた。再会のあいさつもそこそこに、まだ荷物が出てないの、とベルトコンベアの回転を背中で気にしながら義弟に告げると、それまでどこにいたのだろう、しばらく見ないうちに髭面《ひげづら》がすっかりおとなびてしまった甥のカルロがぬっと現れ、背をこごめてさっさと私にキスをすると、なにも言わずに空回りしはじめた荷物台のわきに立ってくれた。ヴェネツィアからの国内便だから、税関もパスポートも関係はない。このまえ会ったときまだ金色だったアルドの髪はもうすっかり白くなって、これも白くなった睫《まつげ》毛の下の目だけが、おもいがけない海のしずくみたいにあかるい青なのが、亡くなったしゅうとめにそっくりだった。二十もアルドよりわかいシルヴァーナは、いつもながらの穏やかな笑顔に年齢の重なりがうつくしく透けて見える。私たちがそこに立ったまま話しはじめるのを見て、カルロが声をかけた。お父さんたち、車、とって来てよ。ぼくは伯母さんと荷物もって出口に行くから。

義弟たちが遠ざかっていくのをたしかめてから、私は、飛行機の中からずっと気にかかっていたことを、そっとカルロにたずねた。ねえ、フォルガリアのおじいちゃんは、どうしてる?

えっ、とカルロがあきれたように私を見つめた。死んだじゃないか。もう二年もまえだよ。

おどろくなあ、という顔をする甥にいわれてみると、フェルトのようにぼってりと厚味をもった記憶の襞《ひだ》の下から、二年まえの二月の午後にかかってきた、父親の訃報《ふほう》を知らせるシルヴァーナの、あの声にならない電話の声が聞こえてきた。ヴェネツィアからの飛行機の中ではいくら考えても、脳の表面がすべすべのプラスチックでコーティングされた感じでどうしても思い出せなかったのに。さっきシルヴァーナにあいさつするあいだも、いまさら直接、彼女にお父さんの安否をたずねるわけにもゆかず、喉まで出かかる質問を押し殺していたのだった。

じぶんにとってほんとうになつかしい人だったのを、東京で雑事にまみれて暮らしていると、ふっと現実感が消えてしまって、なにもかもを、糸が切れたように忘れてしまう。いや、東京だからというわけではない。つとめ先から一週間の休みをもらってヴェネツィア大学で五日間の集中講義をするあいだも、たった二百キロしか離れていないミラノが、私には、現実感のない遠い宇宙のむこうに思えて、ヴェネツィアに着いて三日目に、こんどの日曜の朝、一番の飛行機で行くからと義弟にみじかい電話をするのがやっとだった。いったい、どういうことなのだろう。年齢のせいで忘れっぽくなるのは当然としても、それだけではない。

旅をするたびに私は、まるで空井戸に落ちこんだ子供みたいに、行く先々の現実にすっぽり溶けこんだようになって、それまでいた場所を忘れ去る。そればかりか、そのつぎにじぶんが行く、あるいは帰るはずの場所についても、まったく思考が働かなくなるのだ。ウラシマタロウ症候群とでもいえばいいのか、落ち込んでいる井戸の底でオトヒメサマやタイやヒラメを相手に、完璧に充足してしまう。飛行機あるいは鉄道の切符や、手帳に記した予定表があるから、いついつの日に、じぶんがどこそこにいるはずだとはわかっていても、私の中には、まえもって思考をつぎの場所に移すのを拒否する依怙地な虫が棲《す》みついているようなのだ。

したがって、ひとつの都市からつぎの都市、ある町からつぎの村に移動するあいだ、私は宙ぶらりんの状態になる。旅は、私にとって、それまでのじぶんが溶け去って、つぎのじぶんに変容するまでのからっぽな移行の時間でしかないのかもしれない。

そして、《つぎの》土地での変容は、すぐおとずれることもあり、すこし手間どることもある。その日、リナーテの飛行場に降りたときの私は、たしかに一時間ちょっとまえ、雨の吹きつける、まだ暗い海をモーターボートで渡って、ヴェネツィアの空港で時間表を見上げていたじぶんではなくなっていたのだが、濡れた羽をふるわせて変容が済むのを待っている蜻蛉みたいに、私はつぎの形態をとりきれないで、ぼんやりしていた。その日、あたらしいアイデンティティーを完成してくれたのは、フォルガリアのおじいさんについての、カルロとのちょっとしたやりとりだった。

二年まえに八十六歳で亡くなったカルロのおじいさん、すなわちシルヴァーナの父親のルイジ・グロブレクナー氏は、だれもそのことについて言及しなかったし、彼じしん、私の知るかぎりにおいては、まったくそのことを気にとめていないような顔をしつづけていたのだが、しんそこ、おしゃれな山男だった。山男、といっても、ふだんは会社づとめをしていて夏休みや週末だけ、厚ぼったい靴下を取り出して由緒あるナントカ山に出かけたり、仕事のいざこざを忘れるために若葉の中を赤いシャツを着て沢登りをしたりする連中とはちょっと違う。グロブレクナー氏は、チロルに隣接したトレント地方の海抜千メートルの山の共同体（中世のころからずっと、彼らは、じぶんたちの集落を《村》とは呼ばずに、こう呼んでいる）に生まれたフォルガリア人だったから、若いときにスイスに出かせぎに行った三年ほどをのぞくと、生涯を山で暮らした正真正銘の山男であった。

いまでこそ、ブレンネル峠とヴェローナをむすぶ高速道路の分岐点にあたる、このあたりでいちばん大きい町ロヴェレートとこの村をつなぐりっぱなドライヴウェイが通じているが、彼の若いころは、たいていの人間は半日かけて山を降り、また帰り道をたぶんその倍をかけて登ったものだった。フォルガリア周辺は、アルトピアーノ〔高原〕と呼ばれてはいても、たった一頭飼っている牛を牧草地に連れて行くにも、リンゴの木から落ちて怪《け》我《が》をした子を病院に運ぶにも、日曜のミサに家族そろって教会に出かけるにも、坂、坂、坂ばかりだったから、村の男たちは、みな、ふだんでも大きな山靴をはいていて、ゆらゆらと左右にかしぎながら、一歩、一歩を地球の表面に刻みつけるような歩きかたをした。

はじめて私がこの村をおとずれたのは、義弟のアルドが結婚した年の夏で、その二年まえに夫が急死したあと、なにをするにもひっこみ思案になっていた私を、妻のシルヴァーナの実家の人たちにきみを紹介したいからと、彼になだめすかされてやっと実現した小旅行のときだった。小麦も育たないという寒冷地で、なにをするにも三度考えてからしなければならなかったフォルガリアの村にも、奇跡的といわれた戦後の経済復興で山裾の都会地から夏冬の休暇を過しに来る人たちが押し寄せるようになり、スキー場の開発につれてペンションが建ち、さらに恒久的な休暇用の共同住宅の建設などで、土地の経済状態は一変した。グロブレクナー家の財政もかなり潤沢になっているらしいことは、シルヴァーナがアルドと結婚するとき、ミラノの家に山の村から運ばせた、都会ではかえって大仰にみえる、オーストリア好みの家具一式からも推測することができた。

岩に穿《うが》った細いトンネルをいくつかくぐりぬけ、林が牧草地に変わるころからしだいに空気が軽くなり、青い実をつけたリンゴの木が一本、澄んだ空を背に風に逆らって立っている角を大きく曲ったあたりで始まるフォルガリアは、それまでミラノの周辺で私が知っていた湿度の高い平野の農地の重い感触や、飼っていた乳牛一頭が栄養源のすべてだったというシルヴァーナの子供時代の哀しい貧乏話から想像していた《寒村》のイメージとはほど遠い、みずみずしい緑と乾いた明るさに満ちた、のびやかな高原の村だった。

紹介されたお父さんのグロブレクナー氏は、当時、六十歳をいくつか過ぎたぐらいだったろう。白髪がちらほらみえる褐色の髪で、口数はすくなくても暖かい表情にどこか孤独な感じがみえたのは、はやく妻をなくして、ふたりの子供を育てた話をシルヴァーナから聞いていたせいだったろうか。ほとんどが斜面ばかりの、もとは(いかにも狭い)牧草地だった二、三千平方メートルあるかないかの土地が家族の全財産とはいっても、現在はそこに建てたチロル様式の、木材をふんだんに使った五階建ての気持のいい共同住宅から入る家賃収入もあり、息子もりっぱに独立したいま、グロブレクナー氏はゆっくり暮らしていけるはずだった。それなのに、わかいときから働きづめだった人らしく、たえず彼の本業である木工の仕事やら、村のあちこちにちらほら建ちはじめた別荘の植木の世話をたのまれたりで、彼の一日はまたたく間にすぎて行った。そのせいもあるのだろうか、平野で農業を営んでいるいかにも家長然とした、夫やアルドの伯父さんたちとはちがって、どこか自由人といった爽《さわ》やかさが彼にはあった。

その日、私たちは、昼食をシルヴァーナの兄さんにあたるジュリアーノ夫婦のところに招ばれていた。冬はふたりそろって土地のスキー学校で教え、夏場は彼が屋根葺《ふ》きと父親ゆずりの木工の仕事、妻のリリアーナは借家の面倒をみるという働き者の家族だったが、グロブレクナー氏はシルヴァーナが結婚してミラノに行って、ひとりになったあとも、昼の食事だけを息子の家ですませ、あとはむかしからの古いアパートメントを動こうとしないのだった。

五月に村で行なわれたアルドとシルヴァーナの結婚式にも出席しなかった私を歓迎して、その日はリリアーナがまるで宴会のようなごちそうをつくってくれた。でも、グロブレクナー氏は食卓ではずんだ会話にはほとんど加わらなかった。そればかりか、じぶんの皿にもりわけた料理とグラス一杯のワインをさっさとかたづけると、やりかけの仕事を急に思い出したという顔つきで、じゃ、と立ちあがってしまった。きっとめずらしいことではないのだろう、息子のジュリアーノは私に気づかって苦笑しながら、父親の背にむかって声をかけた。お父さん、カフェですか?

それには返事もしないで、グロブレクナー氏は私たちのまえから姿を消した。ジュリアーノがもうしわけなさそうに説明した。日曜日は食事のあと、ああやって、おやじはいつもカフェに行くんです。カード・ゲームの仲間が待ってるものだから。だが、ふしぎなことにグロブレクナー氏は、食事の途中にお客を置いて立ったのが無礼という印象はまったく残さないで、すんなりしぜんにそうしている、という感じだった。

昼食のあと、しばらく食卓でしゃべってから、ジュリアーノが村を案内しようというので、私たちは出かけた。グロブレクナー家は、起伏の多いフォルガリア村のほぼ東のはずれに位置していて、そのことからも彼らの貧しかった過去の時間が知れるのだった。とはいっても、これも平地の農民とは違って、共同体の人たちのあいだに貧富の差はあっても、現在もまだ農奴ということばを思い出させる平地の小作と地主のあいだの、首をしめつけられるような確執は存在しないようにみえた。そのことは、村の中心にある教会の、裏の谷を見下ろす小ぎれいな墓地の白い墓石が、むかし共同体の《頭領》だった家のものだという、二、三の贅沢な小聖堂をかたどった建築をのけると、みなおなじほどの大きさの、同種の石材で造られていることからも知れた。

ジュリアーノたちのいとこが所有しているという、《プリマヴェーラ》〔春〕という、冬のスキー客と夏の避暑客相手の宿にはそぐわない名のペンションのあたりまで帰ってきたとき、私は、カフェでカードに興じていたはずのグロブレクナー氏がどこからか現れて、私たちといっしょに歩きだしたのに気づいた。それもただいっしょになったというだけでなくて、山歩きに慣れていないためとかくみなに遅れがちな私の横を、彼は、なにもいわずに歩調をゆるめて歩いてくれている。数十メートル行くうちに、ほんの少しの会話のようなものが私たちのあいだを往き来した。お連れあいが、いけなかったそうですね。そういうふうに、グロブレクナー氏は、死んだ夫へのお悔やみをのべた。グロブレクナーさんだって、と私がいうと、彼はだまっていた。しばらくして私が、フォルガリアはいいところですね、というと、彼はまたちょっとだまってから、いった。わしらは、ここしか知らないから。それに、いまはよそからも人が来るようになって、すこしは、違った話も聞ける。

その日の夕方、ミラノに帰る時間がきて、となりのペンションの地下にあるカフェで、私たちはイタリアふうに立ったまま、カウンターを囲んでグラッパを一杯、やっていた。昼間、グロブレクナー氏がカード・ゲームに出かけた村の中心に近いカフェではなくて、夕食のあとにだけ開ける習慣のカフェらしく、客は私たちだけだった。義弟のアルド（アルコールに弱い彼だけは、エスプレッソを註文《ちゆうもん》していた）とシルヴァーナ、兄さん夫婦とイトコやらハトコ、それにめいめいの配偶者や子供たちで総勢、十二、三人はいただろうか、酔っていたというのではなくても、声のピッチはかなりあがっていた。昼間の時間をいっしょに過ごしたというのに、日本人の私をまえにして、めずらしさときまりわるさにこちらを見ないふりをする村の親族たちと、雰囲気をもりあげようと空さわぎするアルドとのあいだで、私もなにをどう話せばいいのか見当がつかなくて、ぼんやりしていた。皮膚いっぱいに吸いこんだ夏の透明な一日を反芻《はんすう》していたのかもしれない。

そのとき、うすぐらいカフェのドアを押してグロブレクナー氏が入ってきた。息子のジュリアーノになにか言葉をかけながら、新聞紙にくるんだ包みを差し出している。短いやりとりがあって、新聞紙の包みがふたりのあいだを二、三度、往復する様子だったが、けっきょくはジュリアーノがそれを受け取り、グロブレクナー氏はそのまま出て行った。なんだったのだろう、と思っていると、ジュリアーノが私のそばにやって来て、その包みを私に差し出しながら、いった。これ、父からです。密造のグラッパが手に入ったからって。じぶんで渡せばいいのに。きまりわるいものだから。

グラッパ、とくに密造のグラッパについてはすこし説明が必要かもしれない。フランスのマールというのが、外国の蒸溜酒ではどうやらグラッパにもっとも近いらしいのだが、ブドウの種も皮も含めた、いわばワインの搾《しぼ》りかすを材料に造ったこのきつい蒸溜酒を、平地のイタリア人までが口にするようになったのは、もしかすると第一次欧州大戦のあとのことではなかったか。イタリアにとってもっとも苛烈だった北の戦線でめざましい活躍をみせたアルプス狙撃兵が、戦後、平野の町々にこれを持ち帰ったのだと、聞いたことがある。アルコール分が平均五十度前後で、たとえば、夫の実家では、叔父さんにあたる人が幼いときクルップ肺炎にかかって、ばい菌で喉がふさがり、医者も見放したとき、おじいさんがどうせ死ぬのなら、と口うつしにグラッパを飲ませたら、呼吸ができるようになっていのちをとりとめたという話が語りつたえられていたという具合に、強い酒の代名詞のようなものだった。無色透明で、はじめのひとくちは、ちょっと気になるような匂いがあるが、よいものだと、けっして悪酔いすることがない。もっとも、これはどんな酒についてもいえるのだろうけれど。

私がイタリアで暮しはじめた五〇年代の終わりごろには、まだ、だれもがグラッパを飲むということはなくて、農民や山の人だけが口にする、どちらかといえば《野卑《やひ》な》酒の部類に入れられていた。たとえば、ミラノの名家に生まれた女友達のルチアが食事のあとなにを飲むかと訊かれて、あ、私はグラッパ、と宣言すると、仕事仲間の男たちが、おっ、という感じでうっすらと感動したり、長年ミラノで小学校の先生をしていたモランディーノ夫人が、学校時代は、いつもクラスの首席でとおした長男のアントニオが、兵役をアルプス部隊でつとめて以来グラッパなんて飲むようになって、と顔をしかめるといったふうな……。

密造のグラッパがおいしいという話は、夫の生前にも人から聞いて知っていた。深い山の秘密の小屋で造られたグラッパがどれほど手をかけて造られるものか、どんなにまろやかなものか、いちど味わったらもう忘れられない、とだれもがいった。でも、私はそんなものに出くわしたことはなかったし、だれに頼めばそんな貴重品が手に入るのか、見当もつかなかった。山のうえに取り残されたようなフォルガリアでも、密造酒の摘発は、年を追ってきびしくなるということで、密造者はよほど信頼のおける相手にしか売らない。その一本をグロブレクナー氏は、私にといってジュリアーノに渡してくれたのだった。どうして、じぶんであげないんだ。ジュリアーノがたずねると、やあ、わしはだめだ、とグロブレクナー氏はきかなかったという。そういうことは、おまえのほうがうまい。たのんだぞ、といって。

すごいなあ。みなが、私をからかった。おじさんは、めったなことで密造グラッパなんてくれないんだよ。だれから手に入れるのか、どこに隠してるのかは、われわれだって知らないのだから。

それから何度、私たちは会ったのだったろう。やがてアルドに赤ん坊が生まれ、ジュリアーノたちのところにも、元気な男の子がふたり生まれた。冬が異常に寒かったある年の二月には、アルドたちと同居していたミラノのしゅうとめも八十四歳で亡くなった。やがて私が日本で暮らすようになっても、ミラノに帰ると、アルドはかならず、私を山の村に連れて行ってくれた。また、グロブレクナー氏がミラノに来ていて、夕食のとき、だまって大きな鉢いっぱいの牛乳を飲んでいることもあった。それとパンが、グロブレクナー氏の夜の食事だった。こちらはろくに返事も出さないのに、半年に一度は書いてくるアルドの長い手紙は、かならず、フォルガリアのグロブレクナー家の人たちから、きみによろしく、といって結ばれていた。シルヴァーナに、といって、グロブレクナー氏が持家のアパートメントをひとつ、山に用意してくれたことも、そんなアルドの手紙で知った。これでアルドたちには、だれにも気がねなく、休暇をすごす山の家ができたのだった。

カルロやいとこたちが八、九歳のころだったろうか。比較的、ながい夏休みの時間がとれて、私はアルドの山の家で数日を過ごした。ある日、明日は早起きだと子供たちが話しているのを耳にして、理由をたずねると、カルロが説明してくれた。あしたは、おじいちゃんと森に行って、みんなで薪《まき》をつくるんだ。

私も行こうかな。そういうと、彼はきっぱりとこたえた。だめだよ。朝、はやく起きて森に行ったら、一日中、仕事なんだから。

まるで、ぼくたち、遊びに行くのなんかじゃないぜ、伯母さんなんて足手まといさ、といわんばかりだった。空気を汚す重油をきらって、冬でも暖房の大半は薪ストーヴに頼っているフォルガリアでは、夏が終わらないうちに共同体の森に行って、それぞれの家族が必要なだけの薪を作るのだという。朝がくると、前夜のうちにシルヴァーナが兄よめのリリアーナとで用意した大きな籠に、オムレツやチーズ、パンに水、おとなのためにはワインをつめてもらって、彼らは出発した。家に残った私たち女三人は一日中、いまごろどうしてるかしらと男の子たちのうわさをし、とくに、その日はじめて《仕事》に連れて行ってもらった、リリアーナとジュリアーノの末っ子で甘えん坊のマッテオがどうしているか、あるいは強情っぱりのカルロが、いとこたちと喧嘩をしてないかと心配しあったりした。

夕方、男の子たちは疲れのあまり、まるでよっぱらったような足どりで、それぞれの家に帰ってきた。つぎの朝の食卓で私は意外な話をカルロから聞いた。それは、森での一日、いちばん子供たちにきびしかったのは、おじいちゃんだったというのである。ちっとも休ませてくれないんだ、とカルロはいった。わしらの若いときは昼だって、パンと水だけしかなかった。働け、働けって。それに、薪の束ね方がへただ、斧《おの》の持ち方がなってないって、ぼくたちはさんざんさ。それを聞いて、私はジュリアーノの長男のニコーラが、似たようなことをいっていたのを思い出した。彼が八歳になった誕生日に、おじいさんが、これから木工の仕事を教えるぞ、と宣言したという。苦手だよ、ぼくが失敗すると本気でなぐるんだもの、おじいちゃんは。それを聞いたとき、私は冗談かと思って、ふうんと生返事しただけだった。

ほとんど季節をとわず厚手ウールのチロル帽をまぶかにかぶって、ベージュのセーターの下にはあかるい格子縞のネルのシャツ、重たそうな山靴をはいて歩きまわり、人に会うと大声でやあとあいさつをして、大きな手で握手する、夏の太陽をいっぱい浴びて村の坂道をのんびりと歩いていたりする、すでに仕事の第一線を退いたグロブレクナー氏からは想像しにくいことだった。カード好きのやさしいおじいさん、と私が勝手に決めこんでいたあの人物は、残りすくない時間の中で必死に後輩をそだてようとする、山の村のおごそかな長老でもあったのだ。

ヴェネツィアから私がミラノに着いた夜、アルドたちの家で、シルヴァーナがお父さんのことを話してくれた。このまちにいない間に起こったことを、私は、こうやってひとつずつ話してもらって、過ぎさった時間をたぐりよせる。ながいこと使ってなかった時計をあわせるように。

シルヴァーナがいった。お父さん、まるで私のところにお別れに来たみたい。二月の半ばに、ある日、フォルガリアから電話をかけてきて、そっちに行くっていうの。それまでも、ときどき、そういうことがあったから、いいわ、っていって、私たち、中央駅まで迎えに行ったのよ。

グロブレクナー氏は娘のところに来て、ほんとうに愉しそうだった。着いてすぐの日曜日にシルヴァーナといっしょに、近所をあちこち散歩した。鉄道線路の向こう側に建ったばかりの、この辺ではめずらしく大きなビルが住宅を分譲していると聞いて見物に行き、そのあと屋上にのぼると、ずっとむこうに大聖堂《ドウオモ》の白い尖塔《せんとう》が見えたよとよろこんでいた。お父さん、いつもよりずっとミラノが気にいったみたいだな、とシルヴァーナはうれしかった。

その翌日、昼すぎに、胃の辺りがおかしいというので、シルヴァーナが知合いの医者に電話をかけて意見を訊くと、その医者はすぐに病院に行って検査してもらうように、すすめた。なんか、いやな気がしたの。そう彼女はいった。お父さんに伝えると、とんでもない、ミラノの病院なんて、と機嫌がわるかった。どうしても病院というのなら、たのむからロヴェレートへ連れて行ってくれ。ロヴェレートは、高速道路の分岐点でフォルガリアへの登り口の町だ。わるいことは重なるもので、ちょうどその日は、アルドが出張でミラノにいなかった。シルヴァーナは息子の仕事場に電話して帰ってもらい、彼が運転してグロブレクナー氏をうしろの座席に乗せ、ロヴェレートの病院まで二時間の道のりを走った。三人三様の思いで病院に着くと、電話で連絡してあった長男のジュリアーノとリリアーナ夫婦も、ふたりの子供たちも、友人、知人がそろってフォルガリアから山を降りて待っていた。それほど病状が重いって、だれも思ってなかったのに、みんなが来てくれたの。お父さんって、果報ものよ。シルヴァーナがしみじみいった。

私も疲れてたし、カルロもくたくただったわ。お父さんも病院のほうも、だいじょうぶだっていうから、しばらくいたのだけれど、いったんお父さんを置いて、私たちフォルガリアに帰ることにしたの。お父さんも、そのほうがいいって。

ここまで連れてきてもらって、ほんとうによかった。ありがとう、とみなに礼をいい、じゃあ、明日な。そういって、ひとり病院に残ったグロブレクナー氏がしずかに息をひきとったのと、半時間後にシルヴァーナたちが山の村に帰りついたのと、三分とは違わなかったという。

重い山仕事を終えて、ほっとしたときみたいに、グロブレクナー氏は、ちょっと一服、という感じで、だれにもほんとうの気持なんかいわずに、ひっそりと逝《い》ったのだった。

（『トリエステの坂道』）

第二部　文学と人生

プロローグ（『ユルスナールの靴』）

きっちり足に合った靴さえあれば、じぶんはどこまでも歩いていけるはずだ。そう心のどこかで思いつづけ、完璧な靴に出会わなかった不幸をかこちながら、私はこれまで生きてきたような気がする。行きたいところ、行くべきところぜんぶにじぶんが行っていないのは、あるいは行くのをあきらめたのは、すべて、じぶんの足にぴったりな靴をもたなかったせいなのだ、と。

下駄がいけなかったのだろうか。子供のころ、通り雨に濡れたり、水たまりの泥がはねたりすると、足にハの字形の赤い模様がついてしまった、また、石ころにつっかけては鼻緒を切ったり歯が欠けたりした小さな塗り下駄のせいで、じぶんの足は、完璧な靴に包まれる資格をうしなってしまったのだろうか。

あまり私がよくころぶので、おとなたちは、初物のソラマメみたいな、右と左がはっきりしない、浅くてぺたんこのゴム靴を買ってくれたこともあった。これならもう、子ネコに狙われた毛糸の玉みたいに、やたらころころところばなくなるだろう。だが、おとなたちの思惑は外れた。水色のゴム靴には木綿の裏地がついているのだが、それが歩いているうちにすこしずつ剝《は》がれて、足の下でくるくると巻いてしまったから、彼らが後ろから歩いてくる子供のことをふと思い出してふりかえると、私はとうのむかしに脱いでしまった靴を、片方ずつ両手にぶらさげて歩いていた。靴底がごろごろするくらいなら、はだしのほうがよかった。

五歳ぐらいのときの、よそいきの服を着て撮った写真がある。どういう機会だったのか写真館で写したもので、軽いふわふわしたオーガンジの夏服を着ている。たよりなさそうに壁に寄りそって、からだを斜めにむけた恰好で写っているのだが、どうして写真屋さんが注意しなかったのだろうか。ほとんど悲しげな目つきで、そばにいるだれかに、写真を撮られるなんて、どうすればいいの、と救《たす》けをもとめているようにもみえる。黒いエナメルの、横でパチンと留める靴。すこし大きめだから、白いソックスをはいた片足をせつなそうにねじまげている。いつも大きめの靴をはかされた。すぐ小さくなるから、といって。

フランスの田舎で育った友人が、むかし、こんな話をしてくれた。夏の日にパリから訪ねて行ったヴォージュの山あいの村の彼の生家で、私たちは、青い実をいっぱいにつけた大きなリンゴの木が一列に植わった裏庭で、花壇のふちの石にこしかけ、食事ができるのを待ちながらしゃべっていた。

リンゴが熟すと、おばあさんが籠にもいで、ひとつずつ、ていねいに地下室の棚にならべた。積み重ねると、下のが傷《いた》むからねえ。ぼくたちが、おなかをすかせて地下室にリンゴを取りに行くと、いつもおばあさんが、うしろからどなった。くさったのから、食べるんだよ。おばあさんがケチだったせいで、ぼくは子供のとき、リンゴというといつもくさったのしか食べなかったような気がするよ。

おばあさんのケチが遺伝したのかもしれない。友人のあいだで、その男はケチで通っていた。

一サイズ、大きめのを買いましょう。おとなたちがそう決めるので、私の靴も、くさったリンゴのようにいつもぶかぶかで、ぴったりのサイズになるころには、かかとの部分がぺちゃんこにつぶれたり、つま先の革がこすれて白くなっていたりした。

六歳になってミッション・スクールの一年生にあがると、デパートの店員が学校に来て、通学靴のほかに、上靴《うわぐつ》というのを誂《あつら》えさせられた。通学靴はこれといってめずらしいものではなかったが、上靴はやわらかい黒の革製で、横でボタンをぱちんと留める型だった。スナップ式のまるいボタンで、裏側の金具がすぐにつぶれて、バカになってしまう。だらんと横ひもをぶらつかせていたり、足をずるずるひきずって歩いていたりすると、シスターに呼ばれて叱られた。なんですか、そんなだらしない恰好して。

上靴の不便なことはそれだけではなかった。土曜日にはこれを家に持って帰って、ぴかぴかに磨いてこなければならない。クローク・ルームと呼んでいた玄関わきのだだっぴろい部屋に、受持ちの先生が待ちうけていて、みんながちゃんと上靴を靴袋に入れて家に持って帰るかどうか見張っていたから、それを学校に忘れて帰ることはなかったのだけれど、私はいつも、月曜日に持って行くのを忘れた。そういうことをちゃんと覚えているのが苦手なのだ。

月曜日に上靴を忘れるものだから、と二十年あとになってから、五、六年も上級生だった人にいわれたことがある。生徒数の極端にすくない学校だったから、だれか目立つ子がいると、みんなが覚えていた。月曜日っていうと、あんたは赤い鼻緒の大きなゾウリをはかされて、学校の廊下をぺたぺた歩いてたよ。二度と上靴を忘れてこないようにと、外国人のシスターたちが考え出したにちがいない、女の子にとってはずいぶんきつい罰則と思えるのに、私はいっこう気にかけることもなく、また月曜日がくると、ペタペタと音をさせながら歩いていたという。

そのシスターたちが、なんともすばらしい靴をはいているのに私が気づいたのは、何歳ぐらいのときだったか。細身の黒い革靴で、五センチほどのヒールのついた、紐で結ぶ型の、平凡そのものでありながら、あれこそが靴だ、というような、本質的でどこか高貴さのただようその靴に私はあこがれた。それをはいて、彼女たちは、背をまっすぐのばし、黒い紗《しゃ》のヴェールをすっすっと風になびかせて歩いた。かかとがたてる硬い音が、顔がうつるくらいにワックスで磨きあげられた木あるいは模造大理石の床をつたって、こつこつと遠くからひびいた。ダンスのレッスンや、ゲームのルールを説明するとき、彼女たちがそっと片手で長い修道服のすそを持ちあげると、漆黒の靴下をつけた細い足首をきっちり包んだ靴が、スカートの下で黒曜石《こくようせき》の光を放っていて、私はいきなり西洋を見てしまった気持になった。あの靴が一生はけるなら、結婚なんてしないで、シスターになってもいい。そう思うほど、私は彼女たちの靴にあこがれ、こころを惹かれた。

私を夢中にした靴をはいていた人間は、家にもいた。それは父の末弟にあたる、私とはたった八歳しか離れていない叔父だった。当然、私たちはおなじ屋根の下で暮らしていたわけだが、旧制中学に通っていた彼は、毎朝、玄関の上がり框《かまち》に腰かけて、前日の夜、ながい時間をかけてぴかぴかに磨きあげた黒光りのする編み上げ靴をはいた。スニーカーみたいに途中までは左右の穴に通したままになっている紐を、最後の五センチぐらいは右の手に二本そろえて持ち、ひょいひょいと、二列に並んだ小さな丸い留め金に掛けていく。大きくなったら……うらやましさのあまり息がつまりそうになりながら、私は思った。大きくなったら、じぶんもあんな靴をはこう。はいて、この人みたいに、こわがらないで、どこにでもひとりで行こう。

父が靴を大事にしていることに気づいたのは、もうすこしあとのことではなかったか。彼の靴は、ほとんどみな、おなじ型に造られていた。銀座の靴屋で誂《あつら》えていたらしいのだが、イギリスふうの、針でぷつぷつ刺したような模様のある、先端の細い、大きいわりには軽い靴で、母にいいつけられて私や妹が磨こうとすると、すっぽり肘《ひじ》のところまで手が入った。車に乗ることが多いのか、私たちの靴みたいに、泥や土くれがついていることはまずなくて、いつもきれいだった。それでも、布でさっとこするだけにしておくと、父は出しなに玄関に立って母に小言をいっている。そして、父が出かけたあと、こんどは母が私たちを呼んで叱った。おまえたち、また手ぬきしたわね。パパはすぐにわかるんだから。

戦争で、靴が店になくなって(ぜんぶ、兵隊さんがはくからだ、とおとなたちは説明した)、最初は上海にいた母の兄から送ってもらったこともあったが、やがてそのルートもだめになり、あるとき、徴用で町内会につとめていた叔母がサメの皮の靴というのを手に入れてくれた。はくと足がふわりと上がってしまうほど軽い、紐で結ぶ、いちおうは黒い靴だったが、雨が降った日にはいて学校にいくと、ノリがはがれたのだったか、形もなにもぐしゃぐしゃにつぶれてしまった。サメだから、水に出会ったとたん、溶けちゃった、とふざけると、そんなことといって、でも、戦争だからしかたないわ、と叔母はつらそうな顔をした。雨の日ぐらい、下駄で学校に行かせてもらえないものかしらね。叔母の意見を学校につたえると、返事はやっぱり、戦争なんですから、だった。空襲で逃げるとき下駄はあぶない、というのが理由らしかったが、だんだん靴が手にはいらなくなるのは、戦争に負けるより心細い気がした。とうとう私は下駄で学校に行った。シスターたちが磨きあげたぴかぴかの模造大理石の廊下を、がたがたと下駄を鳴らして歩くと、なにか弱いものをやっつけたような、野蛮な気持になった。ある日、廊下の曲り角で、むこうのほうからじっと私の足もとを見つめているシスターの目に気づいた。学校に下駄をはいていくのは、それでやめた。

戦争の終った年は、春から空襲が毎晩つづいたので、いつ逃げても大丈夫なようにずっと靴をはいたままで寝た。靴にノミが入りこんで、足がかゆくて目がさめることがあった。でも、ノミのほうが、火事の中をはだしで逃げるよりは、ましに思えた。

戦後三年目に、私が旧制の専門学校を出て女子大に入った年、父が靴を買ってくれた。銀座の裏通りを、上京した父とふたりで歩いていて見つけたのだった。なんの変哲もない、光沢のある黒い革の、紐で結ぶ式、てらいのない中ヒールで、オーストラリア製ということだった。試しにはいてみると、くるぶしの下がきゅっと締まって気持がよかった。この靴があれば、どこまでも歩いていける、そう思うと顔がほてってった。いつになったら、日本人にこういう靴が造れるようになるかなあ。そういいながら、父はその靴を包ませてくれた。その晩、私は関西にいる母に電話をかけた。パパに靴を買ってもらったの。

その靴は、しかし、それをはいて外出する機会のないまま、私の目のまえから姿を消してしまった。ある日、授業のあと、空襲で焼けてまだ仮普請だった寄宿舎の部屋に戻ると、靴を入れた箱ごと、戸棚から消えていたのだった。あらゆるところを探したが、どろぼうがもっていったのか、だれかが冗談半分に隠したのを私が騒いだのでいまさら出せなくなったのか、数週間たっても靴はとうとう出てこなかった。いたずらだったのか、どろぼうが入ったのか、そんなことの詮議は私にとって、もともとどっちでもよかった。靴が失くなったからというよりは、靴に、じぶんのほうが見はなされたみたいな気がして、そのことがなさけなかった。へんなふうに靴が戸棚から消えた記憶だけが、小さな傷になって私のなかに残った。

やがて、冬休みになって、私は、母と神戸の街を歩いていた。ショーウィンドウに、きれいな赤いサンダルが飾られていた。真紅といっていい赤で、そんな色の革をそれまで見たことがなかった。吸いこまれるように立ち止まった私を見て、母がせきたてた。なに見てるのよ、はやく行きましょう。あの赤い靴。私がいった。おねがい、あの靴の値段、たずねてもいい？　あきれ顔で母がこたえた。あんな赤い靴なんて、いったい、なに考えてるの？　どんどん先に行ってしまう母のあとから、私は歩き出したが、それでもあの靴が欲しかった。ママ。もういちど私は声をかけた。見るだけだから、待って。いいながら、私は赤い靴が飾られたウィンドウに戻った。

しばらくのあいだ、私は母といっしょに街で見た赤い靴が忘れられなかった。昼間は気がまぎれているのだけれど、夜、寝床に入ると、ウィンドウの赤い靴が目に浮かんだ。考えてみると私は母に、あれを買って、となにかをねだったことがほとんどなかった。そのう、ほんとうをいうと、赤い靴をはいたじぶんなんて、それ以前には想像したこともなかった。それでも、あの赤い靴だけは、ほしかった。じぶんに似合うからとか、歩きやすそうだとか、そういうのではなかった。ただ、むしょうに、それをじぶんのものにしたかっただけだ。もしかしたら、モイラ・シアラーが主演した映画の「赤い靴」をそのころに見たのだったろうか。それとも、波止場から遠い国に行ってしまった女の子のことを、もう考えはじめていたのだろうか。

(『ユルスナールの靴』)

死んだ子供の肖像

その絵のまえを行きすぎようとして、あ、と思った。
閉館まであまり時間の余裕はなかったから、気がせいていた。まず、はじめから終りまでざっと見よう、それから戻ってきて、これと思った絵だけを、ゆっくり愉しめばいい。そう考えて、軽い足どりで絵から絵に移動していたとき、とつぜんのように一枚の絵が目にとびこんできた。いや、絵が、じわりと目に貼りついてきたといったほうが正しいかもしれない。「死んだ子供の肖像」、とその絵は題されていた。

横長の画面は斜め半分に区切られていて、左上の部分は、*1天鵞絨《ビロウド》だろうか、どっしりした黒の緞帳《どんちょう》で埋められていた。そして、これに対応する右下の部分は、黒い垂れ幕とは対照的な白茶けた光に照らされていて、まるでその光を一身にあつめるように、幼児がひとり、よこたわっている。レースで縁どった光沢のある白いリネンのシャツを着せられ、これもリネンだろう、贅沢な感触の白いシーツにくるまったその子は、でも、もう二度と目ざめて母親を探すことはないのだ。幼い兄弟たちや嘆きかなしむ父母や乳母や召使たちにとりかこまれて、彼は、ひとり、死んでしまったのだから。

死のなかに置き去りにされたようなその子は、私たちが見なれたマリアのひざに抱かれた幼子イエスのほとんど対角にいた。敬虔《けいけん》な信仰者であっただろうこの子の親たちがおなかのうえで合わせてやった小さな手、ふくらんだ頰、いつもは見るものの心をうばったにちがいない、赤ん坊らしい手首のくびれ、目と鼻のあいだのくぼみ、そして色のないくちびるにいたるすべてに、この絵の作者は、シーツの白とは異質な、かすかに青みがかった陰影を注意深く描きこむことによって、死の現実、この子がすでにこの世のことどもから離れてしまったことを表現している。露骨といっていいほどの画家の誠実さが見るものの胸を刺す。肉のしまった頰は、この赤ん坊が衰弱するひまもなく死に連れ去られたことを物語っているのだが、そのことに涙をさそわれるには、あまりにも突きはなした手法にもみえた。子供は、まだ一歳にもなっていないだろう。

死んだ子の肖像を、生前のいちばん〈いいお顔〉をした瞬間を捉えるのではなくて、あとすこしで土に埋められるという、もっとも孤独な姿で写していることが、あわれだった。赤みがかった、まだすっかり生えそろっていない髪の毛と、先がぴんと尖《とが》ってみえる耳たぶが、どういうわけか、おとなびた表情をこの子にそえていて、それが私の空想を刺激した。もし死なないで大きくなっていたら、この子も、ヤグルマソウのように青い目と、赤いチューリップみたいなほっぺたをもつ、辣腕《らつわん》で働き者のオランダ商人になって、白い帆をあげた船で海を渡っていたかもしれない。

その日、私が訪れたのは「十七世紀オランダ肖像画展」と題された、大きくはない展覧会で、最初、電車のなかで広告を見たとき、ずいぶんしっかりと中身を限定しているな、と企画が印象に残り、その延長線に、行ってみたい、という衝動があった。折よく友人がさそってくれたので、待ちあわせて行ったのだが、会場に着くまでは、もともと乏しいオランダ絵画の知識をかきあつめて、レンブラントの闇の色や、せいぜいがときに投げやりにもみえるハルスの筆さばきぐらいしかあたまになかったのを、まんまと〈死んだ子〉につかまってしまったのだった。

その夜、家に帰ってから、私は、会場で求めたカタログをもういちど開いた。あれほど心を捉えたあのふしぎな肖像について、もっと知りたかったからだ。

展覧会には、他にも一点、おなじ趣旨の絵、すなわち、死んだ子供の肖像が展示されていた。二番目に見たほうの絵はどうやら女の子らしく、かわいらしい白薔薇のかんむりをかぶせられて、頬などにも心なしか赤みがさしたように描かれていた。これをかいた画家は、さきに見た男の子の絵の作家とは別の派なのだろうか、こちらの絵では、〈死〉の記号がすべて細心に伏せられていた。画家自身の力量にもよるのだろう、二枚の絵のうち、私がより惹かれたのは、死の重さをすこしも軽減することなく突きつけてくる、最初に見た淋しい肖像画のほうだった。

カタログはさいわい、かなりな空間を「死んだ子供の肖像」の解説に割《さ》いていた。説明によると、死児の肖像をこのようなかたちで残すのは、当時、なにほどかの資産のある家庭ではめずらしくない慣わしで、数は多くないけれど、類似の作品がいくつか現存しているという。十七世紀の幼児の死亡率といえば目を覆《おお》う数であったにちがいないから、生活の楽でない画家たちにとっては、ありがたい収入源であったかもしれない。読みすすむうちに私は、これらの絵にまつわる、いくつかの基本的な事実を知った。

赤ん坊は白いシーツのうえに寝かされていると私は書いた。だが、裕福な家の子であることを示す、みるからに上質そうなシーツの下には、穂のついた麦藁《むぎわら》が積まれていて、子供の足もとには先端が焦げたような棒——じっさいは火の消えた炬火なのだが——が置かれている。絵画の技術的な観点からいうと、この黒ずんだ色の棒は、ぜんたいに白を多く使った絵のなかで重要なアクセントになっているにちがいないのだが、同時に画家は、これらの物体が象徴する意味を重視しているのがカタログの解説でわかった。炬火の火が消えているのは、短かったこの子の人生が唐突に閉じられたことをほのめかし、麦藁には、屍体《したい》の湿気を吸収させる力があるいっぽう、悪霊を退散させるという、どうやらキリスト教以前にさかのぼる民間信仰にもとづいた意味があるという。

だが、なによりも私の興味をそそったのは、この赤ん坊はプロテスタントの家庭に生まれた子にちがいない、という解説者のやや断定的な見解だった。もし子供の両親がカトリックであったなら、と彼は書いている。薔薇の花かんむりなどをつけさせたり、神の勝利と栄光を象徴するオリーヴやシュロの枝を手にもたせたりするだろうし、さらに絵そのものの印象としても、〈死〉の冷酷さをできるだけやわらげて描いたはずだ。事実、二番目の肖像画は、女の子らしく、可憐な花かんむりをつけ、まるで幼稚園のお誕生会に出かけるみたいによそいきの服を着せられていて、お昼寝のさいちゅう、といわれても信じてしまいたくなるくらい、安心しきった表情に描かれていた。

おなじ死の図像でありながら、なんという違いだろう。ひとつの絵は、たとえ、理性がまだ発達していない、したがって善悪の判断がはっきりしない幼児であっても、死後、その子は神の裁きのまえに、ひとり立たなければならないというのが、プロテスタント、とくに十六世紀にスイスに起こった、北国の冬の厳しさを思わせるカルヴァン派らしい解釈なのだろうか。だが、もっと地中海的なカトリック教徒にとっては、つめたい死の現実のなかに稚い子をひとりおきざりにするなど、考えられないことだったのではないか。たとえ死んでしまった子供であっても、現世そのままの記号でかざりたててやらなければならない。西も東もわからない子供のたましいであれば、おとなといっしょに神の裁きをうけることもなく、たとえ天国には入れてもらえないにしても、神のしずかな愛につつまれることに疑いはないのだから。死の床によこたわるプロテスタントの男の子が、（目立たないが高価なレースの縁どりが、この子の両親が属した階級の趣味を露呈しているにしても）一見、質素な外観の白いシャツを着せられ、女の子のほうは、たのしいお祭りの日のよそおいをさせてもらっているのは、そういうことなのだろう。

＊

オランダとフランドル、そして十七世紀と十六世紀のへだたりはあっても、二枚の「死んだ子供の肖像」は、ユルスナールの『黒の過程』の冒頭のエピソードに、いや、すくなくともそれが示唆《しさ》するものにつながっていると私には思えた。思考の短絡は承知であえていうと、もとはといえばカトリックとプロテスタントとは、ひとつのたましいの、風土は異にしても、どちらも神をめざした二本の路線ともいえるのではないか。そして、これによく似た対立は『黒の過程』の冒頭で読者が出会うふたりの青年、アンリ・マクシミリアンとゼノンの生涯にも感じとれる。運を天にまかせる傭兵《ようへい》隊長を志願する青年と、どこまでも冷静にじぶんを見つめる錬金術師志望の若者と。

小説『黒の過程』が完成したのは一九六五年の八月で、ユルスナール[*2]は六十三歳になったばかりだ。この作品の前身として、『デュラーふうに』と題された五十ページほどの物語が存在したことに、作者は「覚え書」[*3]で触れている。それによると、この作品はなんと一九二一年、彼女が十八歳のときに先祖の家系図を見ていて想を得たものだという。早熟ということばではとてもいいつくせないめぐまれた才能、とでもいうのか。当初、「血と精神の絆でむすばれた複数の人間集団」が「数世紀にわたってくりひろげる」、巨大な壁画にも似た大ロマンの一部として、この作品は書きはじめられたのを、「構想が大きすぎたものだから」と『黒の過程』を書きあげた時点で作者は告白している、そのままのかたちで本にすることは断念せざるを得なかった、と。そのかわりに彼女は、三つの断片を、それぞれ『デュラーふうに』『エル・グレコふうに』『レンブラントふうに』と後期ルネッサンス絵画の巨匠の名のもとにまとめて、『死神が馬車を駆る』というタイトルで、一九三四年に、いちどは上梓《じょうし》したのだった。『黒の過程』の主人公ゼノンは、『デュラーふうに』のために構想された人物だ。

〈デュラーふう〉といっても、とおなじ「覚え書」のなかで作者は釈明している。「わたしは、この作品で、ルターがその宗教性を尊敬していたというあの同時代画家の手法を系統的になぞったわけではない。『デュラーふうに』という作品の題名は、人間の精神を具現していると思われる陰鬱《いんうつ》な人物が、さまざまな仕事／職業を象徴する道具にかこまれて悲痛な考えをめぐらせている、あの著名な銅版画『メランコリア』にあやかってつけたものだ」と。

デュラー。いかにも北方の画家らしい彼の作品を私が意識するようになったのは大学生のころで、磔刑図《たつけいず》のひとつを複製で見たときである。克明に処刑の酷さをつたえるキリストの肢体が、私にはひたすらうとましいだけだった。そのあと、この画家について系統だてて調べることはなく、ふたたび彼の画集をひらいたのは、ユルスナールが「メランコリア」を賞讃するのを読んでのことだった。「メランコリア」は芸術を表現するともいわれ、右半分に異様なほど重心をかたむけた、どこかおそろしげな雰囲気の作品だ。その右半分を重くしている天使と悪天使の性格をあわせもたされたような〈人物〉からは、親しみを感じさせる要素はすべて、画家によって慎重に抜きとられている。画面を覆う陰鬱な雰囲気、見るものに実行をせまるような寓話性、どれをとっても私個人の感性からはほど遠い。しかも、そのおなじ遠さを、私が、ときとしてユルスナールの作品に感じるのは、彼女のなかにあるドイツ的なもの、あるいは北ヨーロッパ的なものに由来するのだろうか。あるときはボッスにあらわれ、またあるときは、ブリューゲルに表現される、あの冷たい暗さにほかならない。

『黒の過程』は、錬金術とも深く関わった、というよりも、十六世紀に生きて死んだ錬金術師の生涯をえがいている。「過程」という語は、白の過程、赤の過程、さらに黒の過程という具合に用いられ、それぞれ錬金術師が踏んでゆく過程をあらわしている。〈白〉に対する〈黒〉はもちろん、悪魔の力を借りて行なわれると信じられていた〈黒ミサ〉と同じように、魔術あるいは錬金術の最終の段階を示している。それは、この世界のすべての現象が、教会の決定によって神に帰されることにうんざりした、前近代的な一部の学究者や若者たちのあせりをあらわすものだが、それは、科学が発達して神に帰するものがなにもなくなったと感じられるいまの時代、依《よ》りすがる対象をもとめる若者たちが、ふたたび自力で見神に至ろうとしてあせっている現象に酷似している。主人公ゼノンが没頭した研究について、ユルスナールはこんなふうに書いている。

「若い神学生だったころ、彼はニコラ・フラメルの著作のなかで opus nigrum 黒の過程、つまり、下等鉱石を金に変える〈奥義〉のなかでも、もっとも困難な段階だという、形態の溶解と石灰化のプロセスの描写を読んだことがあった。ドン・ブラス・デ・ヴェラがしばしば厳粛に断言したところによると、このような化合は望むと望まないにかかわらず、条件さえそろえば、自然に達成されるはずであるという」

「実験室のなかに閉じこめておけると彼が信じていた実験は、すべてに拡大してしまった。錬金術的冒険につぐ諸段階が、夢ではない何かになって、いつかは彼も、白の過程の禁欲的な純粋さを知り、つぎには、赤の過程の特徴である、精神と官能との結合によって得られる勝利をわがものにできるのではないか」

もしかすると神の冒瀆《ぼうとく》にもなりかねないうえ、教会当局が異端とみなして目をひからせていた、危険きわまりないこれらの冒険にゼノンを駆りたててやまなかった錬金術の諸段階は、ユルスナールにとって、小説が〈書かれる〉諸段階の隠喩《いんゆ》でもあったのではないか。

〈書くこと〉の隠喩として、『黒の過程』の背骨の役目をはたしているように私には思える。ユルスナールもその分身であるゼノンも、錬金術なしには生きられない。

小説『黒の過程』はこんなふうにはじまる。

一五三〇年、フランドルからパリに通じる街道で、ふたりの若者が出会った。ふたりはいとこどうしで、どちらもが富と栄誉と安泰を約束された未来をふりきって、故郷の町、ブリュージュをあとにしてきたのだった。ひとりはこの町では知られた裕福な商人、アンリ・ジュスト・リーグルの跡とり息子アンリ・マクシミリアン、もうひとりはそのいとこにあたる、ゼノン。アンリ・マクシミリアンは底抜けに明るく、ゼノンは暗い。彼は、アンリ・ジュストの妹イルゾンデを母親として、あるときブリュージュを通りかかったフィレンツェの貴族、アルベリーコ・デ・ヌミを父親に生まれた、いわば私生児である。そんな事情から、高位聖職者への道を約束され、学問を積んでいたゼノンは、いまや硬直した思考が不吉な蔓草《つるくさ》のようにはびこるだけの神学校をぬけだしてきたところだった。

いっぽう、十六歳のアンリ・マクシミリアンはイタリアに行くことを夢みていた。太陽にめぐまれないフランドルの商人として重厚に生きて栄誉をかさねるよりは、本物の戦いに明け暮れる傭兵隊長として名をはせるのが、彼の理想だった。いっぽう二十歳のゼノンは、これまでに学んだ神秘哲学の基礎を錬金術に実らせて、自由な精神の巡礼になることを希《ねが》っている。若者らしい力づよさと無鉄砲さをたのんで、それぞれの道を歩きはじめたばかりのふたりは、やがてひとつのわかれ道にさしかかる。

「アンリ・マクシミリアンは主街道をえらんだ。だが、ゼノンは横道を行くことにした」

ここで横道、と私が訳した語句は、原文では le chemin de travers である。travers そのものはラテン語では、trans（よこぎって）と、versus（側面）の複合からなる語で、辞書には〈幅〉とか〈横断面〉といった訳がのっている。だが、同時に、travers は、（イタリア語の traverso でもおなじだが）ユルスナールが用いた le chemin de travers のようにdeをつけた修飾句として用いられることが多い。そんなとき、この字句は、正統でない、あるいは、風変りな、または、奇矯《ききょう》な、さらに、曲って、といった意味をもつ。私の手もとにある仏和辞典には、avoir l'esprit de travers という副詞句が例としてあげられ、ひねくれ者である、と訳されている。

面倒な語の説明に手間どったのは、主人公ゼノンの選んだ横道が、〈正統の学問〉の道を経ないで、いわば埒外《らちがい》の結果に到達しようとする錬金術師への道を暗示しているからだ。それはまた、正統な学問がめざした〈神という解答がすべての究極に待ちうけている〉道を拒否することであり、教会が躍起になって抑圧しようとした邪道でもあった。だが、ゼノンにとって重要なのは、神を信じるか信じないかではなかった。彼は、ルネッサンスの人文主義が証明してきた人間に固有の尊厳を、彼なりの方法で確認したかったのだ。あらゆる物体に秘められた本性――神の直接干渉によってつくられたのではない、そして人間にも動物にも共通であるはずの――を原点とする自然哲学の道を、無意識のうちに彼はさがしもとめていた。そのためには、あらゆるリスクを承知のうえで、〈もうひとつの〉横道、chemin de travers を歩かなければならなかったのだ。

異端ということばが、私にある記憶の扉をひらいてくれる。二十年もまえのことではなかったか、長いミラノでの暮らしを切り上げて、まだ日本にすっかり慣れていないころだったように思う。その年、イタリアで評判が高かったという映画を、私は見ていた。上映の途中から入ったのかもしれない。映画館ではなくて文化センターといった機関の主催だったせいもあって、パンフレットがくばられるのでもなく、監督や俳優の名さえ私は知らなかった。ルネッサンスの哲学者ジョルダーノ・ブルーノの生涯についての映画が上映される、そう聞いただけで、私はのこのこ出かけて行った。それも、知的な好奇心といえる動機ではなかった。敬愛する、いまは亡い先輩が、この奔放なルネッサンスの哲学者について優れた著作をあらわしていた、それだけの理由だった。

ホールの音響効果がわるいうえに、字幕もなかったから、遅れて行った私の耳がイタリア語に慣れるまで、話のすじもなにもわからなかった。映画全体からいってどの辺りなのか、異端の疑いをかけられ、教皇のスパイにつけ狙われるドミニコ会士ジョルダーノ・ブルーノらしい僧衣の男が、ヴェネツィアの華麗な館で、よそおいを凝らした男女と話していた。すこしずつ内容がわかりはじめると、異端審問所の追跡を逃れて、ヨーロッパを国から国へ都市から都市へとさまようブルーノの苦悩が画面から伝わってきて、胸が痛んだ。

修道士でありながら（中世以来、それまでのプラトン主義に代って教会が奉じるところとなった）アリストテレス主義を公然と批判したり、コペルニクスの地動説を支持するかと思えば、自然哲学について熱心に語るジョルダーノ・ブルーノの身の安全を、いつのまにか私はこころのすみで祈っていた。六八年を境にミラノで、じぶんがその側に立っていた学生たちが警官に追われ、逃げまどう姿がブルーノに重なった。だが、画面ではそんな彼をかこんで、当時、反教皇的な自由思想を標榜《ひょうぼう》して西欧世界に名を馳せていたヴェネツィア公国の貴族たちが、華麗な館で社交に明け暮れている。女性たちのきらびやかな衣裳、運河の岸を打つ波のさざめきのような彼女たちのはてしないおしゃべりと恋のかけひき。いずれは教会に裁かれ、死刑を宣告される運命がブルーノを待ちうけているというのに、そう思うと私は気が気でなかった。こんなところで、着かざった女性たちにとりまかれたりしていて、大丈夫なのかしら。

恐れていたとおり、ある日、状況は急転した。直接の理由がなんであったのか、ブルーノを家族の一員のようにもてなしていた貴族が、利己的な理由から彼をうらぎって、異端審問所に告発したのだった。捕えられ、ローマに護送されたブルーノは、数年のあいだ暗い地下牢につながれ、むごたらしい拷問に耐えながらも、自説をひるがえそうとはしない。彼が牢獄（映画では、テヴェレ河の右岸にそびえる聖天使城、いまはカステル・サンタンジェロと一般に呼ばれるハドリアヌスの墓廟がその地下牢だったような記憶がある。歴史的にも妥当だから、可能性は大きい。ついに名を覚えそこねた監督は、ところどころでピラネージの《牢獄》を彷彿《ほうふつ》させる背景を用いていた）を出ることができたのは、警吏《けいり》に護衛されてテヴェレを渡り、ほど近いカンポ・デイ・フィオーリ広場の刑場に送られた日だった。神を信じ、教会を信じてはいても、その不当な圧力には屈しようとしないブルーノの僧衣に火が音をたてて這《は》いのぼる。

こんな人たちの苦悩を経て、現代科学は生まれたのだ。ホールの暗闇で私は肩をこわばらせていた。それなのに、私たちは無知に明け暮れ、まるですべてを自分たちが発明したような顔をして、新幹線なんかに乗ったり、やれコンピュータだ宇宙だといばっている。なんというまぬけだろう。

ジョルダーノ・ブルーノは、奔放で衝動的な性格のうえに自己顕示欲のつよい人であったらしい。また、信仰者としても、驚くほど揺れた。一時、カルヴァン派に改宗したかと思うと、まもなくそのおなじ派の批判に立ち、つぎにはルター派に移籍して、彼らの教会で説教をしたとも伝えられる。移り気、だったのか。あるいは、精神の旅人とでもいうべきなのか。『黒の過程』の「覚え書」のなかで、ユルスナールは、ブルーノを小説の主人公ゼノンと比較して、こう書いている。「ゼノンの情熱はジョルダーノ・ブルーノの情熱に比較すべきものだ。でも、ゼノンの場合、より乾いたものだけれど。なによりもブルーノは幻想に憑《つ》かれた人間、詩人だ」また、こうも書いている。「ブルーノとカンパネッラは、根本的に〈詩人〉だった。ゼノンは、そうじゃない」と。だが私としては、ゼノンが誠実、持続を徳とする北方人であり、ブルーノが融通無碍《ゆうずうむげ》を尊重するナポリ人であることを忘れたくない。

ブルーノの個性、あるいは信条がどうであったにせよ、見ていて「吐きたくなる」と彼がいったほどのおそろしい火あぶりの刑は、施政者側にとっては〈見せしめ〉がおもな目的であったのは確実だ。後年、地動説を主張する論文『天体についての対話』を発表して異端審問を受けたとき、六十歳をすぎて健康のすぐれなかったガリレオ・ガリレイの脳裡《のうり》を、ちょうど三十二年まえ、自説を曲げるよりは死をえらんだジョルダーノ・ブルーノの凄絶《せいぜつ》な最期がよぎりはしなかったか。ローマに行って元気な商人たちの売り声がとびかうカンポ・デイ・フィオーリの露天市場を通りかかるたびに、十八世紀のおわりに火刑台あとに建てられたジョルダーノ・ブルーノの銅像を見上げ、私の想像は果てしなくひろがる。*4

『黒の過程』には、もうひとりの〈異端者〉が登場する。北欧人のような名のこの人物、シモン・アドリアンセンは、誠実で実直で商売じょうずなオランダ人で、彼自身、異端者として裁かれることはなかった。それでも私がこの人物について何行かを割こうと考えるのは、人間としての彼の生き方に興味をひかれるからというよりは、北方人ユルスナールが、この人物への共感を、かなり露《あら》わに述べているからだ。さらにいうと、シモンがその一員であった異端の教団が、ドイツ・ウェストファリア地方の小都市、ミュンスターにたてこもって、教会のさしむけた軍隊に包囲され、ついに崩壊にいたるまでの日々が、すばらしいリアリズムの手法で描かれているからだ。シモンが、商人として営々と築きあげた財産をも、名誉をもしっかりと守ってくれたはずのカトリックの信仰を棄ててまで入門した再洗礼派は、戒律の厳格なカルヴァン派のさらに最左翼といわれた一派だった。歴史的にはカトリック教会からもルター派からも攻撃を受け、首導者たちはもちろん、逃げそこなった信徒の多くが粛清され、落命した。

シモン個人に問題をしぼると、彼のなかには詭弁《きべん》に左右されないナイーヴな初代教会への回帰という希いがつよくあり、それを達成するために聖書を精読し、その教えにもとづいた正直で聖《きよ》らかな信仰生活を送り、弱者をかばい、これらの善徳を周囲の人々にすすめる願望に燃えていた。非凡な商才にめぐまれてはいたけれど、ごくおとなしい、小市民的でさえある信仰生活者といってよい。愚直なところがありながら、いったんこうと決めるとなにがあっても頑固に自説を守りとおす、ときには独断的でさえあるシモンは、つきあいにくいタイプの人間とも思える。また、ブルーノやゼノンとはちがって、学究者でもなければ、修道者でもなかったから、あえて〈真理〉を背負って立つ理由もなかったのだろう。ふたりの妻に先立たれたあと、二度の結婚から生まれた子供たちもすでに独立していたから、あとは財産をすきなようにつかって、老後を愉しめばよいという、いわば結構な境遇にあった。

そんなシモンは、ゼノンの伯父にあたる銀行家、アンリ・ジュスト・リーグルの、仕事のうえの友人として登場する。灰色のひげをたくわえた「さっぱりとしていて、まじめな、日が射さない海に吹いてくる追い風を思い出させるような感じの男性」と作者は彼を描写している。

海、船、風、波のメタファーが、たぶんノアの箱船を示唆するのだろう、彼と彼の悲運の物語をとおして章のあちこちにちりばめられる。それは海運国オランダらしい比喩《ひゆ》でもあるだろうが、海を渡るように教会という船に乗って人生を旅する人々を示唆するとも考えられはしないか。必要なら、シモン自身が船となって家族を守る。

最初の訪問をきっかけに、一年に二度、シモンはリーグル家をおとずれるようになった。十七世紀のヨーロッパの国々で流行した絵画のジャンルである「家族の肖像」を想わせるリーグル家の家族群像にまじって、アンリ・ジュストの妹でゼノンの母親の、美しいイルゾンデが描かれる。彼女は、イタリア人との不運な愛に、いまも傷ついている。

「シモンは、気がある女性にはおもわず父親のような心づかいをしてしまうといったところのある男だった。イルゾンデが悲しそうにしているのをみると、彼女のそばに行って腰をおろすのが、いつかシモンの習慣になった。

ある日のこと、シモンは「声をひそめるほどではなくても、ドアがちゃんと閉まっているかどうか見届けたうえで」、イルゾンデに重大な秘密を打ち明ける。わたしは、再洗礼派の信仰を真剣に受け入れることを考えている。イルゾンデにとって、それは足もとの地面が崩れるほどの恐ろしい告白だった。やっと会えた、自分を生涯まもってくれそうにみえた男が、ときには村に火を放ち、官憲に追われる邪宗門に加わろうとしているとは。

「子供のときに受けた洗礼は、その子の意志によるものではないから、ほんとうに神の道をあゆみたいものは、成人に達したとき、もういちど洗礼を受けなければならない」これが、幼児洗礼の当否をめぐって、カトリック教会と対立した再洗礼派の主張だ。しかし、教えそのものの是非よりは、この派に属する信徒の多くが、短絡的に教会の堕落や腐敗を指摘し、迷信を弾劾《だんがい》するにあたっての、いわば率直すぎる態度のために、カトリック教会もルターのプロテスタント教会もが、彼らを忌み嫌うことになる。さらに、独自の信条を奉ずる彼らの台頭が、織物工業が発達していたフランドルからオランダのゼーランドにかけての地方で、すでに産業革命の最初の芽生えがひよわな主張を公表しはじめた時期とも重なっていた。民衆に批判力を養わせることは社会不安につながるから、極力これを避けなければならない。近代における異端の抑圧は、しばしば政治的、社会的な抑圧の口実であった。

手足が小刻みにふるえるほどの恐怖を感じながらも、美しいイルゾンデは、シモンのまっすぐな信仰告白に耳をふさぐことはできなかった。彼が説明してくれる聖書は、これまで彼女が聞いたことのない活力と生気にあふれていた。そして、なによりも、私生児を生んで兄の世話になっている彼女に、たましいの高さで話しかけてくれた人間は、シモンをおいて他になかった。

ユルスナールにとって、ゼノンが（ブルーノとおなじ意味で）精神の領域、あるいは知の領域における求道者＝異端者であるなら、ひとつの宗教を棄てても、真正の教会とその深みを求めるシモンは、たましいの領域にかかわる求道者＝異端者といえるだろう。

（求道がないところに異端がないのは当然かもしれないが、精神の働きのないところにも異端は育ちえないという事実を、私たちはあまりにもなおざりにしてきたのではなかったか。異端は、管理者が生産するものではなくて、精神の労働者が生みだすものだから。精神の、あるいは知の領域を、私たちがどれだけないがしろにしてきたか、ゼノンの物語はとりわけ考えさせる）

一五三四年から三五年にかけて、それぞれの国で迫害に耐えられなくなった再洗礼派の信徒たちがミュンスターに立てこもり、ここをあたらしいキリストの国の拠点とした事件がヨーロッパを揺り動かした。だが、彼らの「神の国」は長続きせず、カトリック＋ルター派の連合軍によってあっけなく粉砕されてしまう。その史実を、ユルスナールは、シモンとイルゾンデの物語に組み入れる。

最初の指導者ヤン・マチエスが斃《たお》れたあと、連合軍の包囲下にあるミュンスターの指揮権を手にした、もと大道芸人の「教祖」ハンス・ボックホルトは、みずからを王と名のって、命令に逆らう信徒のいのちを奪い、神のためと偽《いつわ》っては女性信徒を犯し、都市の街路はさながら地獄の様相を呈する。神の名を大声で叫びながら、髪をふりみだし、食料の補給がとだえた包囲下の街を狂乱して駆けまわる指導者と信徒たち。

怪奇とも狂的ともいえる、まさにヒイロニムス・ボッスの「悦楽の園」を彷彿させる世界が展開する。だが、そのなかには、美しいイルゾンデがいた。再洗礼派信徒への迫害がつのり、日々の生活がおびやかされるようになったとき、シモン一家はオランダを脱出して、水路づたいにミュンスターに避難してきたのだった。だが、無事、目的地に達して安心するひまもなく、教団のための資金調達を命じられたシモンは、妻子をミュンスターに残して、旅に出なければならない。

案の定、破局は彼が出発したあとにおとずれる。粗野きわまりない、群衆の〈王〉に召し出されたイルゾンデは、ふたたび神の名によって王の暴力に屈しなければならない。彼女にとってはずかしいことばかりの多かった地上のいのちにもはや未練はない。一時は地上の楽園と信じられたミュンスターの命運もいまはあてにならなかった。包囲の軍隊が街になだれこんだとき、信徒たちは抵抗を試みることもできずに捕えられ、つぎつぎと処刑台に登った。その日、持っていたなかでいちばん見事な衣裳をまとったイルゾンデは、処刑の瞬間まで、花のように気高く美しかった。

荒廃したミュンスターにシモンがようやく戻ったとき、妻の遺骸はまだ温みをとどめていた。それでも、彼は信仰をうしなうことなく、すべてを神のめぐみと感謝しながら、憔《しよう》悴《すい》したからだを彼のために用意されたベッドによこたえると、ふたたび醒《さ》めることのない眠りにつく。

小学生の宿題のように、私はもういちど、「死んだ子供の肖像」をあたまに描いてみる。凍てた風にさらされたような白い画面の部分には、確固として偶像崇拝をこばみ、つねにみずからの行いを、たえず聖書の教えに照らしあわせて糾明《きゆうめい》したカルヴァン派の人たちの、信仰の厳しさと、それを守りとおした人たちの威厳がみなぎっていた。

六十歳をいくつかすぎて『黒の過程』を書き終えたユルスナールは、『デュラーふうに』を書いたころのじぶんは、現在よりも清教徒的な考えに共感をもっていたようだと、つぎのように書いている。

「〔『黒の過程』を書いたときの〕カルヴァン派の宗教改革に対するわたしの共感は、むかしにくらべて弱まっている。共感のいくばくかが『黒の過程』に残っているとすれば、それは極左のプロテスタント、シモンの人格に対してだけだ」
「これまで私が出会った人たちのなかで、だれがいちばん、シモンに似ていただろうか。そんな思いが、書く手をとめさせる。端切れをつなぎあわせた小さな旗のように、私は友人たちのなかにシモンを追いもとめる。なにかにつけて父親風を吹かせて、私を怒らせるシモンのような友人も、たしかにいた。美しいイルゾンデのように、私は彼に従《つ》いてはいかなかったけれど。

暗い目をした錬金術師のゼノンの顔が記憶の闇のなかからよみがえる。いや、それはむかし、私に学問の難しさと愉しさを教えてくれた、いまは亡い、やさしい先輩の顔だった。ふたりが出会った遠い国の田舎町で、大学の行き帰りに、坂を下りまた上がりながら、私たちは彼が専攻していたルネッサンス哲学について話し、宗教について論じあった。彼が私の下宿まで送ってきてくれて、それでも話がおわらないと、こんどは私が街の反対側にある彼の下宿まで送った。あのころは、どうしてあんなに議論したんだろう。二十年後に日本の大学で顔を合わせた先輩は、そういって笑った。信じられないなあ。ぼくたちは、神の存在なんて話をしてたんだぜ。

フランスで錬金術をおさめ、医学にも通じたゼノンは、やがてぐうぜん出会った原初派フランシスコ会の修道院長ジャン・ルイ・ド・ベルレモンにそれとなくかくまわれて、ブリュージュに帰る。ゼノンがかつてラテン語であらわした著書をわざわざドイツ語に翻訳したものがいて、そのためルター派が知るところとなり、プロテスタントのあいだで彼は有名になった。しかし、当然のことながらカトリック側ではその本の正統性が問われ、ゼノンは審問所に追われる身になった。いま生まれ故郷の街で、彼は素性をかくして、偽名を名のらなければならない。セバスティアン・テウス。神のセバスティアンとも訳せるだろう。男が異端書の著者ゼノンであることが人々に知れわたる日、彼の未来が消滅するはずだった。

精神、肉体、たましいというユルスナールがランボーの『地獄の季節』から受けつぎ、彼女が「黄金のトリロジー」と名づけた三つの要素は、登場人物だけでなく、『黒の過程』の構成そのものをも支えている。第一部の「街道」では、ゼノンの遍歴の時代が語られ、教会にむかっての苦々しい批判が低音で流される。それはまた同時に、ゼノンの精神の働きが若葉に萌《も》えたつ五月の樹木のように、もっともめざましかった肉体の時代でもあった。第二部ではブリュージュに帰った彼は、修道院長の庇護をうけ、医師として慕われるのだが、旅をつづける自由はもうない。旅の自由は失ったが、ゼノンは、人々に必要とされるようになったじぶんを発見し、知らぬまに迎えていた、〈たましいの季節〉に驚かずにいられない。

ユルスナールにとってかけがえのない人生の伴侶《はんりよ》であり、忠実な秘書でもあったグレース・フリックが一九五八年に癌を発病して七九年に他界するまでの二十一年間、マルグリットは、ときにアメリカ大陸に、あるいはマウント・デザート島の小さな家に釘づけになった自分を、牢につながれた囚人にたとえて憐《あわ》れむこともあった。『黒の過程』のある部分はその時代に書かれたもので、彼女は病んだ修道院長をおいて逃げられなくなったゼノンのように、家を離れられない不満をかこちながらも、他方では、グレースに必要とされる自分を発見して驚いたことがあったにちがいない。『黒の過程』をユルスナールが書き終えたのは、グレースの発病から数えて、五年目の六三年だった。

さらに、ゼノンの生涯と死は、主人公の生きた時代とも深くつながるものでなければならなかった。そのことへのユルスナールのこだわりは、作品の「覚え書」に見られる煩《わずら》わしいばかりの、同時代人たちのリストが証拠だてている。

「一五一〇年に生まれたとされるゼノンは、老レオナルドが流謫《るたく》の地アンボワーズで息をひきとったとき、九歳だったことになる。また、わたしがゼノンと肩をならべさせ、ときには論敵ともしたパラケルススが死んだとき、ゼノンは三十一歳、コペルニクスが没したときは、三十三歳だったはずだ。(……)〔さらに〕ゼノンが死んだのは、ガリレイが生まれた五年後であり、カンパネッラが生まれた翌年である。ゼノンが自死をとげたとき、三十一年後に火刑に処せられるはずのジョルダーノ・ブルーノは、ほぼ二十一歳だったことになる」

ブルーノの没年を作者がリストに加えているのには、たぶん意味がある。修道院長の死をみとったゼノンは、たちまち逮捕されて牢獄の人となり、迷ったすえ、自死を決断する。ブルーノが避けられなかった、そのおなじ刑死を、四十年以上も彼女のなかに棲みつづけたゼノンに押しつけることは、ユルスナールには到底できなかった。

このようにゼノンの物語を歴史に組み込むことによって、作者がなにを伝えようとしているかについては、ほとんど疑いの余地がない。異教の神々は死にたえたが、キリストはまだ生まれていない時代、とフロベールを引用しながら『ハドリアヌス帝の回想』の時代を定義したユルスナールは、この作品においても、ある過渡期を、端境《はざかい》の時代をえらんでいる。「スコラ哲学の刻印を受けながらそれと戦っている」ゼノンは、〈近代〉がそろそろ顔を見せはじめる十七世紀ではなくて、ルネッサンスの昂揚《こうよう》が下降しはじめた十六世紀の人間なのだ。そして、彼は、「社会を転覆させかねない錬金術師たちのダイナミズムと次の世代にもてはやされることになる機械論のあいだ、事物のなかに神が潜在するという神秘主義といまだにあえて名乗ろうとしない無神論とのあいだ」で揺れている。古典の語彙《ごい》に支えられたハドリアヌス帝の孤独にくらべるとき、中世にもルネッサンスにも頼りきることのできない、だから文化の系譜としても拠《よ》りどころを失ったゼノンの孤独は、はるかに私たちのそれに近い。彼もまた、どこか私たちとおなじように、矛盾にみちた過渡期を、そして方法論を、模索しながら生きた人間なのだ。ユルスナールが彼を、不撓不屈《ふとうふくつ》の修行者としても、教祖としても描かなかったのは、そのためだ。

ユルスナールが晩年をすごしたマウント・デザート島の小さな白い家をたずねたとき、案内してくれた青年シルヴァンが、ユルスナールの寝室に通じる急な階段をあがりきったところにかかった、古いレンブラントふうの肖像画をゆびさしていった。マルグリットが育ったモン・ノワールの城館から持ち出すことのできた、数すくない絵のひとつだそうです。

だれか大切な人の肖像なの、とたずねる私に、シルヴァンは首をすくめた。名はいま思い出せないけれど、彼女の先祖のひとりです。たしか、母方の何代目か十何代目かむかしの親類で、先祖のなかでただひとり、異端審問所にねらわれる栄誉をになった人物だと、だれかに教えられて、マルグリットがここに持ってきたんです。ほんとうだとするには、あんまり畏《おそ》れ多いみたいな話だけどねえって、彼女がいってたと聞いてます。

黒ずんだ色調のその肖像画から、人物の表情はほとんど識別できなかった。バスクふうの黒いゆったりした帽子も、古代ローマのトガに似た茶色の上衣も、あのオランダ絵画の展覧会にもいくつかあった肖像画の人たちとおなじ型のもので、これといった特徴はなかったが、マルグリットがゼノンを肉体として考えたとき、この絵の人物がそれに重なっただろうことは容易に想像できた。階段のあがりくちに立って、ゼノンの物語に明け暮れていたころのことを書いた、マルグリットの言葉を私は思い出していた。
「夜、眠れないでいるときなど、なんどもなんども、私は、存在するのをちょっとやめて、おなじベッドに横になっているゼノンに手をさしのべたものだ。灰色がかった褐色の、がっしりした、ほそながい手で、指は先がへらのように平ったく、あまり肉のついていない大きな爪はひどく色がわるくて、深づめに切っている、その手をわたしは知りつくしていた……」

（『ユルスナールの靴』）

＊1　一五七ページ。正しくは「天鵞絨《ビロウド》」と思われる。（編集部注）
＊2　一六二ページ。正しくは六十二歳と思われる。（編集部注）
＊3　一六二ページ。ユルスナールは貴族出身。（編集部注）
＊4　一七一ページ。正しくは「十九世紀」と思われる。（編集部注）

しげちゃんの昇天

しげちゃんにさいごに会ったのは、一九五一年に私が女子大を卒業して三十五年もたってからで、場所は調布のカルメル会修道院の面会室だった。修道女たちと客をへだてる広い格子窓のむこう側にいる彼女の、白い布にきっちりとふちどられた頰は、熱のせいなのか、まぶしいほど桃色にかがやいていた。函館の修道院にいた彼女が数年まえから膠原病《こうげんびょう》をわずらっているとは聞いていたが、夫の死後、長年暮したイタリアをはなれて、日本での生活のたてなおしに夢中だった私には、経済的にも、精神的にも、北海道までお見舞に行く余裕はなかった。しげちゃんが、東京の病院で治療をうけるために調布の修道院に来ている、そう聞いて、私はさっそく出かけて行ったのだった。

こんなところまで来てくれてありがとう、と彼女はあかるい声で言った。大事なことをうちあけたあと、ちょっと首をかしげて目をつぶる、むかしのくせがそのままだった。大学のころとおなじように、私たちは関西弁で話した。今日は病気のまえみたいに気分がいいの、うん、東京の病院はやっぱり研究がすすんでる、と彼女はうれしそうに言った。

＊

しげちゃんと私はもともと、六甲山脈のはずれにあたる丘のうえのミッションスクールで、小学校からの同級生だった。とはいっても、いっしょに勉強したのは、二年生までにすぎず、三年のとき父の転勤で私が東京の姉妹校に移ったあとは、子供どうしの別れのあっけなさで、手紙を書きあうでもなく、それきりだった。だいいち、転校するまでのしげちゃんを憶《おぼ》えているかと訊かれても、うまくは返事できない、それくらいのともだちだった。

一九四一年、日米戦争がはじまり、だんだん戦争が身近にせまってきて、初の空襲だかで東京の小学生がひとり死んだあたりから、子供たちの疎開が真剣に話されるようになった。私たちの家では、四四年に[*1]、疎開というほどではないけれど、とりあえず仕事のある父を東京に残して、母が私たち三人の子供を連れ、それまで祖母が若い叔母と留守をしていた西宮の家に帰ることになった。私が女学校四年生[*2]になる春のことで、東京を去ることに未練はなかった。私も妹も成績は中くらいだったのだが、たぶん、戦争中でミッションスクールの入学希望者がそれほどいなかったのだろう、試験というようなこともなく、校長先生に面接をうけただけで、もといた丘のうえの学校に編入をゆるされた。ヨーロッパ式に人数が極端にすくない学校だったから、一学年一クラスで、三十人とちょっと、それで、もういちど、しげちゃんと同級生になった。

「疎開」がいやでなかったのには、わけがあった。おなじ修道会の経営なのに、私は東京の学校の山の手のブルジョワふうな生徒の雰囲気にじぶんをあわせられなくて、そのころ登校拒否の一歩手前までいっていた。そのためにも、このときの転校は天からの贈物のようにありがたかった。もういちど、あたらしい環境ですべてをやりなおせる。そう思うと勇気がわいた。そのうえ、授業がまもなく廃されて、私たちは、教室を改造して学校内にもうけられた工場で、航空機の製造工程のいくつかを任されることになり、私は、いうことをきかないと頭を締めつける、あのなんとかいう金の輪をはずしてもらった孫悟空のように、有頂天だった。授業から解放されたことがなによりもうれしく、毎日がきらきらするように愉しかった。学校工場の研修期間がおわって、それぞれの作業の名称でよばれる部署に配属されたとき、しげちゃんと私はおなじ部屋に決まった。それが彼女と話すようになるきっかけといえばきっかけだったろう。

私たちの班は、飛行機の翼の部分につかわれるジュラルミン（硬質アルミニューム）板を、図体ばかり大きいわりにはどう見ても家内工業的な機械に、一枚一枚挟んではギチッと折り曲げるのが仕事だった。どういうことだったのか、他のほとんどの分隊（いまなら班というだろう）は、五十人、あるいはそれ以上の人数だったのに、私たちと、その隣の

「木工分隊」というのだけは、十人足らずで、とくに「折曲げ分隊」にはやんちゃな生徒があつまっていた。いま考えると、精密な飛行機の部品のはずなのに、マニュアルのゲージで計ったりして、戦争に負けてあたりまえみたいな原始的な機械仕事だったが、アルミ板を曲げるときに微妙な手の動きで、折り目にひびがはいったり裂け目ができたりするのを、工夫してだんだん上達するのは、それなりに愉しい作業だった。木工場から運ばれてきた材料を期日までに仕上げ、ほっとしたあとは、一階だったから全員が窓から抜け出して、学校の裏のゴルフ場に遊びに行って物議をかもしたこともあった。

しかし、日がたってみると、おなじ作業工程のくりかえしや、本社から派遣された工員の顔色をうかがっては私たちを管理しようとする教師たちが、だんだんうとましくなった。それまでは考えてもみなかったのに、いざほんとうに勉強がなくなってみると、好きだった国語や英語の時間のないことに、がまんできなかった。わけても文字の世界と切りはなされてしまったことが、むしょうに淋しかった。

ただでさえ物資不足で十分な食事がとれなくなっていた私たちの健康を気づかってのことにはちがいないのだけれど、やがて、休憩時間には全員コーチャードと呼ばれていた中庭に出て、からだを動かさなければいけないという規則ができた。生徒たちがそのへんでうろうろしていると、早くおそとにいらっしゃい、と先生たちに追い出される。とくにラジオ体操をしなければならない三時の休みは、私にとってこのうえない苦痛で、どうにかしてそれを逃れようと、工夫をかさねたあげく、とうとう、工具室にあてられていた、高いところにひとつ窓があるだけの、うすらぐらい物置部屋にしのびこんで、そこで本を読むことを考えついた。

なにを読むか、ということが大事なのではなかったから、手あたりしだい、要するに読むものならなんでもよかった。父の本棚からだまって持ち出した世界戯曲全集のなかの何冊か（どういうわけか、漱石や鏡花の本棚には、鍵がかかっていた）、それに改造社の現代日本文学全集から、明治文学集というのを、これなら叱られないだろうと考えて、家から持ち出した。巖谷《いわや》小波《さざなみ》の『こがね丸』という犬の話だったかを読んでみたけれど、古いことばで、なにがおもしろいのかさっぱりわからなかった。結婚した叔母が残していった、岩波文庫の『小公子』を読んだのもあのころだった。若松賤子《しずこ》さんの「……なのでした」というところを「……なんかった」という口調の訳がおかしくて、私は話すときそのまねをして級友を笑わせたりしていた。いっしょに笑いながら、私は、漠然と、文体の特徴というようなことを考えていたのかもしれない。

学校の図書室は、それまで生徒は許可なしに入ってはいけないことになっていたのが、あるときから、時間をつくって、すこしでもいいから、本をお読みなさいと言われるようになった。きれいにワックスをかけた飴色《あめいろ》の木の床の図書室におそるおそる入っていくと、西洋の本の匂いがして身がひきしまった。ほとんどが私たちには読めない外国語の本だったが、日本語の本もないわけではなくて、私のお気に入りは、登場人物名をナントカナニ吉というような、奇妙な日本名になおした（有名な）ディケンズ全集だった。

そのころの私は、母がきめた「子供は子供の本を読まなければいけない」という、意味のあるような無いような、読書についての規則を盲目的に信奉していて、その枠を破ってみようという才覚はなかった。たとえば父の世界戯曲全集にしても、ヴェデキントの『春のめざめ』は、同年配の少年少女が主人公らしい、だからこれなら大丈夫、とじぶんで決めて読んでいた。でも、なにがどうなのか、ほんとうのところいいもわるいもさっぱりわからなかった。

京都の大学院で農芸化学を勉強していた叔父の真山青果《まやませいか》全集が、そのころ私と妹の寝室になっていた東の部屋の袋棚にならべてあった。大掃除でも手伝っていたのか、あるとき、それを発見して、あちこちページをめくるうちに、すっかりとりこになった。とくに『元禄忠臣蔵』に感動し、しばらくは大石内蔵助《くらのすけ》のことばかり考えていて、こんな戯曲を書ける真山青果という作家はどんなひとなのだろうとすっかり尊敬してしまった。

とはいっても、ぜんたいとしては乱読もいいところで、真山青果のつぎは大佛《おさらぎ》次郎の『鞍馬天狗』に夢中になって、これは学校にもっていって、おもしろいから読んで、読んでと、友人にたのみあるいた。じぶんの好きな本を、じぶんだけでなくて、友人にも読んではしいと思う、そのことだけに夢中で、好きでもない本を読まされる人間（最大の犠牲者はひとつ違いの妹だった）の苦痛は想像もしたことがなかった。

ところが、読んで、読んで、といい歩いているともだちが、もうひとりいた。それがしげちゃんだった。あるとき、これ読んでみて、と言って、デュマの『三銃士』を貸してくれた。小学校二年生で別れたきりだったので、すぐになかよしになったのではなく、もう夏も近いころ、たぶん、その文庫本をつうじてだったように思う。ダルタニャンとアラミスとどっちが好き、というようなたわいない話から、雲をつかむような男性論に発展させたりして、仕事のあと、電車までの坂道を降りることもあった。

ひな祭りのある三月生まれというのがぴったりなふぜいのしげちゃんは、色白で小柄、しぜんに波をうった髪が首すじのあたりでくるくると巻いていた。ある日、分隊の休憩のときに同室の仲間たちを魚にたとえてあそんだとき、みんなが口をそろえてしげちゃんは小鯛と決めた。よくそろった、小さな白い前歯も、明石の海の小さな鯛を思い出させた。

彼女には東京の専門学校の英文科を卒業したあさ子さんという、五つ違いの、私たちの目にも美人とうつるお姉さんがいた。あさ子姉さんが言ってた、としげちゃんがいうと、兄も姉もない長女の私には、圧倒的な重みに感じられた。あさ子姉さんのすべてに全面降伏していたそのころのある日、しげちゃんが、とつぜん言った。あさ子姉さんが言ってたけど、『ケティー物語』は誤訳だらけだって。それは、私が小学校のときからずっと、生活の参考書みたいにしていた（あきれたことに、私は主人公のケティーが発明した、一種のかくれんぼうまで、妹や弟を叱咤《しった》激励して、やらせていたのである）アメリカの少女小説だった。それが、「まちがいだらけ」だというのである。「誤訳」ということばを、そのころの私がどれくらい理解していたのかわからないが、記憶にあるかぎり、それは私にとって、はじめての文学作品（翻訳ではあったけれど）の質についての会話だった。あの本は、英語で読めば、もっともっといいんだって。そう、しげちゃんはつづけた。私は息をのんで彼女の話を信じ、たぶん、それから、いつかは翻訳でなくて、あさ子姉さんのように、英語で本を読めるひとになりたいとこころのどこかで決めたように思う。

しげちゃんは、私たち一家が住んでいた阪急沿線の夙川《しゆくがわ》駅から、ふたつ神戸寄りの岡本から通っていた。お父さんは、もうなくなっていて、女ばかりの五人姉妹だった。娘三人で家が傾くっていうのよ、それなのにうちは五人だもの、と彼女はよく言った。三人で傾くのか、と私は彼女の博学に感心した。お姉さんがあるのはうらやましかったけれど、弟がいないのは、かわいそうな気もした。

岡本のしげちゃんの家をはじめてたずねたのは、戦争がおわってからだった。電車を降り踏切をわたってから、坂をのぼっていったところの、大きな敷地に建った平屋だった。

そのころ私は戦前にいた東京のミッションスクールの専門部に進学していたのだが、彼女は結核で、その年の春から休学していた。菌は出てないから、うつらないよ、と、お母さんがつくられた綿入れの銘仙《めいせん》のちゃんちゃんこを着て、離れの部屋のふとんのうえに正座した彼女が言った。秋で、十一月一日の諸聖人の祝日をはさんだ休暇で帰省したのだったろう、私は、うつらない、というところだけ理解して、彼女の家の土蔵のうらの木になったという柿を、つぎからつぎへ食べていた。あいかわらずの、おさな顔は病気でもぜんぜん変ってなくて、包丁で柿をむく彼女の手の甲が、ふっくらして、ゆびのつけ根に四つ、えくぼのようなくぼみがあるのを、私はじっと見ていた。色黒の私の手は、年頃になっても、ごつごつして、女らしくないと叔父たちにからかわれていた。りんごは、ぐるぐる輪にむくけれど、柿はまず、よっつに切ってからむくものよ、と彼女が手を器用に動かしながら言って、また私は、えっ、そんなこと、私にはだれもおしえてくれなかったと思った。母さんがそう言った、と彼女は自信ありげだった。いまでも、りんごをむくたびに、柿を食べるたびに、私はそのときのしげちゃんの声の抑揚まで思い出す。

結核のひとなんて、いくらなかよしだって、お見舞なんか行かないほうがいい、今日のことはお祖母ちゃんには言っちゃだめよ。家にかえると母は不満げだったが、それが私にはいじわるみたいにきこえて、ちゃんとした返事はしなかった。

あと一年で専門学校を卒業というころ、女子大ができるらしいという噂が学生のあいだにひろまった。戦前、帰国子女や日本在住の外国人の教育にあたっていた有能なアメリカ人の修道女が、その大学を創立するためにアメリカから帰ってくると聞いて、私は勉強をつづけたいと思った。それまで、ヨーロッパの厳格な寄宿学校の伝統にしたがって、廊下や洗面所に鏡というものがなかった学校に、それでは若い娘たちがちゃんと育たないといって鏡をつけさせたり、空襲で焼けてしまったけれど、窓のひろい明るい自習室を建てさせたりしたこの修道女の名は、まるで神話じみて生徒たちの間で語りつがれていたからだ。大きなバラの花束がとどくのを待つように、私たちはその修道女の帰国を待ちわびた。

もと宮家から購入したという広大な渋谷のキャンパスではじまったあたらしい大学の授業は、どっしりした武家門と、進駐軍からゆずりうけたカマボコ兵舎の教室というちぐはぐな環境ではじめられた。一年休学して、しげちゃんはその大学にかえってきた。私たちは一年ちがいになったが、ふたりとも寄宿生だったので、またよく本の話をするようになった。

何年生のときだったか、アウグスチヌスの『神の国』の講義が大評判で、その授業の時間がちょうど昼食のまえだったものだから、寄宿舎の食堂の話題が、『神の国』の議論で溢れて、みんなが興奮してしまった。哲学をやっている人たちの、いろいろなことを高いところから言い切ってしまうようなところがおそろしくて、その授業に出てない私は、その騒ぎがうるさくていやだった。あるとき、おもいきってしげちゃんに、あの授業、ほんとうにそんなにおもしろいの、とたずねてみた。彼女はその講義をとっていたからだ。そうねえ、でも、『神の国』より『告白』のほうがずっといい、としげちゃんがこたえたので、私はなんとなく安心した。『告白』は、全部ではないけれど私も読んでいて、とくに、回心したアウグスチヌスが、わたしはじぶんの外にばかりあなたを探していたけれど、あなたはずっと私のなかにおいでになった、と神に祈る箇所が、わけのわからぬままに、すごい、と思っていたからだ。

まもなく私は熱にうかされるように賢治の詩にとりつかれ、しげちゃんは、みんなに隠れて小説を書いていた。彼女も私も（あさ子姉さんのように）英文科だったが、彼女は国文クラブにはいっていて、堀辰雄の世界にあこがれていた。私はPENという大げさな名の英文クラブのメンバーにかりだされて、バイリンガルの同級生たちにまじって、つたない英文のショートストーリーを書いていた。国文クラブのほうが、実のあることを書いているかもしれない、としげちゃんが言ったことがある。英語じゃ思うように書けないでしょう、ことばが自由にあやつれないから。私は、それはそうかも知れないけれど、日本語でものを書くなんて、それを同級生に読まれるなんて、とてもはずかしくて、てれくさくて考えられなかった。じぶんのなかのことが、みんなにばれてしまう。せめて英語だったら、下手な分だけ、カムフラージュできる。そう思っていた。

賢治なんて、としげちゃんはつっぱった。どうして日本語で小説を書かないの。そう言って、じぶんが書いた小説をしげちゃんは読ませてくれた。うすい鉛筆で、くるんくるんしたような特徴のある、変体仮名まじりの字で書いてあって、原稿用紙百枚もあっただろうか。その厚さに、まず、私はとてもかなわないと思った。ふしぎなことに、いま、その小説のすじを思いだそうとしても、なにも思いだせない。恋愛小説で、なにか、透きとおった光のなかで、さいごは男女が思いをとげないで、別れてしまう話だった。どうしてこんな哀しいこと書くの、というと、堀辰雄がすきだから、と彼女は首をかしげて、目をつぶった。でも、賢治の詩のリズムはこたえられない、と私が言うと、私はシチュエーションのほうが、興味があるから、詩はわからないと彼女は言った。シチュエーションなんて、専門家みたいなことばは、あさ子姉さんからおそわったのかな、と私は感心して聞いていた。なにをしても、彼女は私よりおとなだった。

卒業が間近になって、将来の方針という段になっても、私は、十八歳のときにじぶんで選んで入信したカトリックの理想と現実のギャップにつきあたって、いま思えばとっぴょうしもなく抽象的な思考にかまけたまま、そのなかで溺れそうになってもがいていた。学生のひとりひとりを、厳格に、しかし丁寧に育てるというような校風が、そのころはうっとうしくて、私は一日もはやく、学校の枠から逃れたいとあせっていた。それでいて、卒業して関西の家に帰るのも、死ぬほどいやだった。家族との日常に戻るのが、黒い雲のなかに入れといわれたように、重く、息苦しく思えた。六年ちかい寄宿舎生活で、私はまるで遠い国から来た人間みたいに、日本の現実をはっきりと眺められなくなっていた。

卒業試験もおわり、がらんとした図書館に私は行って、在学中は逃げまわったラテン語文法まで読んだりして、時間をかせいだ。家に帰るよりは、一生、本にすがりついていていいと、だれかがそんな許可をくれないかと、それはかり願っていた。それでも、できたばかりの大学院に来ないかと先生たちに声をかけられても、十六年もいたこの学校からはできるだけ遠ざかりたいと思うだけだった。私たちの世代の女子学生の多くがそうだったように、本を読むことが、職業につながるとも考えず、結婚以外に女としてほこりをもって生きる道はすべてとざされていたような、たよりない、暗い、閉ざされた日々だった。

卒業も間近なある日、しげちゃんが、あたらしい校舎の四階まで私に会いに来てくれた。私の個室のドアが半びらきで、私はそれによりかかっていて、目のまえに私よりちょっと背のひくいしげちゃんがいた。どうして、そんなに反抗ばかりするのかな、と彼女は言った。私もわからない、でも、なにもかもいやだ、そう答えると、しげちゃんは言った。でも、だいじょうぶよ。私はあなたを信頼してる。ちょっと、ふらふらしてて心配だけど、いずれはきっとうまくいくよ、なにもかも。彼女の真剣な表情と、あかるい彼女の声と、ちょっとキザなあの言葉を、一年後によその大学の大学院へ行ってからも、フランスに留学してからも、イタリアで結婚してからも、なんども思い出した。

まるでそのつづきみたいに、そのとき、しげちゃんが低い声で言った。私は、来年卒業したら、たぶんカルメル会の修道院にはいる。えっ？　と私は問い返した。その修道会の戒律がきびしくて、一度、入会したら、もう自由に会うこともできなくなるのを知っていたからである。一日中、沈黙の戒律をまもり、食事のときもだまって聖書の朗読を聴きながら食べるという話は、中世みたいで恐ろしくさえあった。しばらくのあいだ私はあきれて彼女の顔を見ていた。修道院なんて。どうして小説を書かないの。そう訊ねることもできないで、私はぼんやりしていた。しげちゃんはしっかりした、でもふつうの声でつづけた。世のなかで、だれか祈ることにかまける人間がいてもいいんじゃないかと思って。顔があげられなくて、記憶の底に彼女の声だけが残った。

夫が死んだとき、北海道の修道院にいたしげちゃんから、だれからももらったことのないほど長い手紙がイタリアにいた私のところにとどいた。卒業以来、彼女からもらった、はじめての手紙だった。学校も病院も経営していない、ひたすら祈りだけに明け暮れる彼女の修道院がひどい貧乏で、シスターたちが食べるものまで倹約しているという話も、人づてに聞いていたが、しげちゃんの手紙にはそんなことは一言もふれてなくて、むかしのままのまるっこい書体で、私の試練を気づかうことばが綿々とつづられていた。こころのこもったそのことばよりも、なによりも、私は彼女の書体がなつかしかった。修道女になっても、まだおんなじ字を書いてる、と私は思った。もう変体仮名はまじっていなかったけれど、教室でとなりにすわったとき、私のノートのはしに、思い出したことなどをちょちょっと書きつける、あのおなじ字だったし、なによりも、むかし、あなただけよと言って読ませてくれた、うすい鉛筆で書いた堀辰雄ふうの小説の、あの字だったのがなつかしかった。手紙の終りのほうに、修道院では人手がたりなくて、冬のあいだの屋根の雪おろしがたいへんだとだけ書いてあった。しげちゃんの、ぷくぷくした色白の手が、しもやけになっていないかと私は思った。赤くはれた手で、ペンを持つしげちゃんを、私は想像した。

＊

ひと月ほど調布の修道院にいて、しげちゃんは北海道に帰っていった。ずいぶん元気になって、とだれかにつたえ聞いて、私はすっかり安心していた。暮のせまったある日、あさ子姉さんから電話があった。しいべが今朝はやく死んだの、これから私たち北海道へ行く。あさ子姉さんの声が、小さいころからの彼女の愛称をいって、そう伝えた。つぎの日の手仕事の準備もぜんぶととのえて、彼女は床についたのだったけれど、夜半に気分がわるくなって、朝までもたなかったという。あなたがいちばん、あの子のことを思ってくださったような気がして、とあさ子姉さんの声がくぐもった。

調布で会ったとき、大学のころの話をして、ほんとうにあのころはなにひとつわかってなかった、と私があきれると、しげちゃんはふっと涙ぐんで、言った。ほんとうよねえ、人生って、ただごとじゃないのよねえ、それなのに、私たちは、あんなに大いばりで、生きてた。

しげちゃんが、ただごとでない人生を終えて昇天したのは、それからひと月もしないうちだった。

（『遠い朝の本たち』）

＊1、＊2　一八五ページ。正しくは、疎開は一九四三年、須賀敦子が女学校三年生だった頃と思われる。

（編集部注）

チェザレの家

会ったこともない人のところで、おまえ、よく泊めてもらったわねえ。人みしりがきつかった母に話したら、きっとそういってあきれたにちがいない。からだになじまない腰高の古風なベッドで目をさまし、すぐ横の壁にかかった、なにやら薄気味わるい図柄のアクワフォルテ（腐食銅版画）をにらみながら、私は、声に出してつぶやいてみた。ママじゃあるまいし。でも、私だってその人に会うまでは、ずいぶん不安だったわ。

足もとの、部屋の広さにしては小さい、いかにもトスカーナらしいグリーンの枠にふちどられた窓からは、おぼつかない朝の光が流れ込んでいて、まだみんな眠っているのだろう、広い屋敷のなかはひっそりとしていた。窓の外には、きのう、この家の主人である評論家のチェザレが私たち泊り客を案内しながらこの部屋をまず私にわりあててくれたとき、そっとたしかめておいた、いちめんの緑、そのむこうには、頂きに季節はずれの雪を思わせる白い大理石の縞もようを刻んだカマイオーレの山々が、朝の太陽を浴びて薔薇色にかがやいているはずだった。

ローマにいる友人のPがめずらしく電話をかけてきたのは、東京を出るほんの五日ほどまえのことだった。きみのために、ぼくたちですてきな計画をたてているんだけど。彼がいった。え、ぼくたちって？　私はきょとんとした。今年こそは、仕事ぬきの「純然たる」休暇をすごしてこよう。そう考えてイタリアでのふやけた十日間を思い描いていたから、友人が「私のために計画をたてている」と聞いただけで、たちまち気持が萎《な》えた。おねがい。私のために計画なんて、たてないで。

わかってるよ。不意をつかれてとまどった私の気持をいちはやく察した友人は、彼らしい辛抱づよさでたんたんと話をつづけた。ぼくたちっていうのは、ぼくと大学の同僚のレオネッティ、きみは会ったことないけれど、いいやつです。まず、七月の三十一日、講演をたのまれたので、ぼくたちはトスカーナ海岸のV町に行く。その集まりにきみも出てくれませんか。その晩は市の招待で海辺のホテルに泊まって、翌日はチェザレ・Gがいなかの家で待ってるからみんなで来ないかって。町からはタクシーで行ける距離です。三人とも、うちに泊まればいいって、彼はいってます。どう思う？

最初の五日はローマでぶらぶらして、六日目にヴェローナまで飛行機で行って、北イタリアの義弟たちをたずねよう。ずっとそう考えていたから、私は、唐突な彼らの招待を、すんなりと受けられなかった。なによりも荷物のことがある。ローマからトスカーナ海岸の町までは列車、チェザレ・Gの家に寄るのはまあいいとして、そこからまた鉄道で（たぶん、フィレンツェで乗りかえて）ヴェローナまで行かなければならない。大きなスーツケースをもてあましながら、いくつかの駅の（日本ほどではないにしても）階段と、とくに列車の入口の高い踏み段をよじ登ろうと格闘するのを考えると、どうしてもこの誘いはことわりたかった。

それでいて、チェザレに会う、いや、彼の親友でもあったギンズブルグの訳者というほかは、なんの関わりもない私を、わざわざチェザレが家に招いてくれるというのは、なんともうれしかった。彼が書いたものは、ここ数年来、私は読んでいたから、いちど会って話をきいてみたいような、漠然としたのぞみは、たしかにあった。だが、同時に、一面識もない彼の家にいきなり行って、泊めてもらうというのは、ひどく気づまりなことであるのに変りはなかった。そもそも、チェザレがどんな外見の人であるのかさえ、私にはかいもく見当がつかなかったのだから。

荷物はぜんぶぼくが持ちます。長距離電話のむこうで、Pがいさましく張り切った。翌日は、かならず、フィレンツェまで送っていくから、心配しないでください。ただ、ぼくたちのたてた計画にふんわり乗ってくれれば、それでいいんです。

チェザレ・Gの文章に私が惹かれていたのには、文学あるいは仕事の面を超えた、私にとっては大切な理由があった。

そのひとつは、こんなことだ。一九九一年の春、作家のナタリア・ギンズブルグを最後にローマの家にたずねた日、私のいるまえに彼が電話をかけてきて、ナタリアは、いま考えると本人には告げられていなかった病気のためのおぼつかない手つきで携帯電話を耳にあて、ながいこと話しこんだのだった。もちろん、彼女がだれと話しているのかを、私は知る由《よし》もなかった。ただ、思いがけないナタリアのすこし甘えたような相手への口調に、外国人の私にはとても入り込めない親しみの濃さが感じられて、意味もなく私はその相手に嫉妬したのだった。

ごめんなさい。手もちぶさたに話が終るのを待っていた私に、ナタリアはあやまった。いまの相手は、G、ええ、評論家のチェザレ・Gだったの。あすの晩、フィレンツェの近くで講演をするから、私にも来ないかって。

チェザレの名を聞いて、私は一瞬、手がつめたくなる気持だった。前日の晩、アルジェンティーナ広場の書店で買ったモンダドーリ社版のギンズブルグ作品集への、彼が書いたすばらしい序文を、私は読んだばかりだったからだ。ざっというと、序文は、こんないいわけではじまっていた。

「ナタリアと私は長年の親しい友人なので、友人が友人の作家の作品について書くのは、それ自体、危険でむずかしいことだ。そればかりか、私は、これを書くことになるまで、ナタリアとはしじゅう会って話していながら、彼女の作品をぜんぶ読んでいたわけではないのだから」

少々、はぐらかされて、読者はびっくりする。でも、気をとりなおして読みすすんだところで、こんなエピソードがもちだされる。戦争が終ってまもなく、彼が高校に復帰したころのある日、ぐうぜんに開いた文芸誌にナタリアの詩が出ていた。それは、そのころ学校で教わった古典的なイタリアの韻律《いんりつ》にはなじまない自由詩で、彼の耳には、はっきりと規則にそぐわない、まずい詩にひびいたという。「lenzuoli みたいにやたらと長い」その詩に、しかし、十六歳だったチェザレ少年はつよく動かされた。その詩の底を流れる、悲しみにもかかわらず、多くの悲しみをうたった詩が不毛であるのとは対照的な、作者のいさぎよい姿勢のようなものが、彼をとらえたのだった。

(この lenzuoli という言葉に私はひっかかった。これは男性複数の語尾になっているけれど、ふつう、「シーツ」を意味するこの語の複数は、どの辞書をひいても、ラテン語の中性名詞ふうに、lenzuola となっている。それに、「シーツ」みたいに長い、というのはどういうことだろう。トスカーナの古い表現にあるのだろうか。でもどうしてか私には、チェザレが、シーツではなくて、この語のもうひとつの意味である「屍布」、西洋の古い絵などに《ミイラの場合にも》出てくる、死んだ人をぐるぐる巻く、包帯のような布ではないかと思えてしかたない。それならかなり長いはずだし、それに、だれかの詩が屍布みたいに長かった、という形容は、なかなかしゃれている。ナタリアが聞いたら、きっとおもしろがるだろう、という男の人のコケトリーみたいにさえひびくのだ)

この詩は、私もなんどか目にしたことがあって(ナタリアが生前、作品をえらんだ、モンダドーリ版の作品集には入っていない。彼女が入れたがらなかったからだ)、覚えていた。たしかに長いけれど、長さよりも、チェザレ・Gも触れているように、

「男らは家を出て、また帰る、食物を、新聞を買って」

というルフランの部分が、はじめて読んだとき、私の胸に刺さった。チェザレも書いているように、詩がだれのために書かれたかは、どこにも記されていないが、ルフランでうたわれる(当時、ギンズブルグ一家が流刑を宣告されて軟禁されていた南イタリアの風習にしたがって)日々の買物に出かける男たちのなかに、ナタリアの夫レオーネのすがたがないことを、読者は知っている。そのおなじ年の二月に、レオーネがローマの牢獄で拷問のすえ、ナチの手で惨殺されたことを、編集者が欄外に記している。長い詩は、Gが「預言者エレミアの嘆きにも似た」と形容するように、ナタリアが夫にささげる哀悼《あいとう》の歌だから、とチェザレ・Gは、つづける。

「一九四四年の十二月は、ギンズブルグにとって、凍てつく寒気が、夜とともにやってくるときが日々の始まりだった。明りが灯り、街は生気をとりもどし、世界が生きかえり、

恐怖と暗黒が熄《や》み、〈男らは家を出て、また帰る、食物を、新聞を買って〉。でも、彼女の家だけが毀《こわ》れ、彼女だけが、闇と氷にかこまれてひとり歩いている」と。

レオーネの不在を埋め、毀《こぼ》たれ、傷ついた家族を癒《いや》してくれるのが、日常のいとなみをおいて他にないことを、女であるギンズブルグの肉体は知っていた、ともチェザレは書いている。いよいよ本題、すなわちギンズブルグの作品論に入るのかと思ったところで、もういちど、序文はわき道にそれ、チェザレが少年のころ、両親が家のひと部屋にかくまっていたユダヤ人の老女、セグレさんの話をゆっくりと語る。白いちぢれ髪、アンゴラ毛糸の白いカーディガン、白い木綿の靴下、白い靴、白く塗った鉄の寝台、白く塗ったチェスト。白につつまれて、彼女はひっそりと暮らしていた。

序文の読み手は、白い老女のユダヤ人、セグレさんとナタリアの作品がどうつながるのか、とまどう。セグレさんの話はおもしろいのだが、チェザレは読者をどこに連れていこうとしているのか。ナタリアの作品への序文は、いったいどうなったのか。すこし不安になりかけたところで、なぞはぱらりと解ける。もともとロシアからの難民だったセグレさん一家は、死んだナタリアの夫レオーネがまだ少年で家族といっしょにロシアにいたころからの知合いだったのだ。そして、序文は、まるで、書きはじめの部分がいちばんつらい、とでもいうように、いやもしかすると、文芸作品の分析という、とかく抽象論におちいりやすい文章を、しっかりと日常のことばのなかに留めておこうとするかのように、数ページにわたる数々のエピソードを挿入することで、著者は作家の背景を読者に、そして自分と作家のつながりを（小説的に）読者に紹介したうえで、本題、ナタリアの作品の分析にとりかかるのだった。

その方法が私には、新鮮でユニークに思えた。日常に背をむけてしかもその日常を背おいながら文学に入る瞬間の、あのうしろめたさやはにかみのようなものを、この人は隠喩をつらねて文章にしていると思えた。

あるところで序文は、「人生そのものを、すこしずつ密度を高めながら、ことばにあらわせない究極のものになぞらえようとする」というパンパローニのギンズブルグ論を引用し、そのあと、ナタリアの文学をこんなふうにも定義していた。

「こういった〈なぞらえ〉は、この詩人が小説にたいして抱いている郷愁（イメージ）をあらわし、とりもなおさず、それはまた、生活そのものや、じぶん自身を、あの魔法の光にあてたいという夢をあらわし、さらに、まるで肌を太陽で灼《や》くように、じぶんをその光にさらす夢なのだ」

さらに、序文の書き手は、ナタリアの（彼女が世に出るきっかけとなった）自伝的作品について彼女自身が書いた、「小説はすでに書かれていた、それに存在をあたえるためには、それにかたちと肉を与えるためには、それ〔すでに書かれているもの〕を〈道具として使〉えばいいのだということを、私はさとった」というコメントを引用する。そして、いう。作者は、それまで小説は書くものだと信じていた。が、あるとき「読むように」書けばいいのだと考えつき、それが彼女のあたらしい文体の発見につながったのだろう。緑の枝をひろげた一本の樹木に気をとられて魔法の森に入ってしまうおとぎ話の旅人のように、読者は、知らぬまにギンズブルグ論の中核にさそいこまれていることに気づき、さらにナタリアが「読むように」小説を書いたのとおなじように、チェザレの評論も、これを模した手法で書かれていることに、気づく。

図書館みたいに中二階にまで書棚をめぐらせた宏壮《こうそう》なギンズブルグの客間で、それが彼女とことばを交わす最後の時間になるのも知らないで、私は、前夜、ぐうぜん手にした序文の著者が、電話のむこうにいることに、感動をおぼえた。そして、ナタリアの文学の本質を、なによりも彼女にふさわしい文体でするどくいいあてたこの評論家にいつか会ってみたい気がした。それはちょうど、友人のPが書いた小さな評論が、チェザレの目にとまり、トスカーナの屋敷に友人がたずねて行ったのと、ほぼおなじ時期のことだった。が、どんな人だった？　とたずねても、すごく親切ですばらしい人だったというだけで、あまり要領を得なかった。

ローマからの鉄道の旅も海辺の町での講演会も無事に終り、私たちはその日、おそい朝食のあと、パリから戻ってくるというチェザレが家に着くのを待って、海沿いの大通りを散歩した。かんかん照りの太陽の下を、前夜の会合に集まった人たちの話をしたり、そのあとの会食でぐうぜん問題になったギンズブルグの文体を論じあったりしながらも、私は、その晩、知らない人の家に行って泊まることへの不安に、がんじがらめになっていた。私まで行ってしまって、ほんとうにだいじょうぶなの、とうるさく念を押す私に、「とてつもなく大きい家だから、客が泊まる部屋なんて数えきれないほどある」とPが説明して、私のわだかまりを解こうとした。彼のいうような広大な古い屋敷にひとり暮らしていて、ああいう文章を書いたり、イタリアでは重要な文学賞の審査委員長をつとめたり、そうかと思うと十六世紀の無名の劇作家の手稿を整理するためパリの国立図書館で仕事をしたりする人物が、いったいどんなかたちで、どんな顔をして私のまえに立ちあらわれるのか、考えが考えを生んで、私はすこし青ざめていたかもしれない。山すその村はずれにある彼の家をめざして、トスカーナにしては平ったい田園風景のなかを走るタクシーのなかで心細がる私を見て、冒険にみちた小旅行を計画してくれた若い友人たちは笑った。

固いベッドのなかで、私は、道路に沿ったG家の鉄門にタクシーが着いてからのことを、あたまのなかで反芻《はんすう》した。

古い荘園のように建物が配置された、いちめんが緑の領地に建つ白壁の宏壮な屋敷の、ひんやりとした玄関でGは私たちを待ちわびていた。会いたかった、と大きな手をさしだし、私たちひとりひとりの肩をつつみこむように抱きしめる、背のたかい、骨格のがっしりした、考えていたよりはずっと老人にみえる彼が、それまで私が想像していた人物、ある意味では功なり名とげた、満足や落ち着きを身につけた人物とは似ても似つかないことに私はまず愕然《がくぜん》とし、彼の発散する詩人のような自由さに深い安堵をおぼえた。今夜、私が夜の時間をすごす場所は、世界中をさがしても、この場所をおいて他にありえないと思わせてしまうなにかを、チェザレからも、どの部屋でも壁という壁が本棚で埋まった（クッキーの壁、チョコレートの屋根瓦、というヘンゼルとグレーテルが行きついた魔法の家は、たいへんな隠喩だった）彼の家からも、私はしずかな音楽のように受けとり、なぐさめられた。Pがローマからかけてきた電話でいったように、たしかにとてつもなく広い家ではあったけれど、そのことがすこしも威圧的でないのが、考えてみれば奇妙でもあった。二階に案内されて、ひとりひとりに部屋がわりあてられ、それぞれがベッドの準備をすませると、私たちは階下の居間にあつまった。ひとしきりめいめいの近況を告げあうと、締切があるから、となにやら聞きなれたフレーズを残して、チェザレは家のどの部分かに消えた。私たちが、それぞれ勤めている大学の話や、学生のこと、最近あるいはずっと以前に読んだ本の話などに没頭していると、いつのまにかチェザレが彼の椅子にかけていて、話題はごく自然に彼が研究しているモリエールの時代に移り、そこから翻訳のありかたに、あるいは文体の話に、さらにどこそこの図書館の批判あるいは評価から、文学賞の予想へと移った。電話がかかって、チェザレがこれも書棚にかこまれた隣室で話しこむ声がくぐもって聞こえたりした。それをなんどか繰りかえすうちに、日はしずかに暮れていった。庭の木立の最後の蟬が鳴きやむころ、だれかが明りをともすと、家に夜が来た。

私たちは夜の冷気のなかに出かけた。暗い山道を二十分ほど歩くと、うそのような場所ににぎやかなネオンのついたレストランがあった。それぞれが好きなものを注文して、デザートだけ、チェザレがこれにしようといった。ポロンポロンというおかしな名がついていて、注文をとりにきた店の主人にどんな味がするかとたずねると、彼はこたえた。子供のときの味です。ポロンポロンは、ふんわりと粉砂糖をまぶした揚げ菓子で、口にいれるとぺしゃんとつぶれた。つぶれる感じが、ほんとうに子供のとき、子供のときのすべてに似ていた。

固いベッドのなかで、いつのまにか窓の外でさえずりはじめた小鳥の声を聴きながら、私は考えた。もしかしたら、友人のPが東京に電話をかけてきたのも、ローマから彼に伴われて鉄道の旅をしたのも、菫色《すみれいろ》の夕暮れに山肌の大理石が薔薇色に染まったのを見たのも、そして、きのうの午後、タクシーに乗って山すそのGの家にやってきたことも、居間でながいことしゃべりあってから、暗い道を歩いてポロンポロンを食べさせたレストランに行ったことも、ぜんぶ、夢だったのではないか。ベッドを降りて、ドアを開けたとたんに、なにもかもが霧のように消えて、はだしのまま、私は冷たい風の吹く野原に立っているのではないか。だれかが起きて呼びにくるまで、ぜったい固いベッドを離れないほうがよさそうだった。

（『時のかけらたち』）

第三部　ペッピーノへの手紙ほか

芦屋のころ

　昭和十年、私が小学校に入った年に阪急沿線の夙川に越すまで、そのころ打出《うちで》の翠ヶ丘《みどりがおか》といわれた芦屋のはずれで育った。大きな土蔵のある、庭のひろい家だった。家のまえがテニスコートで、春になると、そのまわりがタンポポで黄色くなった。テニスコートのとなりは空き地で、子どもはテニスコートに入れてもらえなかったから、私と妹はいつも、その空き地から、境界線の金網につかまって、テニスをしているおとなたちを見ていた。ヒシ形に編んだ金網に、手とゴムの運動靴の先っちょをつっこんでしっかりつかまっているると、サビで手が真っ赤になることがあった。タンポポは、足もとに積んであった白い砂のふちにも、いちめんに咲いていた。

　私の生まれるまえに祖父がなくなって、それまで住んでいた大阪の家から、ここに移ってきたのだった。でも、祖父がなくなったから大阪を離れたのか、父が結婚することになったから郊外の家に越したのか、とうとう訊かないうちに、祖母も父も母もなくなってしまった。

翠ヶ丘の家の二階からは海が見えた。あるとき、母の学校時代の友達が小さい男の子をつれて、遊びにきた。その子が、丸刈りの頭をずうっと伸ばすようにして、二階の客間の廊下の手すりから海を見ていたのを、はっきりおぼえている。祖母がやかましかったから、そして母は祖母に気がねばかりしていたから、友人が来てもあまり愉しそうではなかった。なにか、ひそひそ話していたような、秘密めいた記憶がある。母の友人はそれきり来なかった。ずっとあとになって、私が大学生のころ、母が父とうまくいかなくなったときに、母は、おばあちゃんがうるさかったから、私は好きな友達と遊ぶこともできなかった、と言ったことがある。そのとき、私は、あの丸刈りの男の子をつれた母の友人のことを思い出した。

父が長男だったので、私たちは、若い叔母や叔父たちといっしょに住んでいた。叔母が二人、叔父が三人、そして祖母、両親で、私には年子の妹と五つちがいの弟がいたから、大所帯だった。弟が生まれたとき、私と妹は百日咳にかかっていた。赤ん坊にうつるといけないというので、「省線」(現在のＪＲ)の芦屋駅近くの、鉄道線路に沿った小さな家を借りて、そこに隔離されていた。母は来られなかったから、叔母たちがお手伝いと代わる代わるに泊まってくれた。夜、家のまえを汽笛をならして汽車が通ると、むしょうに家が恋しくなった。歩いて帰れる距離なのに、どうして家と汽車の音が結びついたのか、わからない。病気がだんだんよくなってから、ある日、翠ヶ丘の家に帰って、弟を見せてもらった。私が妹と庭の敷石のうえに立っていると、二階のガラス戸があいて、母が廊下の手すりから、白い産着にくるまれた赤ん坊を見せてくれた。母はおかしそうに笑っていた。母がひとりで赤ん坊とあそんでいるような気がした。私たちは庭から弟を見ただけで、また線路わきの借家に連れて帰られた。

西の離れが叔父たちの勉強部屋になっていて、そこの出窓のそとには、高いアオギリがしげっていた。どうしてか、夏のことだけ思い出すのだけれど、夕陽が照るとその部屋いちめんがオレンジ色になった。西の部屋に子どもは行ってはいけないことになっていた。でも、午後の時間には、叔父たちはどこかに行っていて、いなかったから、私は出窓に腰かけて、足をぶらぶらさせながら、たたみにアオギリの葉のかげが揺れるのを見ていた。そのころ、ギンギンギラギラ夕日がしずむ、という歌があって、その歌と西の部屋の夕日が重なった。歌を教えてくれたのは、大きいほうの叔母だった。

早い夕食のあと、叔父や叔母たちが散歩につれていってくれることがあった。ゆかたを着て、下駄をはいて、いま考えると、ずいぶん遠くまで歩いていった。阪急電車の線路のすぐそばの、叔父たちがどういうわけかブイブイ池と呼んでいた用水池まで行ったり、その近くの、砂漠とみなが呼んでいた、粘土質の、草も木も生えていない野原まで行ったりした。そこまで行くと、遠くに夙川の教会の塔が見えた。あたりがとっぷり暮れても、教会の塔だけがまだ夕陽をうけて、白く光っていることがあった。

ギンギンギラギラの歌を教えてくれた叔母は戦争中に結核でなくなり、祖母も両親もなくなって、母が二階から見せてくれた弟まで、先年、逝ってしまった。十年ほどまえだったか、翠ヶ丘の家がまだそのまま残っていると、だれかから聞いた。

（兵庫県広報課「ニューひょうご」一九九二年七月号）

となり町の山車《だし》のように

教室であの子はいつも気を散らしています。

母が学校の先生に会いに行くと、いつもそういわれて帰ってきた。どうして、ちゃんと先生のいうことを聞いてられないの？　母はなさけなさそうに、わたしを叱った。聞いてないわけじゃないのよ。わたしにも言い分はあった。聞いてると、そこからいっぱい考えがわいてきて、先生のいってることがわからなくなるの。そういうのを、脱線っていうのよ。お願いだから、脱線しないで。脱線しないようにしよう。わたしは無駄な決心をした。

つめたい空気のなかを汽車は走っていた。遠い雪の斜面に黒く凍りついたような家が一軒見えたり、鉄橋の枕木のあいだから覗いている川の水面に細かい波がちぢれていたり、黄色い電灯の光に照らされた駅舎がさっとうしろに流れたりした。通いなれた沿線であるはずなのに、いったいそれがどのあたりだったか、記憶をたぐりよせようにも、すべてが闇に沈み澱《よど》んだようになって思い出せない。夜行列車に乗るようになったのは、戦争が終わった十六歳の秋、家族をはなれて東京で学生生活を送るようになってからだから、それはたぶん一九四七、八年の頃だったろう。それでもまだ、特急とか急行とかというのではなく鈍行の夜行列車で、堅い座席で寒さに目がさめるたびに、ああ、あと何時間ぐらいすれば東京に着くのだろうと、窓の外を過ぎてゆく電柱を、一本、一本、数えたりした。一千本になったら、東京。他愛ない事を自分にいいきかせては、また眠りに落ちる。

ぐっすり眠っていて、ふと目がさめると列車はまったく見おぼえのない、山を背にした小さな駅にとまっていた。停車はしていても、あたりに駅員がいるわけでも、アナウンスが聞こえるわけでもなくて、なにもかもが眠りこけた風景のなかで、近くに滝でもあるのか、高いところから水の落ちる音だけが暗いなかにひびいていた。

どれぐらい停車していたのだろう。やがて、かん高い汽笛が前方にひびいて、列車ぜんたいにながいしゃっくりに似た軋《きし》みが伝わると、ゆっくり動き出した。黒い瓦屋根の駅舎のゆがんだような板壁が遠のいていく。列車が速度をはやめるにつれて、線路わきの電柱の飛ぶ速度がせわしくなる。そのとき、まったく唐突に、ひとつの考えがまるで季節はずれの雪のように降ってきてわたしの意識をゆさぶった。

《この列車は、ひとつひとつの駅でひろわれるのを待っている「時間」を、いわば集金人のようにひとつひとつ集めながら走っているのだ。列車が「時間」にしたがって走っているのではなくて。ひろわれた「時間」は、列車のおかげではじめてひとつのつながった流れになる。いっぽう、列車にひろいそこなわれた「時間」は、あちこちの駅で孤立して朝を迎え、そのまま、摘《つ》まれないキノコみたいにくさってしまう。列車がこの仕事をするのは、夜だけだ。夜になると、「時間」はつめたい流れ星のように空から降ってきて、駅で列車に連れ去られるのを待っている》

一連のとりとめないセンテンスがつぎつぎにあたまに浮かんでは消えていった。もう旅が退屈ではなかった。暖房のきかない列車も気にならなかった。

その夜、雪のなかの小さな駅舎の板壁に目をこらしていたわたしのところに、暗い雪片のように空から降ってきた考えの束は、日本の復興がすすむにつれて、夜行列車に乗るようなことがだんだんと少なくなっても、あのころの旅の記憶といっしょにふつふつとわたしのなかに生きつづけた。

何年か過ぎて、わたしはパリにいた。大学の夏休みがはじまったばかりのある夕方、わたしはリヨン駅からローマ行きの夜行列車に乗りこんだ。一年まえ、日本からの船がジェノワの港に着いたとき、道ばたでたえず耳に飛びこんできたイタリア語が、あの町を覆っていた嘘のように透明な空の記憶と重なって忘れられなかったし、凍った北国の都会に自分を合わせられなくて、太陽がオレンジの色に燦《きらめ》く国に帰りたかった。いつかその国のことばを、自分のものにしてしまいたかった。

しばらくお別れだからと夕食をともにした友人に送られてローマ行きの列車の三等のコンパートメントに入ると、予約席の番号をもういちど確かめて、わたしは窓際の隅の席に荷物をおいた。車掌がばたんばたんと大きな音をたてて入り口のドアを閉める音が聞こえても、コンパートメントに相客らしい人物は乗ってこなくて、わたしはひとりで旅ができることにほっとしていた。

十二時間、ひょっとするともっと長い旅になるはずだったから、ひとりのほうがよかった。若い女がひとりでコンパートメントにいることが、ひどくぶっそうだとはまだ人々が考えない時代だった。列車が動き出してから、わたしはなんとなく、東京にいて休暇で関西の家に帰るときのようなはしゃいだ気分になっている自分に気づいた。戦争のあとの日本では、東京と大阪を旅するのにちょうどおなじくらいの時間がかかった。暖房のない東海道の列車は寒かったけれど、おなじ地方から街からおなじ東京の学校に行っている、同学年の仲間たちといつもいっしょだった。親たちが持たせてくれた、そのころは手に入れにくかったナツミカンの皮をむいて、すっぱいと悲鳴をあげたり、あまい、とだれかがいうと、その人の房をみなで分けて、笑いあったりした。ローマを目ざしてひたすら南に向かって走る列車はしんとしていた。

夜半にとなりの客室から、男たちの声が聞こえた。宵口に見た彼らの日焼けした顔や粗末な身なりから、休暇で故郷に帰るイタリアの労働者たちと知れた。それまで静かだったのは、みんな旅の支度にくたびれて眠っていたのだろう。列車の震動につれて揺られながら、内容もわからないまま彼らの話し声に耳を傾けていると、ぶっきらぼうなパリのことばに慣れた耳には、彼らの言葉はわたしが生まれそだった関西の人たちのアクセントそっくりなように聞こえた。イタリアに行きたいなんていって。わたしは思った。ほんとうは日本に、家に帰りたいんじゃないか。となりでは、歌がはじまっていた。

六月の終りというのに、アルプスを越える列車の客室にはうっすらと暖房が入っていた。窓のそとはただ暗いだけで、平野を走っているのか丘陵地なのかさえも見当がつかないまま、一本、また一本とうしろに飛んで行く電柱だけが、この世で自分の位置をはかるたったひとつの手がかりのように思えた。そのとき、もういちど、あの遠いころの列車の夜の記憶がもどった。

《夜、駅ごとに待っている「時間」の断片を、夜行列車はたんねんに拾い集めてはそれらをひとつにつなぎあわせる》

脱線、という言葉があたまに浮かんで、母はどうしているだろうと思った。自分はほんとうに脱線が好きなんだろうか。それから、こう思った。わたしのは、脱線というのとはすこしちがう。線路に沿って走らないと、思考と思考はつながらない。それくらいなら、わたしにだってわかる。つなげることがまず大切なのだということぐらいは。でも、どれがいったい線路なのか。

「時間」、とあのころ言葉の意味を深く考えることもなしに呼んでいたものが「記憶」と変換可能かもしれないとまでは、まだ考えついていなかった。思考、あるいは五官が感じていたことを、「線路に沿って」ひとまとめの文章につくりあげるまでには、地道な手習いが必要なことも、暗闇をいくつも通りぬけ、記憶の原石を絶望的なほどくりかえし磨きあげることで、燦々《さんさん》と光を放つものに仕立てあげなければならないことも、まだわからないで、わたしはあせってばかりいた。

ジュネーヴ、というアナウンスが聞こえたように思った。駅の名を知らせるアナウンスというよりは、なにかに驚いて人が発する短くてするどい叫びのようだった。ずっしりと重たい窓を両手でもち上げてプラットフォームをのぞいてみたが、柱のあいだから弱々しい朝の光が斜めに射しているだけで、駅はほとんど無人に見えた。三つの国の言葉が話される国だ、そう思って、私はがらんとした朝の駅を見渡していた。

《「時間」が駅で待っていて、夜行列車はそれを集めてひとつにつなげるために、駅から駅へ旅をつづけている》

もともと、ひとつのまずしいイメージから滲《にじ》み出たにすぎない言葉の束なのに、それは、たとえば成人のまなざしをそなえて生まれてきた赤ん坊のように、ごく最初からしっかりした実在をもってわたしのところにやって来たものだから、私はマヌケなメンドリのように両手でその言葉の束だけを大切に不器用に抱えて、あたためながら歩きつづけた。

「線路に沿ってつなげる」という縦糸は、それ自体、ものがたる人間にとって不可欠だ。だが同時に、それだけでは、いい物語は成立しない。いろいろ異質な要素を、となり町の山車のようにそのなかに招きいれて物語を人間化しなければならない。ヒトを引合いにもってこなくてはならない。脱線というのではなくて、縦糸の論理を、具体性、あるいは人間の世界という横糸につなげることが大切なのだ。たいていの人が、ごく若いとき理解してしまうそんなことを私がわかるようになったのは、老い、と人々が呼ぶ年齢に到ってからだった。みなが店をばたばた閉めはじめる夜の街を、息せききって走りまわっている自分を想像することがある。

そんなとき、あの山間の小さな駅の暗さと、ジュネーヴ！　という、短い、鋭い叫びが記憶の底でうずく。

（ニュープリンス観光バス「Signe de B」第十号　一九九四年三月）

大洗濯の日

きょうは出かけないでね、と若い叔父たちもその日は足どめをくって、祖母や母や叔母たちが簞笥《たんす》を動かしたり、庭に持ち出した畳をぱんぱんと威勢よく叩いたりするのを夜まできっちり手伝わされた。叩く畳も減り、人手もないから、もうほとんど見られなくなった六月と十二月の大掃除だが、この国だけの習慣かと思っていたら、イタリアにもあった。ふだんはから拭きで済ます床の掃除を、その日はテレビン油でいったん古いワックスを洗い落してから、あたらしくワックスをかけなおす。床をはいずりまわっての労働だから、それだけで一日がかり、さらに窓ガラスを拭き、天井のすすを払い、家具をいつもより念入りに磨くと、もう一日。イタリアのほとんどの地域で、春、復活祭の直前にする行事のひとつだ。大掃除が済んだころ教区の司祭さんが小坊主（といっても、ふだんはただの近所の子、いつもは教会のサッカーチームなんかで、神父さんの世話になっている）を従えて、聖水桶を手に家々の祝福にまわってくる。家が清められたところで、悪霊退散、一陽来復は西も東もおなじだ。

もうひとつ、ヨーロッパでは古くからの習慣らしいのに、日本では聞いたことのないものに、《大洗濯の日》がある。三十年ほどまえ、姑と話していて、そのことを知った。田舎じゃあ、と彼女は言った。春になると一年に一回の《大洗濯の日》っていうのがあってねえ。一年に一回、朝早くから大鍋で洗濯物を煮るのよ。シーツやら、テーブル掛け、ナプキンもなにもかも、前日から灰を入れた水に漬けておいたのを、ぐつぐつ煮る。煮え上がったら、こんどは草の上にひろげて干すの。牧草地が、いちめんに旗をひろげたみたいに、まっしろになってねえ。近所の家も、女の子はみんな手伝わされるから、その日はまるでお祭り騒ぎ。ほんとに愉しかったわ。姑はそう言って、頰をあからめた。

一年に一回なんて、汚いなあ。私は思ったけれど、口には出せなかった。姑の田舎がとくに野蛮だったのかとも考えた。彼女はミラノから東に一〇〇キロほど行った辺りの、平凡な農村の出だ。ところが、このあいだ、フランスの作家マルグリット・ユルスナールの自伝を読んでいて、こんな箇所をみつけた。

「春の大洗濯の日、前年の秋から屋根裏に積んであったシーツ、枕袋、テーブル・クロスやナプキン類［の洗ったの］を、息をきらせ、やかましくどなりあう洗濯女たちが牧草地に広げる。（冬、屋根裏に積んであった汚れたシーツ類は、夏の日、菩提樹《ぼだいじゅ》の花の下にひろげた洗濯物とちがって、ずいぶん匂ったにちがいないのだけれど、たぶん、冬の凍るような空気が悪臭を封じてくれただろうし、洗濯物のあいだには乾《ほ》したラヴェンダーの花をびっしりと押し込んであった)」

姑とほぼ同年代だったユルスナールは、北フランスの裕福な家庭の生まれだったから、「洗濯女」が介在するけれど、季節も作業も、寒い北イタリアの風習と変らない。もっとも、一年に一度というのは姑の誇張だったらしい。

そういえば、九年間の漂流のすえオデュッセウスが助けられる島の王女、ナウシカも、その日、女神アテネのお告げを受けて、下女たちと春の大洗濯に出かける。汚れた衣類の山を馬車に積んで。なんだ、紀元前のギリシアでも、おなじ習慣があったのだ。大洗濯が、姑の《野蛮な》村だけの話でなかったことに、私はほっとした。

(工作社「室内」一九九四年十一月号)

ヤマモトさんの送別会

大阪の釜ヶ崎に近いT町の、廃品回収業者たちが自分で組織した共同体〈早起きの会〉では、その夜も、ヤマモトさんの送別会がひらかれた。「その夜も」というのは、日系アメリカ人二世のヤマモトさんを送る会が開かれたのは、これで二度目のはずだったからだ。数日後に開催される古着市の準備を終えて共同体で夕食をごちそうになった私は、よかったら、あんたも送別会に出ませんか、とクズ屋さんたちに誘われたのだった。

ヤマモトさんは、キャリフォーニア（彼はけっして、日本ふうに、カリフォルニアなどと発音しなかった）生まれの、ごく通常の中年男性だった。もっとも、〈早起きの会〉（この名称は、むかし、廃品回収の人たちの仕事がおもに〈クズ拾い〉だったころ、早く起きないと、めぼしいクズがなくなってしまう、というところからつけられた）では、共同体のメンバーの過去も素性も、本人が自発的に言い出さないかぎりはこちらから訊ねないのが不文律《ふぶんりつ》だったから、本人がキャリフォーニア生まれだといえば、みなもそう信じたし、じじつ、彼が作業場で、出《で》えやん（出物、はこう呼ばれた）の中折れ帽子をななめにかぶって、リンゴの空箱にこしかけ、たばこを吸っていたりすると、だれもが、さすがアメリカ人やな。ヤマモトはん。サマになっとる、と感心した。背がすらりと高いわけでも、とくべつ胴が短いわけでもなく、まして目が青いわけもないのに、ヤマモトはんはどこやらバタくさいなあ、と共同体の人たちはいっせいに思った。私も同感だった。というのも、〈早起きの会〉で、女のボランティアだった私にことばをかけてくれるのは、やはりボランティアの三郎さんをのぞくと、二世のヤマモトさんひとりだったからだ。疲れませんか、とか、暑いですねえ、とまるでイタリアの青年みたいに愛想のいいヤマモトさんに声をかけられると、一瞬、私は大阪にいることを忘れた。

国籍がアメリカ人のヤマモトさんが、どうしてキャリフォーニアのじぶんの農場（彼のおとうさんが、苦労のすえ買った農場だった）にいないで、大阪、それもどちらかというと場末の街で廃品回収業などをしているかについては、だれもつきつめて考えはしなかった。めんどうなことは、考えないほうがよい、というのも、〈早起きの会〉の人たちがだいじに守っている鉄則のひとつだった。災いは、考えないでも火事場の火の粉みたいにつぎつぎと降りかかってきたし、考えて避けられるものでないことは、だれもが痛いほど知っていた。

今夜はヤマモトさんの送別会をしますから、せっかくや、出席してください。新幹線の最終に間に合わんかったら、今晩はここで泊まりはったらよろし。あす朝、大阪駅まではぼくがバンで送りますから。そう三郎さんにいわれたとき、え？　と私は問いかえした。ヤマモトさんの送別会なら、こないだやったんじゃないんですか。

盛大におこなわれたヤマモトさんの送別会のうわさは、ひと月ほどまえに、東京のおなじような共同体を手伝っていた私の耳にもはいっていた。出えやんの（寄付、という言葉を彼らは使わなかった）ビールやウィスキーで大パーティーをやったあげく、翌朝は運転手のタキちゃんが、大得意さんの大企業フミトモのゴミ回収に行けなかったという尾鰭《おひれ》までついていた。

ええ、やりましたとも。ボランティアの三郎さんが、つるっとした顔でうなずくと、にやっとした。何回、やってもええやないですか。みな、送別会が好きですねん。

六時の早い夕食が済んでしまうと、しかし、〈早起きの会〉ぜんたいがしんとなった。ひょっとしたら、三郎さんにからかわれたのではないかと思ったくらい、敷地にただ一本ある、解体したエンジンの油で幹が黒く汚れたアオギリが大きな葉をひろげている中庭からも、もちろん、パーティー会場になるはずの〈娯楽室〉からも、二十人はいるはずのクズ屋さんたちの姿がぜんぶ消えていた。ぼんやり娯楽室でテレビのニュースを見ていると、うしろで、ビールのケースを運転手のタキちゃんといっしょに運びこんでくる三郎さんの声がした。

お風呂、はいりはりましたか。三郎さんが訊いた。みなが消えてしまったわけが、それで了解できた。薪燃料には事欠かない〈早起きの会〉のクズ屋さんたちが、一日でなによりも愉しみにしている、お風呂の時間だったのだ。

てかてかと顔をほてらせたクズ屋さんたちが、十人ほど娯楽室に集まったのは、もう八時近くだった。二十人ぜんぶが出席しないのは、二度目の送別会ということで、もう飽きた人もいるのだった。

とにかく、乾杯をしましょう、と三郎さんが音頭をとった。ヤマモトさん、さようなら。アメリカに帰っても、みなのことを忘れないでね。

私にはずいぶん月並なあいさつに聞こえたが、三郎さんの声には力がこもっていて、クズ屋さんたちは、神妙な顔になった。乾杯が済むと、一同は皿に盛られたピーナッツをさかなに、もうれつな勢いで飲みはじめた。ビールも日本酒もなくて、たちまち空瓶がごろごろところがった。テレビはつけたままだったから、途中からは、送別会には背をむけて、スポーツ番組を見ている人もいた。

こんどは、ヤマモトはん、あんたの番や。ひとしきり飲みおわると、だれかがいった。あいさつ、しなはれ。

日系人二世のヤマモトさんは、中折れ帽子をぽいとほうりだすと、立ち上がった。みなさん。拍手がわいた。でも、ヤマモトさんのあいさつは、それだけで先にいかなかった。

なんども、なんども、彼は、きれいな東京弁のアクセントに思いなしか英語の発音がまざった、みなさん、を繰り返し、そのたびに拍手がわいた。

最後にヤマモトさんは、ちょっとキザふうに目をつぶってから、こうあいさつを結んだ。みなさん、いつか、キャリフォーニアのぼくの農場に遊びに来てください。さようなら。あいさつは、それでおしまいだった。

日系アメリカ人二世のヤマモトさんが、心臓発作で急逝したという知らせが東京の共同体にとどいたのは、それからまもなくのことだった。ボランティアの三郎さんは、もしかしたら、彼の病気のことを知っていたのかもしれなかった。

（みすず書房『や・ちまた』一九九六年一月十日）

なんともちぐはぐな贈り物

たっぷり二十年もむかしのことになる。長年のイタリア生活を切り上げて帰国まもないころで、日本の友人よりもイタリア人とつきあうほうが気をつかわない、数をかぞえるのも、まずイタリア語で考えてからという、かなりウラシマ的な日々をすごしていた。そのころ、つきあっていた友人に、フランコというミラノから来ていた若い商社員がいた。独身の彼が借りていた〈豪邸〉が、私が当時住んでいた名ばかりのマンションの部屋から近かったこともあって、私たちはよく仕事のあとに落ちあっては、食事をしたり、夏の夕方などは両方の住居のちょうどまんなか辺りにある〈○○銀座〉で散歩を愉しんだりした。

話の発端はちょうど梅雨どきのむしあつい夕方で、とつぜん彼が電話をかけてきた。いまなにしてるの、とたずねる声がなにやらおかしい。どうしたの、と訊くと、ちょっと大変みたいだ、という。すぐ、うちに来てみてくれないだろうか。まさかドロボウじゃないでしょうね、とたずねると、ちがうという。水がなんだかあふれてるんだ。

水があふれたぐらいで、友人に、しかも女ともだちに救いをもとめるなんて、と私はあきれた。どこから、どういうふうに洩《も》れてるの、といっても、彼の返事はいっこうに要領をえない。それがわかってるくらいなら、電話はかけないよ、とすましている。とにかく会社から帰ってみると、あたりが水だらけなんだという。友人が、東京で溺死するのを見殺しにしたというのでは、じぶんも滞伊中はさんざ世話になったミラノの人たちに申しわけない。それに、父親を幼いときになくして、しっかり者の母親と姉貴ふたりにそだてられたジャンフランコがなにかにつけ頼ってくるのはこれも運命とあきらめることにして、道具箱からモンキー・スパナをとり出し、さっそく家を出た。

私鉄のガードをすぎて、環状六号線からすこし入った高台にある彼の〈豪邸〉に行く途中、さいごの私道にさしかかった辺りで、異変はもうあきらかだった。水が、小石の多い坂道を、ザアザアというほどではないけれど、チョロチョロというよりはずっと威勢よく流れてくるのだ。大きく空気を吸ってみても、臭くはないから下水ではなさそうだった。だぶだぶのジーンズをはいて〈武装〉したジャンフランコが門の前にしゃがんでいて、私をみると、坂のうえからにんまりと笑った。

どこから洩れてるの、とたずねる。知らないさ、そんなこと、平然と彼がこたえる。水道局とか、そういうところに電話をかけたの、と訊く。ううん、と彼が首をふる。ちょうどそのとき、ああっ、見てよ、これ、と地面をゆびさしながら、彼が変てこな悲鳴をあげた。

しゃがんでいるジャンフランコの横に私もかがみこんで、彼の指先がさし示すあたりに目をこらしたとき、こんどは私がきゃっと悲鳴をあげた。水のなかでは無数の微小な白いウジ虫がくねくねとからだをくねらせて踊っているのだ。水はまったく臭わないのに、ウジ虫がいるのではやはり下水にちがいない。これではとても私たちの手に負えない。たとえモンキー・スパナが百本あっても、たとえ千人のジャンフランコがブルー・ジーンズをはいても、敵がウジ虫ではかなわない。

そのあと私たちがどこに電話をかけたのか、〈豪邸〉の塀の下からつぎつぎとあふれだす水をとめるためにどんな処置をしたのか、記憶はすとんと脱落している。ただ、はっきり、まるでそれがきょうのことのように覚えているのは、ずいぶんながいあいだ、私とジャンフランコが彼の家の門前にしゃがんだまま、流れつづける水のなかでくねくねと踊りつづけるウジ虫をぼんやり眺めていたことだ。そうして眺めているうちに、なんとなく白いウジ虫の踊る光景に私たちが慣れてしまって、汚いと思わなくなっていたことだ。それからもうひとつ、しゃがんでいる私たちの頭上の空が、いつのまにか淡く夕焼けていたことだ。

そのあと〈豪邸〉の洗面所で手を洗い（べつに水に手を入れたわけでもないし、ウジ虫に触れたわけでもなかったのだけれど）、その夜はさすがに食事に行く気もしなかったから、しばらくふたりでしゃべったあと、私はぐったりして家に帰った。その夜、床に入ってから、私は考えた。ふたりでウジ虫を見たほうが、ひとりで見ているよりは心細くなかっただろうか。

この話は、ここで終らない。つぎの日、仕事を終えてエレベーターのない五階の階段をよっこらしょと登りつめたとき、私は、息をのんだ。ドアのまえの殺風景なコンクリートの床に、大きな、両手でやっと抱えられるほど大きな、赤いバラの花束が、どすんと置いてあったからだ。花束にピンでとめた白いカードには、ジャンフランコのていねいな筆跡でこう書いてあった。

〈きのうは、ほんとうにありがとう。ひとりだったら、ぼくはあのまま白いウジ虫のいる水に溺れて死んでいたかもしれない〉

（集英社「小説すばる」一九九六年四月号）

書簡[*1]「一九六〇年　ペッピーノ・リッカ宛」より（翻訳・岡本太郎）

一月十五日　ローマ

親愛なるペッピーノ、
もっと早くに、すばらしいお手紙と本のお礼を申しあげるべきでしたのに、いつもの怠惰をお許しください。あんなに送っていただいて本当に胸がいっぱいになりました。私は相変わらず自分のための静かな環境を見つけるという問題を抱えたまま、あまり楽しくない日々を過ごしています。講義がなければすぐにも、少なくとも落ち着いて生活のできるペルージャに行くところなのですが。仕方ありません、いずれどうにかなるでしょう……。
手紙に書かれていたことはどれもすばらしく、深く、そのとおりです。私がお話を続けるだけの言葉も、能力も持ちあわせていないのが残念です。特に現在、教会で使われている神学用語についてのお話には驚かされました。というのも、ちょうどその問題について最近、フランス人の友人と興味深い会話をしたところだったからなのです。

それはクリスマスも間近というある日のことで、どうしてそんな話になったのかは正確には覚えていません。私たちは家の階段の一番上の段にいて、その友人、テレーズが私にききました。「どこに行くの?」「テラスよ、空を見ようと思って」そう答えながら私は「空(天)」という言葉に深く驚かされたのです。そうして私は始めました。「ねえテレーズ、いつも私たちは自分たちが死ぬ時には天に行くというけれども、この〝天〟のことを正確に、私たちの上にあるのか下にあるのかすら知らないのはおかしくない? いったいこの〝天〟って本当は何なのかしら? それにたとえば〝天にましますわれらが父〟と祈る時にも何のことかわかってはいないし、わかっていないというだけでなく、この〝天〟は、私たちの使う言葉の能力をはるかに超えてしまっていて、それが何のことなのか完全には理解しようがないのよ。そういう意味では〝幸福〟やその他の言葉についても同じだけど」

その時、私はある日本人の友人のことを思い出したのです。カトリック教徒で哲学者の彼は、私と同時期にパリ大学で研究をしていました。記号論理学(それとも形式論理学でしょうか?)の専攻で、絶えず人間の言葉がいかに曖昧で不正確さに満ちていることかといっていました。私が知り合った頃の彼は、神を定義する時の人間の言葉の不正確さにがまんができなくなったといって、信仰を失いかけていました。私が理解したところでは、彼ら記号論理学者たちは人間の言葉を、数式もしくは記号を使った式に変えることで（あるいは置き換えることで）曖昧さをとり除こうとしている、ということでした。

そのクリスマス間近の日、階段の一番上の段で私は、何年も前のパリでの会話を思い起こしていたのです。

そうして私はいいました。「ねえテレーズ、私はパリの彼がいっていたことを考えるたびに御託身の奥義の大いなる自由と勇気に感銘を受けずにいられないの。だって、もしもあの人に私たちの言葉がそれほど不正確で曖昧さに満ちたものに思えたのなら、いったい神にはどう思えたことかしら。何の論議もせずにご自分の子を私たちのところに送って、その子は（信じられないことに！）あらゆる秘密を知りながら人間になって私たちの言葉を話していたなんて、なんて不思議なことなのでしょう！」

親愛なるペッピーノ、私の幼稚な話にうんざりして、笑っていらっしゃるかもしれませんね。でも、あらゆる証拠とあらゆる卓越した定義にもかかわらず、神は常に神秘のままだというあなたの数行は、こうした私の個人的な経験について考えさせてくれたのです。

東京の大学で私は典礼についてベネディクト派のドイツ人教授のもとで学んだのですが、彼は絶えず、神秘の意味を教会の胸にもどすのは、大いに私たち東洋人の手にかかっているのだ、といっていました。あなたのおっしゃるように、日本の文化は、儒教のおかげで宗教に対する自然な姿勢や神秘の意味を大いに損なわれ（たとえ私たち極東の民族が、たとえばインド人と較《くら》べてはるかに非神秘主義的だというのも事実だとしても）、そしてまた今、西欧文化の侵攻とともにさらに失いつつあるのです。

お手紙を読んでもう一つ思い出したことがあります。まだ私たちが大学生だったころ、よく一般信徒の宗教活動の重要性について話し合っていました。どういったかたちで行なわれるべきか、どういった種類の仕事につくべきか等々。結局私は、唯一自分たちにできることは、生きる、キリスト教徒として精一杯生きることだ、という結論に達したのです。決して何かを行なうことではなくて、生きることで、何よりもそうあるべきであると。日本の教会についての記事をお読みでしたら、私たちにとって生き始めることがどれほど根本的なことかわかっていただけると思います。すでに私たちの司教は皆日本人ですし、女子の召命は信じられないほど数多く、神学校やカトリック校も充分にあり、外国人宣教師の数も増え続けています。ただ、唯一、本質的なことが私たちには欠けている――少なくとも私にはそう思えて、それは、精一杯生きるという、一種の生命力であり、柔軟性なのです……儒教的形式主義に迎合して、私たちは表向きを繕《つくろ》うために外面を見ることに、すべてのエネルギーを費やしてしまう危険を抱えているのです。

私は、こんなに小さくて、何の役にも立たないことはよくわかっていますが、わかっていても、乗り出さずにはいられませんでした。かまいません。さあ、これで、みなさんと知り合えた私の喜びの大きさをもう少しよくわかっていただけたかと思います。誰かしら、いいえ何人かの人たちがすばらしい人生を生きようとしていること、キリストに夢中なこと、を知ることができて。それで私には充分なのです。

さて、こうして私もとても長い手紙を書いてしまいました。間違いと不適切な表現ばかりで心苦しいのですが、大事なことは私の心をこめて書いたということなのです。このところいろいろなことを書いてみたくて、こうちゃん[*2]〔「どんぐりのたわごと」第7号「こうちゃん」〕のさみしげなまなざしが目に浮かんでは、私が仕事を始めないことを、環境を整理しようと努力しなくなったことを非難するようになっているのです！　でももう少しの我慢です。

では、親愛なるペッピーノ、気持ちをうんと、うんとこめて。ガッティにもよろしく。お仕事がんばって、私のためにも祈ってください！

敦子

P.S.　電報は最も適切なかたちで私の気持ちを表すためのものです……すべてのことについて……ありがとうございます！

二月十六日　ローマ

親愛なるペッピーノ、

あなたのお祈りについてのすばらしいお話で、あの日、私の部屋はいっぱいになって、その中で私はすっかりしあわせな気持ちでいます。学校に行くためにバスに乗っていても、時には講義のあいだにも、頭に思い浮かんで、とても心が安らぐのです。今になってわかったことなのですが、どうやら私は、自分には祈ることができないのではないかと恐れていたようです。私の祈りについての考え方は、あまりにも曖昧でしたから。ただ、祈りは、多くの本に書かれているように、大げさで、ひどく複雑なものなどではなくて、でも、それでいて、そうした考えからすっかり自由になることはできないまま、何かしらとても単純なことでなければならない、とは、感じていました。それと、祈りはどこか大工仕事のようなものだとも、思っています。師匠と一緒に仕事をしていてはじめて覚えられるものであって、結局、抽象的でむずかしい理論がいくつもあるわけではなくて、何年も何年も実行し続けることこそ、本当に大事なことなのだと。そうではないでしょうか?

ホスピスの中庭に腰をおろして、ひなたぼっこをしているおばあさんたちのお祈りの仕方のお話は(私も、とりわけひとりで聖体を前にした時に、何度もそうやって陽を浴びて座りながらそんなふうに感じたことがあります)、私にもはっきりと思い浮かべることができます。

戦争中のことですが、私たちの学校は工場に姿を変え、私たちはそこで女工として働いていました。終戦が近づくにつれて食糧事情も悪くなり、仕事にもあまり力が入らなくなってきました。そんな時に、学校の中庭に差す太陽のおかげで、どんなに私たちの心が安らいだか、わかっていただけると思います。あの中庭の壁にそって、もうどの季節だったか思い出せないのですが、植え込みの花が咲いていました。白い花で……イタリア語でなんと呼ぶのかわからないのですが、とてもクロッカスに似ています……陽の差している時だけ、花開くのです（その点でもクロッカスのようです）。その植え込みのまわりに腰をおろして、どんなに自分を花の近くに感じていたことでしょう。私たちはおなかを空かせて、太陽を食べ、飲んでいたのです、そして太陽と語らい、歌い、踊っていたのです。遠くて、すぐそこにあって、あれから何年もたってペッピーノの誘いで胸によみがえった思い出です……。

祈りの際になにかいわなければならなくなっても、私はまず日本語を使いません。おかしなことですが、ずっとそうだったのです。日本語で口に出すと、ひどくおかしなことになってしまうことがよくあるのです。わかっていただけるでしょうか。おそらく、日本人というのは本気で祈っている時はほとんどなにもいわないのです……きっとそういうことなのです。愛しあっている時でも、西洋のように多くのことはいいませんから。深い感情をそうやって露《あら》わにすることを恥ずかしがって、なにもいわずに一緒に黙っていることのほうを好むのです、おそらく。

ただ、時にこうした習慣は、不都合なことがあります。そういう時、私は欧米語に避難するのです。たいしたことはいえないのですが。たいていは英語で、フランス語はめったに使いませんが、今は本当によくイタリア語でいいます。

今日、ガッティが手紙で、私の短編をまとめて本にする気だと知らせてきました。復活祭が終わってローマに来る時に、口頭で訳したものを録音して一緒に翻訳し直す作業をしようということです。彼のいうことは全部わかるのですが（もっとも、本当に私の短編を一冊の本にする価値があるのかどうかはわかりません）、でも、できることならあなたにも一緒にいていただきたいのです。あなたは、もう、私の短編のうちでも、欠かすことのできない一部になっているのですから。私が、正真正銘のおっちょこちょいになりつつあるのはわかっています、ごめんなさい。もし、ローマに来られないということであれば、よろこんで私のほうがミラノにうかがいます（けっきょく、大騒ぎをするほどのものでもないかもしれない自分のことのために、こんなことばかりするのは本当に恥ずかしいのですが）。ガッティがとてもいい人で、寛大で、とか、そういうことはとてもよくわかっているのですが、彼とでは、あなたと一緒にいる時のようにいつも安心して落ち着いていられる、というわけではないのです。わかっていただけるでしょうか？

ミラノからもどってきてから、また、「こうちゃん」を四、五編書きました。そのうちイタリア語に直してお見せします。

ひとつ大事なことを忘れるところでした。このあいだ、ダヴィデ神父[*3]の新しい詩をいくつか受けとりました。この本は私の手元に置いておいていいのでしょうか？　どうか、お知らせください。

ぜひいつか、シャルル・ド・フーコーの友愛についてうかがわなければ、と思っているのですが、でも、それには少し時間が必要ですし、それにできることなら、直接お会いしてうかがいたいのです。

長めの短編は、今のところどれも黙りこくっています……お恥ずかしいことに。まだなにか足りないようです、おそらくもう少しの時間の余裕か、もう少しの落ち着きかが。

この手紙はどうやら本当に収拾がつかなくなってきているみたいです。今日のところはこのへんにしておいて、またいつかお話を続けるようにしたほうがよさそうです……。それでは親愛なるペッピーノ、お仕事とすべてについてがんばってください。安らぎがあなたとともにありますように。

敦子

三月八日　ローマ

親愛なるペッピーノ、
お手紙ありがとう、アッシジで受けとりました。
さて、それではアッシジの滞在記です。私は三月二日、火曜日の夜に着きました。前に（たしか）あなたにお話ししたように、この町に行こうと決めた理由の一つは、シャルル・ド・フーコー神父の友愛会の精神についてさらに知り、理解を深めたかったからでした。そして「イエスの小さい姉妹の友愛会」があることを知っていたので、できれば彼女たちに会いたかったのです。

クラリッセ会には夕方の五時半ごろに着きました。すぐに私はサン・ダミアーノ教会に向かいました。でもそれはほんの口実でしかなくて、本当のところは「小さい姉妹会」を探しに行きたかったのですが、私には勇気がなかったのです。真剣で、忙しい人たちなのに、と私は思っていました、ただ興味があるからというだけの理由で訪ねるなんてできないじゃない？

でも私がサンタ・キアーラ大聖堂前の広場まで行くと、ちょうど、小さい姉妹会の二人の修道女が車を降りたところで、たくさんの荷物をどうやって運んだものかと苦心しているではありませんか！　本当に私は自分の目を疑いました。すぐに、臆《おく》する気持ちを打ち負かして彼女たちの重荷の一部を運ぶべく申し出ました。

私はそうやって彼女たちの家まで運んでいったのです。姉妹会に着くや、また改めてうかがいますと約束して去りました。夕食の時間までに家にもどるにはまた、かなりの距離を歩かなければならなかったのです。

翌日は深い霧がたちこめていて出かけられませんでした。朝のうちに私はサン・ダミアーノ教会まで行き、この暗くてほんの小さな、それでもとても意味深い教会の礼拝堂に小一時間ほどいました。それでも私には「彼女たち」のもとを訪れる勇気がなく、もどってきてしまいました。

夕食のテーブルで私は若いフランス人女性のダニエルと知り合ったのですが、彼女はパリの高等師範学校の学生で、ダニエルー神父の友だちで、今は「神曲」におけるダンテの愛の概念についての論文を書くためにローマに滞在中なのです。私たちはすぐに話しはじめました。ああペッピーノ、私が心を開いて話のできるフランス人に出会うのはそうそうあることではないこと、おわかりでしょう。ひどい返事をしたり、いいかげんなことをたくさんいってしまうことがよくあるのですが、それも、彼らの、ある種の優越感に支えられた過度の好奇心に苛立《いらだ》たされるからなのです。でもダニエルとはまるでそんなことはありませんでした。夕食のあいだじゅう打ちとけて話ができたのです。私たちはおやすみのあいさつをいって、私はこの思いがけない出会いにうれしくなっていました。

ダニエルにとってアッシジに来るのははじめてでした。そこで翌日私は案内役を買ってでたのです。私たちは一緒にサン・ダミアーノ教会に向かいました。小さい姉妹会のことをいってみますと、彼女も直接会ったことはなく、訪ねてみたいということでした。二人でなら思い切ってやってみられるかもしれません。

大切なペッピーノ、ここで、アッシジに発つ数日前に起きた不思議な体験のことをお話ししたいと思います。体験、と私は呼んでいるものの、実際はただの夢なのですけれど。

あたりはもうすっかり春です。どの丘も鮮やかな緑におおわれていて、桃の甘い花はまるでうれしさのあまり泣いているかのようです。私はひとり満ち足りた思いで歩いていました。

すると突然、丘の上のひどく貧しい小屋が目に入りました。その脇には鶏小屋がありました。

私はたずねました——あそこには誰が住んでいるかしら? 声が答えました——小さい兄弟たちだよ。[*4]

私にはまるでショックのようなものでした。土の匂いを、鶏小屋や、桃の花や、草の匂いと一緒に感じたような気がします。そしてそういった一切が、彼らの生活の素朴さ、質素さのイメージであり、その根源的なかたちであるかのように私には思えたのです。それと同時に彼らの貧しさと、私の傲慢《ごうまん》さを、私の、自分自身の粉のような乏しさにもかかわらず、常にあらゆるものを批判しようとしてきた、どうしようもなく尊大な態度をはっきりと思い知ったのです。

それでもこの自覚は不愉快なものではありませんでした。むしろ私はうれしく感じていました。こうしたことをすっかり理解することができてうれしかったのです。私は泣きだしました。苦い涙ではなかったことをよく覚えています。まるで胸を張って泣いているようでした。この、アッシジの平野を流れる小川のひとつのように。そしてあまりにもひどく泣いたおかげで目が覚めてしまいました。

姉妹たちのもとでの冒険にもどりましょう。私たちは一時間ばかりいたように思います。

時間を無駄にさせてしまってとても恥ずかしく感じていました。でも同時にすっかり魅了されてしまっていて、いとまを告げられずにいたのです。

昼食の時間に間に合うように急いで道を上ってゆかなければなりませんでした。歩きながらダニエルはいいました。

ねえ、あなたも彼女たちみたいになってみたいという気にならなかった？　あんな純粋な生活を送ってみたいって？

ええ、たしかに。でもね、小さい姉妹会の生活をそのまま送るというのは私のするべきこととは少しちがうように思うの。彼女たちの精神性は私になにか決定的なものをもたらしているのはたしかなのだけれど、私が生きるべき世界は彼女たちのとは少しちがうように思えるのよ。ダニエル、あなたはどう？

私もよ。

私たちはそのままなにもいわずに帰りました。

翌日の金曜日の午後、私たちは一緒にカルチェリ修道院まで登ってゆき、その途中で羊の群れを連れた羊飼いの老人に会いました。なかには子羊たちもいて、ダニエルは私に生まれたばかりのラクダの話をしてくれました。彼女が生まれた時、家族はチュニジアに住んでいて、父親はそこではとても有名な弁護士なのですが、もうすぐ一家は、この国の政治的独立と、父親の職業のおかげでフランスにもどらなければならず、なにもかも一からやり直さなければならないのです。でも少なくともダニエルだけは、両親が立ち向かうことになる巨大な困難のことがどんなによくわかっていても、驚嘆すべき静かな心持ちですべてを受け入れているのです。

吹きつける山の風の中で私たちは苦しみの意味について話しました。ダニエルは、世界の苦しみと闘うのは自分の義務のように感じるといいます。どこにいても歓びの種を蒔《ま》いてゆくことが。というのも、彼女がいうには、キリストも人間たちの苦しみと闘ったからなのです。

私は、ダニエルのいうとおりだと答えました。ただ、私には受け入れる必要も、世界を清め、救う力として、苦しみを受け入れることを学ぶ必要もあるような気がするのです。私には、苦しみは、たとえその多くの場合、自分たちが苦しんでいるあいだはその本当の価値をまったく理解できないでいたとしても、心の悩みに耳を傾け、そうして救済に至るための助けともなりうるように思えるのです。

こうした議論が、人びとの無数の苦しみから私たちの目を逸《そ》らすために使われては絶対にいけないというのは、本当にそのとおりです。このことを、苦しんではいても信仰を持たない人間には絶対にいえない、いいえおそらく、それが誰であろうと苦しんでいる人間にはいえないし、いってはいけないというのもそのとおりです。私たちは、ダニエルもいうように、彼らと比べれば、心の底から絶望してはいないし、あるいはまず、そんなふうに絶望することはないからで、ですからたとえ苦しんでいる時でも、私たちはまったく別のものの見方をしていて、苦しんでいないようなものだからなのです。それから私はいいました、こうしたすべての人びとの苦しみを、何もいわずにわかちあうことは、とりわけ女性だからこそできる大事なことなのではないか、と。私たち女性はより苦しみを受け入れるための能力を授けられているのではないでしょうか。きっと、ひどく凍てつく北風のせいでこんなまじめな話題になったのでしょう。

ダニエルが私の書いたものを読んでみたいというので「こうちゃん」を見せました。ペッピーノ、あなたのことや、ダヴィデ神父や、それからいろいろなことを話しました。私が話しおわると、彼女は、私がダヴィデ神父にいく度と知れずいったことと同じことをいったのです。

「私はあなたたちのような人たちを探していたの。パリでは〝カトリック左派〟(この呼び名は私自身は聞いたことがありませんでしたが) と呼ばれる人たちをたくさん知っていたけれど、私の見る彼らははっきりと二つの派に分かれていたの。エスプリ[*5]の人たちのような、知識人ばかりのグループ。そしてもう一方は、行動派と呼ばれているレザンガージェ。とても感銘を受けていたけれど、彼らにすっかり満足させられるということはなかった。私はもう少し何か別のことを求めていたの。より観想的な面を求めていた (これは私の使う言葉じゃないと思います。おそらく同じことをいっているにしても、私だったら

〝歌う人生、恩寵《おんちょう》の冒険に捧げられた人生〟とか、そういった言葉で表したと思います。観想というのは、私にとってはすでにじゅうぶん抽象的な言葉なのです、きっと)」

私たちはおたがいに知り合えたことをとても喜んでいました。私にとってこの出会いは、フランス人に対する自分の、ひどい、あまり根拠があるとはいいがたい偏見をふりほどくのに大いに役立っています。

ダニエルは間違いなく、今までに私が会った若い女性の中でも、もっとも聡明な一人です。彼女の論理の明快さ、考える筋道の厳格さには本当に感心させられましたし、しかも、とても気持ちの良い人なのです。それに私は彼女のうちに、あらゆる凡庸《ぼんよう》なことごとを乗り越えて、真の神聖さにたどり着こうとする大きな思いがあることに気づきました。私はローマに帰って来ましたが、数日のうちには彼女ももどってくるはずです。私たちはできるだけ会って、一緒に勉強をしようと約束しました。あなたもいつか彼女に会って、多くのことを理解できるように手を貸せるのではないでしょうか。

……………

というわけで私はアッシジではちっとも勉強できませんでした。おわかりですよね？ ここ何日かのうちになにか書けたら、と思っています、とくにこうちゃんを。もうほとんど三週間も何も書いていないのですから。

このあいだダヴィデ神父に宛てた手紙の中で、映画「ビルマの竪琴」の感想を書きました。手紙は校正して送り返されてきて、アイデアをふくらませて記事を書くべきだ、ということでした。すぐにそうしようと思います、しっかりしたものができるかどうかあまり自信はないのですが。でもあなたのいうように、誠意と愛をもって仕事をすることこそ大事で、結果はその次ですね。できあがり次第お送りします。

　ミラノ旅行については、できることなら聖週間のはじめに会いにゆきたいのですが。そうして休暇のあいだじゅうもずっとミラノにいられるように。前にもいったかもしれませんが、大使館からいわれた講演会のために四月二十二日にはフィレンツェにいなければなりません。それともうひとつ、*6枝の主日から八十人ほどのフランス人の女の子たちがローマ巡礼でこの家にやって来るのです。去年はここにいて、あとでひどく後悔しました。とんでもない大騒ぎになって、この家はまさに戦場になってしまうのです。これが、私が聖週間のあいだローマを離れていたいと願う最大の理由です。でも、もしあなたが聖週間を少しゆっくりと、あまりいろいろとせずに過ごしたいというのでしたら、もちろん私はそのあいだ、ここから近くにあるスペイン修道女たちの家のほうに移ってもまったくかまいません。まだ復活祭の週もほとんど手つかずでありますし、一緒に仕事をして、それよりなにより一緒にいられますから。どうでしょう。あなたに良いようにします（でも結局のところ、本当のことをいうと、あなたに会いたくて会いたくてしかたないのです……）。

……………大切なペッピーノ、私に良きアッシジ滞在を願ってくれて、心から感謝します。たしかに、たくさん人に会ったりせずに、もっとゆっくり過ごすつもりでした。でもごらんのとおりまったくちがう結果になりました。でも、本質的なことは、私が再度、自分の毎日の歩みの方向を確認できたということなのです（ダニエルには、やっと生きはじめたように思う、といいました……）。

一晩じゅうでもあなたと一緒にいたいところですが、でもそろそろやすんだほうがよさそうです。いつもありがとう、私のために祈ってください（そう、私の母のためにも。家からあまりうれしくない知らせを受け取ったのです）。とはいえ、すべては主の手に委《ゆだ》ねましょう、かつては本当にこの地上で私たちのために働いてくださったのですから……。

またのお便りお待ちしています。あなたの、

敦子

八月二十四日　ローマ

大切なペッピーノ、

数日前に、私たちの新聞の特別特派員としてこちらにやって来た日本人の女性作家〔有吉佐和子〕と再会し、感じよく、くつろげるいい友だちだった、ということだけいっておこうと思って筆をとりました。たしか彼女のことは話したことがあると思います。現在、

日本でもっとも読まれている作家のひとりで、演劇が、とくにクリストファー・フライが大好きで、私たちは十年ほど前、一緒に学生カトリック連盟の仕事をしていた（か、おしゃべりをしていた）時に知りあったのです。今はミサには通っていないけれども、まじめな人です。ほんの少ししか話していなかったので、私のことを思い出すとは思っていませんでした。ところが私たちには、会ったその瞬間に、過ぎていった時間なんて、まるで今までずっと友だちだったみたいに再会するためだったという以外、なんの意味もないことがわかったのです。

新聞のほうから彼女にローマをあちこち案内するように任せられたので、午後いっぱい彼女と一緒に過ごせました。私たちはぼんやりしていて、あまりいろいろと見てはいませんでしたけれど、でもたくさんおしゃべりしました。

イタロ・カルヴィーノの小説の話もしたのですが、たとえば『不在の騎士』を訳してみたら、といわれました。アメリカの大統領選挙が終わって帰国次第、日本の雑誌に持っていけるということで、私は、やってみてもいいと思っています。彼女のいう雑誌は、日本でもっともまじめで、読まれているもののひとつです。さあ、これでまたひとつ、仕事ができました。オリンピックが終わってミラノに行ったら、エイナウディ社と翻訳権の交渉をすることになりそうです。

それから、今朝、妹からの手紙を受けとりました。十月四日ごろにやっとミラノに来るということです。ただベルリンとフランクフルトに行く前にパリに着くということで、そのあいだずっと一緒に動くことは、できそうにありません。二人ともとても残念なのですが、イタリアでは一緒にいられるということで満足するしかなさそうです。

でもそれよりも、彼女が「どんぐり」についていってくれたことについて、あなたにお知らせしておきたかったのです。「私はシャルル・ド・フーコーの霊性のことを知って感動しました。もう何年も前に、日本でまだ聖心に通っていた十八歳のころ、ある修道会で貧しい人達のために修道女達が医師と共に施す、慈善という名のもとのお手伝いをした時に味わった失望の記憶が甦《よみがえ》りました。〝貧しい人々に施しをあたえる〟という言葉、それから態度のむつかしさ。それ以来、私は慈善活動ということが、本当はどういうものなのかわからずにいます。このお姉様の本がつづくようにお祈りしています、心から」

妹の言葉で、ペッピーノ、私は胸がいっぱいです。そして、あなたのおかげでこの仕事を始めることができて、本当にうれしく思っています。

では、仕事に行かなければ。みんな待っていますから。私は元気です。お願いだから、仕事をしすぎないように。夜、ぐあいが悪くなったという知らせを聞いて、泣きそうになってしまいました。お母さんと、アルドと、ジュゼッペと、彼の妹のナタリーナにくれぐれもよろしく。それからコルシア書店のみんなにも。

では、心から愛をこめて。あなたの、

あっこ

＊1　二三七ページ。結婚の前年に未来の夫ジュゼッペ（通称ペッピーノ）・リッカに宛てイタリア語で書かれた手紙。（編集部注）

＊2　二四一ページ。コルシア書店より発行された小冊子「どんぐりのたわごと」（全十五号。一九六〇年七月〜一九六二年六月。須賀の自費出版）の第七号（一九六〇年十二月）に掲載された須賀の創作「こうちゃん」に出てくる子供の名前。（編集部注）

＊3　二四四ページ。ダヴィデ・マリア・トゥロルド神父。コルシア書店の創設者の一人で詩人。（編集部注）

＊4　二四八ページ。正式名称は「小さき兄弟会」で、アッシジの聖フランシスコが創立したフランシスコ会のこと。（編集部注）

＊5　二五一ページ。フランスのカトリック左派が出している月刊総合雑誌。（編集部注）

＊6　二五三ページ。キリストの復活祭の一週間前の日曜日のこと。（編集部注）

解説

岡本太郎（ライター、翻訳家）

長い時間をかけて作家になった須賀敦子は、らしくない作家ともいえる。

おそらく本人はみずからの作家というあり方を、肩書きや職業としてよりは、食べ、歩き、読むことと同じく本質的な「書くこと」の延長線上のごく自然な状態として意識していた。本や文章を書く、という行いは彼女にとって生きてゆくうえで自己確認のきわめて根本的な作業であり、人生における最大の命題であり続けたのだ。そして、本を読み、本を書くことをまっとうした人生の最終章で、彼女の生涯変わることのなかった書物への愛に目をとめた世界が作家という肩書きと、好きなようにものを書くチャンスを贈ったということなのだ、おそらく。

一九二九年、兵庫県に生まれた須賀はカトリック系の教育を受け、父親の転勤に伴って東京に移り住み、戦争でふたたび関西の学校に戻り、再度東京に赴《おもむ》いて大学を出ると五三年にはパリに留学、翌夏、イタリア語を学ぶために訪れたペルージャで忘れがたい印象を受ける。帰国後、働き始めるもこの思いは棄てきれず、五八年にローマ留学。ミラノのコルシア書店を中心としたカトリック左派の活動に共鳴し、六〇年にはミラノに移り、書店を動かしていたペッピーノと結婚、同時に日本文学の翻訳を始める。しかし夫は六七年に急逝し、七一年に帰国。大学で教鞭《きょうべん》をとり、イタリア文学の翻訳を手がけながら、八五年に日本オリベッティの広報誌にイタリアを舞台にしたエッセイを載せ始め、九〇年『ミラノ 霧の風景』として上梓される。

例外的に遅咲きの新人作家、須賀敦子の第一作は、あらたに書き下ろされた「遠い霧の匂い」で幕を開ける。ミラノと霧と須賀敦子のイメージを決定づける文章だが、そこには実際に街をすっぽりと覆う霧と、須賀の追憶の中に宿命的に漂う霧と、とりわけミラノで過ごした、期待や熱意や驚き、出会いや失望や別れ、憂慮や充足や拠《よ》り所のなさに彩られた日々の果てに彼女が感じた死の影を孕《はら》む、いかにも文学的な霧がある。「マリア・ボットーニの長い旅」は、人生を旅に見立てていた書き手が、自分を知らず知らずイタリアに導いた、裕福ながら常にごく自然体の女性の思いがけず数奇な人生と人物像を須賀一流の優しく皮肉なトーンで時間軸に沿って効果的に叙述した、読み応えのある一作だ。須賀の人物描写は力強い直観に根差し、痛快なほど主観的で、作品によっては当初の印象を時の経過とともに覆《くつがえ》すことで鮮やかな効果を生むほどくっきりと、書き手の脳裏のイメージを具現化している。そして、通常は登場人物の多くが須賀流の口調で会話することで、家族や友人同士で話している時のような、ごく親密な雰囲気が醸《かも》し出される。だが、このマリア・ボットーニはくっきりと個性が際立ち、彼女に注がれた筆者の眼差しが変化してゆく様も、筆者が共感を覚えるイタリア人のあり方も自然に表れている。登場人物の死とともに筆が置かれることの多い結末を主人公が生き延びているのは書き手の気持ちの表れであり、自身とイタリアとの生きたままの関係を示唆《しさ》しているのだろう。

五十代半ばから書き始められた作品集は、自身の才能に終始懐疑的だった須賀には予想外の反響と評価に遭遇する。作品の基盤には広範な読書で培われた世界観があり、それに沿って留学や海外生活や国際結婚がまだ稀だった年代に、優れて独創的な直観の赴くまま人生の旅の意味を求めながら個人的で、大いにロマン主義的な道を歩み続けた須賀の回想は多くの読者に受け入れられた。

『コルシア書店の仲間たち』で須賀は、前作のイタリア全般についての素描と考察から、自身の存在理由をかけたカトリック左派の活動拠点をめぐる群像劇へと照準を絞り込む。読者はそれまで伝えられることのなかった六〇年代ミラノの良心の一端を担っていた企業家や中・上流階級の人々の行動を、それとはまったく異なる、ごく貧しい人間たちの生態とあわせてうかがい知ることができるが、須賀の筆が冴えるのはやはり、包括的で年代記的な記述ではなく、個々の人物に光をあてるくだりだ。

『コルシア書店』はあの年代の、それもはっきりと限定されたミラノに向けられた筆者の目を反映して、作品全体が鎮魂歌のような翳《かげ》りを帯びているが、〝仲間〟の一人であり、擁護者でもあった貴族の家柄のフェデリーチ夫人と、その家で開かれる夕食会での文化的なひとときを描く「夜の会話」の終盤では（〝召使のサンティーナ〟の闊達《かったつ》な人物像が味わい深い）、もっとも悲痛な時間帯が切りつめられた言葉で、しかしこの時も、そしてその後も決して直接的に踏み込むことなく語られる。その代わりそれは、特定の具体的な事実としてではなく、時も、場所も、主体も異なる死として、いくつもの作品の中でくり返し変奏されてゆく。

ミラノの物語を書き上げた須賀が次に取り組んだのは、自分をヨーロッパへと旅立たせた衝動と経緯、そしてみずからの魂の検証だった。『ヴェネツィアの宿』は、初めて日本を舞台にし、圧倒的な存在感を誇る父親や普段は物静かな母親を筆頭に、幼少期の須賀が深い感銘を受けた叔父や叔母ら、魅力的な人々が登場する作品を収め、そのまま私小説として読めるほど情緒的で淀みのない筆致で綴られているとともに、ヨーロッパ編と並行して読むことで、作家の心の歩みを確認できる教養小説のような骨格を有している。

「カラが咲く庭」は、不安や孤独とささやかな安堵が行き交う留学生たちの心模様を軽やかでメランコリックな語り口で表している。思いこみが激しく、しばしば突飛な行動力を発揮する若き日の須賀の姿が浮かび上がるが、学生寮を移る際にテルミニ駅で過ごした

〝宙ぶらりん〟状態のユーモラスな描写はほほえましい。それは絶えず人との結びつきの中にあって、いつでも心の通いあう仲間たちを持ちながら、一定の環境に帰属することを潔しとしなかった須賀が生涯抱き続けた感覚に違いない。

『ヴェネツィアの宿』の終幕を飾るのは、父親へのオマージュ「オリエント・エクスプレス」である。わがままで自分勝手でぜいたく好きな性格に憤慨させられ、反発し続けたが、何よりも旅に焦がれ、異郷に惹かれる血を受け継いだ須賀が、列車にまつわる父の二つの指令を遂行する逸話だ。遠く離れた父のロマンとともに娘は娘なりのちょっとした心の震える冒険に出るが、その時、そして無事に約束を果たし、意識が遠のきつつある父親に旅の証《あかし》を持ち帰る時の、父と娘の行き交う気持ちが静かな余韻を残す名品である。

続く『トリエステの坂道』では、それまで歩んできた軌跡を見つめていた目が現在から未来へとつながる道にも向けられ始める。須賀のエッセイではややとりとめなく話題が移行することがままあるが、ほのぼのと優しく軽妙で、それでいてしんみりとした味わいを持つ「電車道」は、庶民(書き手はあえて固有の共感をこめて〝貧乏人〟とも呼ぶ)のポートレートに秀でた手腕を見せる須賀の、どちらも母国語を忘れてしまった、市電病院に通うクロアチア人の神父と市営墓地をよちよちと歩くロシア人のおばあさん、そしてその孫娘の話である。根無し草のような、それでも飄々《ひょうひょう》と人生を営み続けている人間たちに注がれる眼差しが温かい。

「マリアの結婚」は、モノクローム時代のイタリア式喜劇（ことによると書きながら念頭においていたかもしれない）を観るような懐かしさと可笑《おか》しさと奇妙な宿命観とともに語られる洒脱な一作だが、ここでも心情的距離が近すぎない人間について物語る時の絶妙にアイロニカルでなめらかな筆さばきが愉《たの》しい。

夫の家族を脅《おびや》かし続け、ついには夫をも奪い去った暗い過去の影や、ミラノの〝あまりにも一枚岩的な文化〟の重みと対比させるように、須賀はフォルガリアの山村からやって来た義弟の妻シルヴァーナとその家族を、自由や開かれた未来の息吹を感じさせる存在として描く。「重い山仕事のあとみたいに」の寡黙《かもく》で、しっかりと地面を踏みしめて生涯を送った生粋《きっすい》の山男として敬愛をこめて語られるグロブレクナー氏はその最高峰だ。いつもの如く物語は死で幕を閉じられるが、それはめずらしく晴れやかで誇らしげな死である。

須賀は『ユルスナールの靴』で新境地に踏み出す。いわゆるエッセイの枠にとどまらず（もっともそれは『ヴェネツィアの宿』ですでに凌駕《りょうが》していたが）、心酔する作家ユルスナールの文学世界や足跡と対峙《たいじ》して、作家としての自負と執筆力を奮い立たせようとした意欲作だ。〝きっちり足に合った靴さえあれば、じぶんはどこまでも歩いていけるはずだ〟の一行で始まる「プロローグ」では、多分にレトリカルになりつつ〝靴〟をめぐる連想がくり広げられる。それは世界を旅するための必需品であり、ヨーロッパそのものでもあり、方法論や手段であると同時に目標や憧憬でもあった。靴のメタファーは絶えず、自身の本来の居場所を問い続けた意識が必然的に生み出したもので、もとより一定の地に安住できる者には持ち得ない疑問であり、その意味で靴は幻想でもある。生来の〝ノマッド〟なら、たとえ靴を選べずとも歩いていってしまうはずだ。そして懐疑的な旅人は、行けなかった場所を、書けなかった文章を惜しむ。

続いて、〝本を書く人は、わたしたちとは比べられないほどえらいのだ〟と信じていた須賀は、一枚の「死んだ子供の肖像」から壮大なユルスナール宇宙への旅に読者を連れ出す。宗教、錬金術、ジョルダーノ・ブルーノ、求道、異端……たゆまざる想像力の翼は果てなき空を、魂の闇をぐいぐいかきわけてゆく。

〝ちゃん〟づけで呼ぶ幼友達に捧げられた深く抒情的な作品の中でも、心から人を愛《いと》おしむ才能に恵まれた語り手の静かで強い思いに胸動かされる「しげちゃんの昇天」。本人も折に触れて詳《つまび》らかにしているように執筆活動において須賀が多大な影響を受けたナタリア・ギンズブルグの友人でもあり、彼女の文学を解き明かした評論家であるチェーザレ・ガルボリ邸を訪れた際の、文字通り夢のような体験をナイーヴに高揚した口調で伝える「チェザレの家」。幼き日々の記憶を淡々とふり返り、童謡のような情感を醸す「芦屋のころ」。人生のメタファーと物語の縦糸を求めて時を越える旅を続けた、いかにも須賀らしい独白のような「となり町の山車のように」。叔父叔母たちの大掃除の畳からイタリアへ、北伊の姑の田舎からユルスナールの北フランス、はてはオデュッセウスのギリシアへと軽々とタイムスリップしてゆく随想「大洗濯の日」。大阪のクズ屋さんたちの姿を物柔らかな光のもとに描き出した異色のレクイエムともいえる「ヤマモトさんの送別会」。〝長年のイタリア生活を切り上げて帰国まもないころ〟の情況を象徴する奇妙な体験談「なんともちぐはぐな贈り物」。人生の紀行文は、その時どきの心情を投影しながら書き続けられた。

ペッピーノ・リッカ宛書簡を読むと、それがまだ若い（が、若すぎるということはない）時期にいずれ夫となる相手にしたためられたことを差し引いても、須賀がまっすぐに人の心を摑《つか》む達人であったことがよくわかる。本質的にエッセイと変わらない読後感を抱かせるが、とりわけ夢のイメージは後年のいくつかの作品の原型となるものを髣髴《ほうふつ》とさせる。須賀は、現実の一場面や現実から触発されたイメージや〝言葉の束〟を意識の中に取り込み、その後もいく度となく回想し、その都度精製や再解析を加えるという、本人の言葉を借りれば〝記憶の原石を絶望的なほどくりかえし磨きあげることで、燦々《さんさん》と光を放つものに仕立てあげ〟るプロセスを飽くことなく続けた。そうした原風景ないし心象風景のインパクトに、現実を物語（あるいはその一節）として文学的（そう、多分にロマン主義的）に読みこなす破格の天分を備えていた須賀ならではの解釈が加味されて、あの独特の味わいを持つ文章が生まれたのだ。彼女にはみずからに与えられた物語の素材を、自身の解釈によって編纂《へんさん》し、自分の本としてもう一度書き直さなければならないという、おそらく誰もが持っているわけではない使命感があった。

須賀敦子が書こうとしたのは名文でも美文でもない、人の魂に寄り添う文章だった。もう一人の自分に、読み手ひとりひとりに語りかけるように、筆を進めた。だからしばしば、須賀の、聞いたことのある者なら思い出さずにはいられない深く、印象的な声で、自分だけに語りかけられているような心持ちになる。記憶の書棚があるとすれば、そこから一冊ずつ取り出して読み聞かせるようなかたちで、とっておきの思い出を紐解いてくれる。思い出の語りには時に綻《ほころ》びもあるが、須賀はさほど気にせず自分だけの言葉でかたくなな心を守りながら、大切に語り続けた——さながら小説の主人公がみずから自分探しの物語を追いかけつつ日記に書き綴るように。

彼女自身が常に学習者の姿勢でいたせいもあるかもしれないが、そんな須賀はまた、慕われる教師でもあった。少なからず（とりわけ現在形で思考する時）概念的な迷走に陥ることもあったが、長いあいだ胸中で推敲や編纂を重ねた遠い追想の物語は、おのずと作者の品格や人間性、試行錯誤を恐れず直観を信じて独自の世界を突き進んでいった人間の魅力をそのまま浮かび上がらせることになった。そこでは冷静さと温かさを併せ持った観察者の眼差しと情熱的で独断的な主観論者の言葉が霊妙に交錯していたが、その奥深くで力強い通奏低音を奏でていたのは、このひどく特異な語り手の数多くの人間的魅力の中でももっとも人を魅了してやまない、大きな愛だった。

これほどあからさまに様々なかたちの人間愛を、けれんみのかけらもなく表現できた作家は稀有《けう》なのではないだろうか——もちろん、そんなことはこれっぽっちも意識せずに。

―略年譜　須賀敦子―

一九二九年（昭和四年）
一月十九日、須賀豊治郎、万寿（ます）の長女として生まれる。実家は兵庫県武庫郡精道村（現芦屋市翠ケ丘）。祖父豊治郎（初代）は和風水洗式便器の国産化を果たした須賀商会（現・須賀工業）の創立者。妹良子、弟新（あらた）の三人きょうだい。

一九三五年（昭和十年）　六歳
四月、小林（おばやし）聖心女子学院小学部に入学。

一九三七年（昭和十二年）　八歳
父の転勤にともない、家族で東京に転居。白金の東京聖心女子学院小学部三年に編入する。

一九四一年（昭和十六年）　十二歳
三月、東京聖心女子学院小学部を卒業。四月、聖心女子学院高等女学校に入学。

一九四三年（昭和十八年）　十四歳
三月、疎開のため西宮市の実家に戻る。小林聖心女子学院に編入。

一九四四年（昭和十九年）　十五歳
授業が廃され学校工場での作業はじまる。休み時間にラジオ体操をさぼって読書に耽りシスターに叱責される。

一九四五年（昭和二十年）　十六歳
三月、小林聖心女子学院高等女学部を卒業。四月から東京聖心女子学院高等専門学校に入学予定だったが、空襲で校舎が焼け落ちたため自宅待機となる。同月より勤労動員となり海軍療品廠で働く。八月十五日、終戦。十月、聖心女子学院高等専門学校英文科に入学し、寮生活をはじめる。

一九四七年（昭和二十二年）　十八歳
春ごろ、カトリックの洗礼を受ける。

一九四八年（昭和二十三年）　十九歳
三月、聖心女子学院高等専門学校英文科を三年で卒業し、五月、新設された聖心女子大学外国語学部英語・英文科（現・現代教養学部英語文化コミュニケーション学科）二年に編入。同級生に中村（緒方）貞子がいた。

一九四九年（昭和二十四年）　二十歳

カトリック学生連盟に加盟する。
一九五一年（昭和二十六年）二十二歳
三月、聖心女子大学外国語学部英語・英文科を卒業。
一九五二年（昭和二十七年）二十三歳
三月、親友高木重子（しげちゃん）、カルメル会修道院に入る。四月、慶應義塾大学大学院社会学研究科に入学。
このころ、カトリック学生連盟の一員として破壊活動防止法案成立阻止行動に参加する。しかし法案は七月に可決される。
一九五三年（昭和二十八年）二十四歳
政府保護留学制度に合格する。三月、大学院中退。七月二日、神戸港を発ち、八月十日、イタリアのジェノワ到着。マリア・ボットーニの出迎えを受ける。列車でパリに向かい、九月、パリ大学文学部比較文学科に留学。
一九五四年（昭和二十九年）二十五歳
四月、学生の団体旅行でイタリアへ行く。
一九五五年（昭和三十年）二十六歳
七月、帰国。日本放送協会国際局欧米部フランス語班に嘱託として勤務する。
一九五七年（昭和三十二年）二十八歳
九月、カリタス・インターナショナル留学生制度の試験に合格。
一九五八年（昭和三十三年）二十九歳
八月出国。九月、ローマのレジナムンディ大学での聴講のほか、イタリア文学の研究をはじめる。
一九六〇年（昭和三十五年）三十一歳
一月、ジェノワでジュゼッペ（通称ペッピーノ）・リッカと出会い、親交がはじまる。九月、ミラノに転居し、若い知識人たちの活動の場であったコルシア・デイ・セルヴィ書店の仕事を手伝い始める。
一九六一年（昭和三十六年）三十二歳
十一月、ペッピーノと結婚。
一九六二年（昭和三十七年）三十三歳
二月から四月にかけて新婚旅行として夫と帰国。

一九六三年（昭和三十八年）　三十四歳
九月、『Due amori crudeli』（谷崎潤一郎「春琴抄」「蘆刈」翻訳）が夫との共訳でボンピアーニ社より刊行される。次作からは敦子一人で翻訳するようになる。
一九六五年（昭和四十年）　三十六歳
九月、『Narratori giapponesi moderni（日本現代文学選）』をボンピアーニ社より刊行。漱石「坊っちゃん」、鷗外「高瀬舟」等二十五篇を収録し、イタリアにおける重要な日本文学紹介となる。
一九六六年（昭和四十一年）　三十七歳
十月、『Nuvole di sera』（庄野潤三『夕べの雲』翻訳）をフェッロ社より刊行。
一九六七年（昭和四十二年）　三十八歳
六月三日、ペッピーノ、肋膜炎で死去。享年四十一。
一九七〇年（昭和四十五年）　四十一歳
三月、危篤の父を見舞うため帰国。十六日、父死去。
一九七一年（昭和四十六年）　四十二歳
八月、帰国。
一九七二年（昭和四十七年）　四十三歳
四月、慶應義塾大学外国語学校講師になる。エマウス運動（キリスト教徒の慈善活動で、廃品回収等をして収益を福祉に使う）に参加しはじめる。五月、母死去。
一九七三年（昭和四十八年）　四十四歳
四月、上智大学国際部比較文化学科非常勤講師および国際部大学院現代日本文学科兼任講師となる。
一九八一年（昭和五十六年）　五十二歳
十月、「ウンガレッティの詩法の研究」で慶應義塾大学より文学博士号を取得する。
一九八二年（昭和五十七年）　五十三歳
四月、上智大学外国語学部助教授に就任する。
一九八五年（昭和六十年）　五十六歳
十一月、「SPAZIO」に「別の目のイタリア」連載開始。
一九八八年（昭和六十三年）　五十九歳

九月、『マンゾーニ家の人々』（ナタリア・ギンズブルグ著／須賀訳）を白水社より刊行。
一九八九年（平成元年）　六十歳
四月、上智大学比較文化学部（現・国際教養学部）教授に就任する。
一九九〇年（平成二年）　六十一歳
十二月、「別の目のイタリア」に書き下ろしを加えた『ミラノ　霧の風景』を白水社より刊行。
一九九一年（平成三年）　六十二歳
一月、『インド夜想曲』（アントニオ・タブッキ著／須賀訳）を白水社より刊行。秋、『ミラノ　霧の風景』で第三十回女流文学賞、第七回講談社エッセイ賞を受賞。
一九九二年（平成四年）　六十三歳
四月、『コルシア書店の仲間たち』を文藝春秋より刊行。
一九九三年（平成五年）　六十四歳
十月、『ヴェネツィアの宿』（文藝春秋）刊行。
一九九五年（平成七年）　六十六歳
九月、『トリエステの坂道』（みすず書房）刊行。
一九九六年（平成八年）　六十七歳
十月、『ユルスナールの靴』（河出書房新社）刊行。十一月、癌の告知を受ける。
一九九七年（平成九年）　六十八歳
一月、国立国際医療センターに入院、六月に退院するが九月に再入院する。
一九九八年（平成十年）　六十九歳
三月二十日、心不全により死去。四月、『遠い朝の本たち』（筑摩書房）、六月、『時のかけらたち』（青土社）刊行。

＊松山巖氏作成の年譜等を参考にさせていただきました。

本書の底本として左記の全集を使用しました。ただし適宜ルビをふり、明らかな誤記では訂正した箇所もあります。各作品が収録されている単行本、文庫名なども併記します。

また、本書には今日の社会的規範に照らせば差別的表現ととられかねない箇所がありますが、作品の書かれた時代また著者が故人であることに鑑み、原文のままといたしました。

＊『須賀敦子全集』は全て河出文庫。

遠い霧の匂い（『須賀敦子全集　第1巻』／河出書房新社『須賀敦子エッセンス1』／白水社『ミラノ　霧の風景』）
マリア・ボットーニの長い旅（『須賀敦子全集　第1巻』／『ミラノ　霧の風景』）
夜の会話（『須賀敦子全集　第1巻』／『須賀敦子エッセンス1』／文春文庫『コルシア書店の仲間たち』）
カラが咲く庭（『須賀敦子全集　第2巻』／文春文庫『ヴェネツィアの宿』）
オリエント・エクスプレス（『須賀敦子全集　第2巻』／『須賀敦子エッセンス1』／『ヴェネツィアの宿』）
電車道（『須賀敦子全集　第2巻』／新潮文庫、みすず書房『トリエステの坂道』）
マリアの結婚（『須賀敦子全集　第2巻』／『トリエステの坂道』）
重い山仕事のあとみたいに（『須賀敦子全集　第2巻』／『トリエステの坂道』）
プロローグ（『須賀敦子全集　第3巻』／河出文庫『ユルスナールの靴』）
死んだ子供の肖像（『須賀敦子全集　第3巻』／『ユルスナールの靴』）

しげちゃんの昇天（『須賀敦子全集　第4巻』／ちくま文庫『遠い朝の本たち』）
チェザレの家（『須賀敦子全集　第3巻』／河出書房新社『須賀敦子エッセンス2』／青土社『時のかけらたち』）
芦屋のころ（『須賀敦子全集　第2巻』／河出文庫『霧のむこうに住みたい』）
となり町の山車のように（『須賀敦子全集　第3巻』／『霧のむこうに住みたい』）
大洗濯の日（『須賀敦子全集　第3巻』／『霧のむこうに住みたい』）
ヤマモトさんの送別会（『須賀敦子全集　第3巻』／『霧のむこうに住みたい』）
なんともちぐはぐな贈り物（『須賀敦子全集　第3巻』／『霧のむこうに住みたい』）
書簡「一九六〇年　ペッピーノ・リッカ宛」より（『須賀敦子全集　第8巻』）

【本文中の歌詞の引用出典】
＊二一六ページ「夕日」（作詞・葛原しげる、作曲・室崎琴月）

単行本『精選女性随筆集　第九巻　須賀敦子』
二〇一二年十月　文藝春秋刊（文庫化にあたり改題）

装画・本文カット
神坂雪佳『蝶千種・海路』（芸艸堂）、
神坂雪佳『滑稽図案』（芸艸堂）より
本文デザイン　大久保明子
DTP制作　ローヤル企画

文春文庫

精選女性随筆集《せいせんじょせいずいひつしゅう》　須賀敦子《すがあつこ》

定価はカバーに
表示してあります

2024年7月10日　第1刷

著　者　須《す》賀《が》敦《あつ》子《こ》
編　者　川《かわ》上《かみ》弘《ひろ》美《み》
発行者　大沼貴之
発行所　株式会社 文藝春秋

東京都千代田区紀尾井町 3-23　〒102-8008
TEL 03・3265・1211㈹
文藝春秋ホームページ　http://www.bunshun.co.jp

落丁、乱丁本は、お手数ですが小社製作部宛お送り下さい。送料小社負担でお取替致します。

印刷製本・TOPPANクロレ
Printed in Japan
ISBN978-4-16-792254-2

（　）内は解説者。品切の節はご容赦下さい。

男の肖像
塩野七生
ペリクレス、アレクサンダー大王、カエサル、北条時宗、織田信長、ナポレオン、西郷隆盛、チャーチル……歴史を動かした不世出の英雄たちに、いま学ぶべきこととは？（楠木　建）
し-24-4

男たちへ
塩野七生
フツウの男をフツウでない男にするための54章
男の色気はうなじに出る、薄毛も肥満も終わりにあらず。成功する男の4つの条件、上手に老いる10の戦術など、本当の大人になるための、喝とユーモアに溢れた指南書。（開沼　博）
し-24-5

再び男たちへ
塩野七生
フツウであることに満足できなくなった男のための63章
内憂外患の現代日本。人材は枯渇したのか、政治改革はなぜ成功しないのか、いま求められる指導者とは？　身近な話題から国際問題まで、日本の「大人たち」へ贈る警世の書。（中野　翠）
し-24-6

女の甲冑、着たり脱いだり毎日が戦なり。
ジェーン・スー
「都会で働く大人の女」でありたい！　そのために、今日も心と体を武装する。ややこしき自意識と世間の目に翻弄されながら、日々を果敢かつ不毛に戦うエッセイ集。（中野信子）
し-66-1

字が汚い！
新保信長
自分の字の汚さに今更ながら愕然とした著者が古今東西の悪筆を調べまくった世界初、ヘタ字をめぐる右往左往ルポ！　果たして、50年以上ヘタだった字は上手くなるのか？（北尾トロ）
し-68-1

コルシア書店の仲間たち
須賀敦子
ミラノで理想の共同体を夢みて設立されたコルシア書店に仲間として迎えられた著者。そこに出入りする友人たち、貴族の世界などを、深くやわらかい筆致で描いた名作エッセイ。（松山　巖）
す-8-1

ヴェネツィアの宿
須賀敦子
父や母、人生の途上に現れては消えた人々が織りなす様々なドラマ。「ヴェネツィアの宿」「夏のおわり」「寄宿学校」「カティアが歩いた道」等、最も美しい文章で綴られた十二篇。（関川夏央）
す-8-2

（　）内は解説者。品切の節はご容赦下さい。

安西水丸
ちいさな城下町
有名無名を問わず、水丸さんが惹かれてやまなかった村上市・行田市・中津市・高梁市など二十一の城下町。歴史的事件や人物の逸話、四コマ漫画も読んで楽しい旅エッセイ。（松平定知）
あ-73-1

赤塚隆二
清張鉄道1万3500キロ
「点と線」「ゼロの焦点」などの松本清張作品を「乗り鉄」の視点で徹底研究。作中の誰が、どの路線に最初に乗ったのかという「初乗り」から昭和の日本が見えてくる。（酒井順子）
あ-89-1

井上ひさし
ボローニャ紀行
文化による都市再生のモデルとして名高いイタリアの小都市ボローニャ。街を訪れた著者は、人々が力を合わせ理想を追う姿を見つめ、思索を深める。豊かな文明論的エセー。（小森陽一）
い-3-29

池波正太郎
夜明けのブランデー
映画や演劇、万年筆に帽子、食べもの日記や酒のこと。週刊文春に連載されたショート・エッセイを著者直筆の絵とともに楽しめる穏やかな老熟の日々が綴られた池波版絵日記。（池内　紀）
い-4-90

池波正太郎
ル・パスタン
人生の味わいは「暇」にある。可愛がってくれた曾祖母、「万惣」のホットケーキ、フランスの村へジャン・ルノアールの墓参り。「心の杖」を画と文で描く晩年の名エッセイ。（彭　理恵）
い-4-136

伊集院　静
文字に美はありや。
文字に美しい、美しくないということが本当にあるのか。〝書聖〟王羲之に始まり、戦国武将や幕末の偉人、作家や芸人ら有名人から書道ロボットまで、歴代の名筆をたどり考察する。
い-26-26

伊藤比呂美
切腹考
鷗外先生とわたし
前夫と別れ熊本から渡米し、イギリス人の夫を看取るまで。生きる死ぬるの仏教の世界に身を浸し、生を曝してきた詩人が鷗外を道連れに編む、無常の世を生きるための文学。（姜　信子）
い-99-2

（　）内は解説者。品切の節はご容赦下さい。

井上ユリ
姉・米原万里
プラハのソビエト学校で少女時代を共に過ごした三歳下の妹が、食べものの記憶を通して綴る姉の思い出。初めて明かされる名エッセイの舞台裏。初公開の秘蔵写真多数掲載。（福岡伸一）
い-104-1

上野千鶴子
おひとりさまの老後
結婚していてもしてなくても、最後は必ずひとりになる。でも、智恵と工夫さえあれば、老後のひとり暮らしは怖くない。80万部のベストセラー、待望の文庫化！（角田光代）
う-28-1

上野千鶴子
ひとりの午後に
世間知らずだった子供時代、孤独を抱えて生きていた十代のころ……。著者の知られざる生い立ちや内面を、抑制された筆致で綴ったエッセイ集。（伊藤比呂美）
う-28-3

内田洋子
ジーノの家
イタリア10景
イタリア人は人間の見本かもしれない――在イタリア三十年の著者が目にしたかの国の魅力溢れる人間達。忘れえぬ出会いや情景をこの上ない端正な文章で描ききるエッセイ。（松田哲夫）
う-30-1

内田洋子
ロベルトからの手紙
俳優の夫との思い出を守り続ける老女、弟を想う働き者の姉たち、無職で引きこもりの息子を案じる母――イタリアの様々な家族の形とほろ苦い人生を端正に描く随筆集。（平松洋子）
う-30-2

遠藤周作
生き上手　死に上手
死ぬ時は死ぬがよし……だれもがこんな境地で死を迎えたい。でも死はひたすら恐い。だからこそ死に稽古が必要になる。周作先生が自らの失敗談を交えて贈る人生セミナー。（矢代静一）
え-1-12

江國香織
やわらかなレタス
ひとつの言葉から広がる無限のイメージ――。江國さんの手にかかると、日々のささいな出来事さえも、キラキラ輝いて見えだします。読者を不思議な世界にいざなう、待望のエッセイ集。
え-10-3

（　）内は解説者。品切の節はご容赦下さい。

小川洋子
とにかく散歩いたしましょう
ハダカデバネズミとの心躍る対面、同郷のフィギュアスケーターの演技を見て流す涙、そして永眠した愛犬ラブと暮らした日々。創作の源泉を明かす珠玉のエッセイ46篇。（津村記久子）
お-17-4

岡田光世
ニューヨークのとけない魔法
東京とニューヨーク。同じ大都会の孤独でもこんなに違う。お節介で、図々しくて、孤独な人たち。でもどうしようもなく惹きつけられてしまうニューヨークの魔法とは？（立花珠樹）
お-41-1

大宮エリー
生きるコント
毎日、真面目に生きているつもりなのに……なぜか、すべてがコントになってしまう人生。作家・大宮エリーのデビュー作となった、大笑いのあとほろりとくる悲喜劇エッセイ。（片桐　仁）
お-51-1

大宮エリー
生きるコント　２
笑ったり泣いたり水浸しになったり。何をしでかすか分からない〝嵐を呼ぶ女〟大宮エリーのコントのような爆笑エッセイ集、第2弾。読むとラクになれます。（松尾スズキ）
お-51-2

尾崎世界観
苦汁１００％
濃縮還元

初小説が文壇を驚愕させた尾崎世界観の日常と非日常。文庫化に際し、クリープハイプ結成10周年ライブがコロナ禍で中止になった最中の最新日記を大幅加筆。苦味と旨味が増してます！

お-76-2

尾崎世界観
苦汁２００％
ストロング

尾崎世界観の赤裸々日記、絶頂の第2弾。文庫化にあたり「芥川賞候補ウッキウ記」2万字書き下ろし。「情熱大陸」に密着され、『母影』が芥川賞にノミネートされた怒濤の日を加筆。

お-76-3

（　）内は解説者。品切の節はご容赦下さい。

岡田　育
ハジの多い人生
痴漢だらけの満員電車で女子校へ通った九〇年代、メガネ男子や献血、自らの大足が気になり、三十路でタカラヅカに開眼。世界の端でつぶやく著者会心のデビュー作。（宇垣美里）
お-78-1

大竹英洋
そして、ぼくは旅に出た。
はじまりの森 ノースウッズ
オオカミの夢を見た著者は、ある写真集と出会い単身で渡米する。読む人に深い感動と気付きをもたらす、人生の羅針盤となりうる一冊。梅棹忠夫・山と探検文学賞受賞作。（松家仁之）
お-80-1

開高　健
私の釣魚大全
まずミミズを掘ることからはじまり、メコン川でカチョックという変な魚を一尾釣ることに至る国際的な釣りのはなしと、井伏鱒二氏が鱒を釣る話など、楽しさあふれる極上エッセイ。
か-1-2

角田光代
なんでわざわざ中年体育
中年たちは皆、運動を始める。フルマラソンに山登り、ボルダリング、アウトドアヨガ。インドア派を自認する人気作家が果敢に様々なスポーツに挑戦した爆笑と共感の傑作エッセイ。
か-32-16

加納朋子
無菌病棟より愛をこめて
愛してくれる人がいるから、なるべく死なないように頑張ろう。急性白血病の告知を受け仕事も家族も放り出しての緊急入院、抗癌剤治療、骨髄移植——人気作家が綴る涙と笑いの闘病記。
か-33-5

川上未映子
きみは赤ちゃん
35歳で初めての出産。それは試練の連続だった！　芥川賞作家の鋭い観察眼で「妊娠・出産・育児」という大事業の現実を率直に描き、多くの涙と共感を呼んだベストセラー異色エッセイ。
か-51-4

河野裕子・永田和宏
たとへば君《きみ》
四十年の恋歌
乳がんで亡くなった歌人の河野裕子さん。大学時代の出会いから、結婚、子育て、発病、そして死。先立つ妻と見守り続けた夫。交わした愛の歌380首とエッセイ。（川本三郎）
か-64-1

（　）内は解説者。品切の節はご容赦下さい。

角幡唯介
探検家の憂鬱
チベットから富士山、北極……。「生のぎりぎりの淵をのぞき見ても、もっと行けたんじゃないかと思ってしまう」探検家・角幡唯介にとって、生きるとは何か。孤高のエッセイ集。
か-67-1

黒柳徹子
チャックより愛をこめて
長い休みも海外生活も一人暮らしも何もかもが初めての経験。NY留学の1年を喜怒哀楽いっぱいに描いた初エッセイが新装版に。インスタグラムで話題となった当時の写真も多数収録。
く-2-3

高橋順子
夫・車谷長吉
直木賞受賞作『赤目四十八瀧心中未遂』で知られる異色の私小説作家の求愛を受け容れ、最後まで妻として支え抜いた詩人が回想する桁外れな夫婦の姿。講談社エッセイ賞受賞。（角田光代）
く-19-50

小林秀雄
考えるヒント
常識、漫画、良心、歴史、役者、ヒットラーと悪魔、平家物語などの項目を収めた「考えるヒント」に随想「四季」を加え、「ソヴェットの旅」を付した明快達意の随筆集。（江藤　淳）
こ-1-8

小林秀雄
考えるヒント2
忠臣蔵、学問、考えるという事、ヒューマニズム、還暦、哲学、天命を知るとは、歴史、など十二篇に「常識について」を併載して、いま改めて考えることの愉悦を教える。（江藤　淳）
こ-1-9

小林秀雄
考えるヒント3
「知の巨人」の思索の到達点を示すシリーズの第三弾。柳田民俗学の意義を正確に読み解き、現代知識人の盲点を鋭くついた歴史的名講演「信ずることと知ること」ほかの講演を収録する。
こ-1-10

小林信彦
生還
自宅で脳梗塞を起こした、八十四歳の私。入院・転院・リハビリ・帰宅・骨折・再入院を繰り返す私は本当に治癒していくのか？人生でもっとも死に近づいた日々を記した執念の闘病記。
こ-6-39

（　）内は解説者。品切の節はご容赦下さい。

佐藤愛子
我が老後
妊娠中の娘から二羽のインコを預かったのが受難の始まり。さらに仔犬、孫の面倒まで押しつけられ、平穏な生活はぶちこわし。ああ、我が老後は日々これ闘いなのだ。痛快抱腹エッセイ。
さ-18-2

佐藤愛子
冥途のお客
岐阜の幽霊住宅で江原啓之氏が見たもの、狐霊憑依事件、金縛り体験記、霊能者の優劣……。「この世よりもあの世の友が多くなってしまった」著者の、怖くて切ない霊との交遊録、第二弾。
さ-18-13

酒井順子
無恥の恥
「恥ずかしがり屋の日本人」はどこに消えた？　古来「恥の文化」を生きてきた日本人。SNS上で「自慢したい！」欲望が溢れ出した。文庫化記念に小林聡美さんとの抱腹絶倒対談を収録。
さ-29-9

堺　雅人
文・堺雅人
大きな話題を呼んだ、演技派俳優の初エッセイ。文庫版では蔵出しインタビュー＆写真、作家・宮尾登美子さんとの「篤姫」対談や、作品年表も収録。役者の「頭の中」っておもしろい。
さ-60-1

司馬遼太郎
余話として
竜馬の「許婚者」の墓に刻まれた言葉、西郷さんの本当の名前——。歴史の大家がふとした時に漏らしたこぼれ話や、名作の舞台裏をまとめた、壮大で愉快なエッセイ集。（白川浩司）
し-1-139

東海林さだお
ガン入院オロオロ日記
「ガンですね」医師に突然告げられガーンとなったショージ君。病院食・ヨレヨレパジャマ・点滴のガラガラ。四十日の入院生活が始まった！　他、ミリメシ、肉フェスなど。（池内　紀）
し-6-93

東海林さだお
ざんねんな食べ物事典
食べ物に漂う〝ざんねん〟を鋭く見抜いて検証する表題作から、誰も研究しなかった「ラーメン行動学」、インスタントラーメン60年史まで。爆笑必至のエッセイ集。（長田昭二）
し-6-97

（　）内は解説者。品切の節はご容赦下さい。

水道橋博士
藝人春秋
北野武、松本人志、そのまんま東……今を時めく芸人たちを、博士ならではの鋭く愛情に満ちた目で描き、ベストセラーとなった藝人論。有吉弘行論を文庫版特別収録。（若林正恭）
す-20-1

水道橋博士
藝人春秋2
ハカセより愛をこめて
博士がスパイとして芸能界に潜入し、橋下徹からリリー・フランキー、タモリまで、浮き沈みの激しい世界の怪人奇人18名を濃厚に描く抱腹絶倒ノンフィクション。（ダースレイダー）
す-20-2

先崎　学
うつ病九段
プロ棋士が将棋を失くした一年間
空前の将棋ブームの陰で、その棋士はうつ病と闘っていた。孤独の苦しみ、将棋が指せなくなるという恐怖、復帰への焦り……。発症から回復までを綴った心揺さぶる手記。（佐藤　優）
せ-6-2

田辺聖子
老いてこそ上機嫌
「80だろうが、90だろうが屁とも思っておらぬ」と豪語するお聖さんももうすぐ90歳。200を超える作品の中から厳選した、短くて面白くて心の奥に響く言葉ばかりを集めました。
た-3-54

立花　隆
死はこわくない
自殺、安楽死、脳死、臨死体験……。長きにわたり、生命の不思議をテーマとして追い続けてきた「知の巨人」が真正面から〈死〉に挑む。がん、心臓手術を乗り越え、到達した境地とは。
た-5-25

田中澄江
花の百名山
春の御前山で出会ったカタクリの大群落。身を伏せて確かめた早池峰の小さなチシマコザクラ——山と花をこよなく愛した著者が綴った珠玉のエッセイ。読売文学賞受賞作。（平尾隆弘）
た-14-5

高峰秀子
わたしの渡世日記（上下）
複雑な家庭環境、義母との確執、映画デビュー、青年・黒澤明との初恋など、波瀾の半生を常に明るく前向きに生きた著者が、ユーモアあふれる筆で綴った傑作自叙エッセイ。（沢木耕太郎）
た-37-2

（　）内は解説者。品切の節はご容赦下さい。

高峰秀子
コットンが好き
飾り棚、手燭、真珠、浴衣、はんこ、腕時計、ダイヤモンド……。これまで共に生きてきた、かけ替えのない道具や小物たちとの思い出を、愛情たっぷりに綴った名エッセイ。待望の復刻版。
た-37-7

高山なおみ
帰ってから、お腹がすいてもいいようにと思ったのだ。
高山なおみが本格的な「料理家」になる途中のサナギのようなころの、落ち着かなさ、不安さえ見え隠れする淡い心持ちを綴ったエッセイ集。なにげない出来事が心を揺るがす。（原田郁子）
た-71-1

高野秀行
辺境メシ
ヤバそうだから食べてみた
カエルの子宮、猿の脳みそ、ゴリラ肉、胎盤餃子……。未知なる「珍食」を求めて、世界を東へ西へ。辺境探検の第一人者である著者が綴った、抱腹絶倒エッセイ！（サラーム海上）
た-105-1

津村節子
果てなき便り
「節子、僕の許を離れるな！」便箋から浮かび上がる夫・吉村昭の決意、孤独、希望、愛。出会った若き日から亡くなるまで交わした書簡で辿る、夫婦作家慈しみの軌跡。（梯　久美子）
つ-3-15

土屋賢二
われ笑う、ゆえにわれあり
愛ってなんぼのものか？　あなたも禁煙をやめられる、老化の楽しみ方、超好意的女性論序説などなど、人間について世界について徹底的に考察したお笑い哲学エッセイ。（柴門ふみ）
つ-11-1

土屋賢二
無理難題が多すぎる
何気ない日常にも哲学のヒントは隠れている。「妻になる！」と決心したり、「老人の生きる道」を模索したり、野球解説を考察したり――笑い溢れるエッセイ集。（西澤順一）
つ-11-23

中野孝次
ハラスのいた日々
増補版
一匹の柴犬を〝もうひとりの家族〟として、惜しみなく愛を注ぐ夫婦がいた。愛することの尊さと生きる歓びを、小さな生きものに教えられる、新田次郎文学賞に輝く感動の愛犬物語。
な-21-1

（　）内は解説者。品切の節はご容赦下さい。

中野孝次
清貧の思想
日本はこれでいいのか？　豊かさの内実も問わず、経済第一とばかりひた走る日本人を立ち止まらせ、共感させた平成のベストセラー。富よりも価値の高いものとは何か？（内橋克人）
な-21-3

中野　翠
あのころ、早稲田で
私の人生の中で最も思い出したくない日々だった。懐かしくも恥多き青春。早大闘争、社研……あの時代の空気が鮮やかに蘇る。同じ部室仲間の呉智英さんとの文庫化記念爆笑対談も必読。

な-27-14

中野　翠
ほいきた、トシヨリ生活
「おひとりさま」歴40年以上、いつもオシャレな人気コラムニストに学ぶ「人生の放課後」の愉しみ方。映画コラムでも知られる中野さんおススメの老人映画は必読必見！（玉川奈々福）
な-27-15

中野京子
運命の絵
命懸けの恋や英雄の葛藤を描いた絵画、画家の人生を変えた一枚……。「運命」をキーワードに名画の奥に潜む画家の息吹と人間ドラマに迫る。絵画は全てカラーで掲載。（竹下美佐）
な-58-8

中野京子
そして、すべては迷宮へ
『怖い絵』や『名画の謎』で絵画鑑賞に新たな視点を提示した著者は、芸術を、人を、どのように洞察するのか？　美しい絵画31点とともに綴る、ユーモアと刺激にあふれるエッセー集。

な-58-9

中川李枝子　絵・山脇百合子
本・子ども・絵本
「本は子どもに人生への希望と自信を与える」と信じる著者が絵本や児童書を紹介し、子どもへの向き合い方等アドヴァイスを綴る。『ぐりとぐら』の作者が贈る名エッセイ。（小川洋子）
な-80-1

七崎良輔
僕が夫に出会うまで
幼い頃から「普通じゃない」と言われ、苦しみ続けた良輔。片思いと嫉妬と失恋に傷つきながら、巡り会えたパートナーと幸せを摑むまでを描く愛と青春の自伝エッセイ。（ホラン千秋）
な-83-1

（　）内は解説者。品切の節はご容赦下さい。

中川翔子
「死ぬんじゃねーぞ!!」
いじめられている君はゼッタイ悪くない
中学高校といじめられ、「死にたい夜」を過ごした中川翔子が傷つき悩む十代のために叫ぶ魂のエール。文庫化に際し、単行本刊行後に中川さんが考えたことを綴った一章を追加。
な-85-1

西　加奈子
ごはんぐるり
カイロの卵かけごはんの記憶、「アメちゃん選び」は大阪の遺伝子、ひとり寿司へ挑戦、夢は男子校寮母…幸せな食オンチの美味しオカしい食エッセイ。竹花いち子氏との対談収録。
に-22-4

能町みね子
オカマだけどOLやってます。完全版
実はまだ、チン子がついてる私の「どきどきスローOLライフ」。オトコ時代のこと、恋愛のお話、OLはじめて物語など、大人気イラストエッセイシリーズの完全版。（宮沢章夫）
の-16-1

林　真理子
マリコ、カンレキ！
ドルガバの赤い革ジャンに身を包み、ド派手でゴージャスな還暦パーティーを開いた。これからも思いきりちゃらいおばちゃんを目指すことを決意する。痛快パワフルエッセイ第28弾。
は-3-50

林　真理子
運命はこうして変えなさい
賢女の極意１２０
恋愛、結婚、男、家族、老後……作家生活30年の中から生まれた金言格言たち。人生との上手なつき合い方がわかる、ときめく言葉の数々は、まさに「運命を変える言葉」なのです！
は-3-52

半藤一利
漱石先生ぞな、もし
『坊っちゃん』『三四郎』『吾輩は猫である』……誰しも読んだことのある名作から、数多の知られざるエピソードを発掘。斬新かつユーモラスな発想で、文豪の素顔に迫ったエッセイ集。
は-8-4

林　望
イギリスはおいしい
まずいハズのイギリスは美味であった!?　嘘だと思うならご覧あれ――イギリス料理を語りつつ、イギリス文化の香りも味わえる日本エッセイスト・クラブ賞受賞作。文庫版新レセピ付き。
は-14-2